MARTIN GRIFFIN

ZWEI FREMDE

THRILLER

Aus dem Englischen von Angela Koonen

Die Bastei Lübbe AG verfolgt eine nachhaltige Buchproduktion.
Wir verwenden Papiere aus nachhaltiger Forstwirtschaft und verzichten darauf,
Bücher einzeln in Folie zu verpacken. Wir stellen unsere Bücher
in Deutschland und Europa (EU) her und arbeiten mit den Druckereien
kontinuierlich an einer positiven Ökobilanz.

Dieser Titel ist auch als Hörbuch und E-Book erschienen

Vollständige Taschenbuchausgabe

Deutsche Erstausgabe

Für die Originalausgabe:
Copyright © 2023 by Martin Griffin
Titel der englischen Originalausgabe: »The Second Stranger«
Originalverlag: Sphere, London

Für die deutschsprachige Ausgabe:
Copyright © 2023 by Bastei Lübbe AG, Köln
Textredaktion: Ralf Reiter, Köln
Einband- / Umschlagmotive: © FinePic®, München;
© Getty Images / Brais Seara Fernandez / EyeEm
Umschlaggestaltung: © zero-media.net, München
Satz: Dörlemann Satz, Lemförde
Gesetzt aus der Adobe Garamond
Druck und Verarbeitung: GGP Media GmbH, Pößneck
Printed in Germany
ISBN 978-3-404-18998-4

2 4 5 3 1

Sie finden uns im Internet unter luebbe.de
Bitte beachten Sie auch: lesejury.de

1

Da die Nacht ein Wendepunkt meines Lebens werden sollte, goss ich mir Wein in einen Plastikbecher und nahm mir einen Moment Zeit, um den Sturm zu beobachten.

Es war Viertel vor sieben. Vor achtundzwanzig Tagen hatte ich die Anzeige aufgegeben, und gleich würde meine letzte Nachtschicht beginnen. An die Balustrade meines verschneiten Balkons gelehnt, träumte ich vom nächsten Morgen; wie ich meine Habseligkeiten in den Nissan lud, nach Aberdeen fuhr und ihn bei seinem eBay-Käufer ablieferte. Nach dem Verkauf und mit dem Bargeld in der Tasche würde ich mich zu meinem 11-Uhr-Flug zum Flughafen begeben. Nach anderthalb Stunden Landung in Heathrow, umsteigen nach Madrid und morgen Abend von dort nach Santiago de Chile. *Morgen Abend.*

Die abenteuerliche Chance auf diese Befreiung, eine Flucht, die ich mir fünfzehn Jahre lang erträumt hatte, machte mich schwindlig. Ich trank den Wein. So zu denken, kam mir fast irrsinnig vor. *Meine letzte Nacht im Mackinnon.* Das war die Gelegenheit, meinem alten Ich Lebewohl zu sagen, als neuer Mensch ins Ausland zu entkommen. Mag sein, dass ich anderes, was man mit Anfang dreißig erreicht zu haben hofft, nicht abhaken konnte – ich hatte keine Karriere mehr vor mir, keinen festen Wohnsitz, keine Kinder und ab dem nächsten Morgen auch keinen Job –, doch meine letzte Schicht empfand ich als den Anfang von etwas Neuem. Das im Haus untergebrachte Personal hatte Dachgeschosszimmer mit Balkon, aber meine Kollegen waren bereits in Urlaub, sodass ich im dritten Stock die Einzige war. Eingedenk meines bisherigen Lebens fand ich es in gewisser Weise angemessen, diese besondere Gelegenheit allein zu feiern, eine Frau in Winterjacke und Beanie, die gegen das Schneetreiben die Arme um sich legte.

Der Wein war dasselbe billige Zeug wie in den Minibarflaschen, doch da ich zum letzten Mal über das Hotelgelände schaute, schmeckte er ganz passabel. Im Sommer bot mein Quartier eine schöne Aussicht, aber Anfang Februar war das anders. Der zugefrorene Loch Alder hatte die Farbe von Lakeland-Schiefer, eine stille Präsenz zwischen unseren zwei Bergen: dem Bray Crag am fernen Ufer, schneebedeckt und zerklüftet, und dem Farigaig hinter dem Hotel auf dieser Seeseite, heute Abend nur eine Silhouette auf Transparentpapier, obwohl seine steilen, bewaldeten Hänge bis an den Hotelzaun reichten. In den letzten achtzehn Monaten war das Panorama mit dem See, den Bergen und dem fernen Gefängnis mein Leben gewesen. HMP Porterfell war größtenteils von den Kiefernpflanzungen an den Ausläufern des Farigaigs verdeckt, aber die Scheinwerfer des Gefängnishofes waren im Schneetreiben als helle Punkte mit einem Halo zu sehen, und der nördliche Wachturm war zu erkennen. Ich hob meinen Becher zu einem stillen Toast auf Cameron und genoss die Wärme des Alkohols.

Ich schaute noch dort hinüber, als die Sirene zu heulen begann.

Der Klang war mir vertraut. Wenn es im Porterfell zu einem Gewaltausbruch kam, was häufig passierte, da es überfüllt und veraltet war, merkte das die Umgebung an dem Sirenengeheul und den schweifenden Lichtkegeln der Suchscheinwerfer. Er rief Erinnerungen wach. Ich musste meinen Becher hinstellen und meinen Puls mit langen, tiefen Atemzügen runterbringen. Vor einem Jahr war mein Bruder dort bei einem Aufruhr unter den Häftlingen getötet worden. Derselbe Sirenenlärm hatte den Beginn angezeigt. Damals flackerte Feuer an Ziegelmauern, der Wind trug das Geschrei herüber, und der Motorenlärm der Sicherheitsfahrzeuge, die über die Bergstraße fuhren, war immer wieder zu hören. Zuerst wusste ich nicht, dass Cameron tot war. Die nächsten Angehörigen wurden erst spät informiert. Bei einer Prügelei zwischen fünfundfünfzig Insassen ist es anscheinend unmöglich zu ermitteln, durch welchen davon ein Häftling umgekommen ist, und weil eine vorsätzliche Tötung schwer zu beweisen war, wurde Camerons Hinscheiden als Unglücksfall zu den Akten gelegt. Folglich war mein Bruder nun tot, der Verursacher ungestraft und ich hier gestrandet, eine dreiunddreißigjährige Frau, die nachts in einem Hotel im Hochland arbeitete und das Gebäude betrachtete, in dem er eingepfercht gewesen war.

Beim Gejammer der Sirene betrachtete ich die fernen Gebäude. Durch den Schnee über dem See konnte ich das unregelmäßige Flackern von Lampen erkennen. Das Gefängnistor war geöffnet worden. Drei Fahrzeuge verließen den Komplex; jeweils ein Pkw vor und hinter einem Kastenwagen, der nach einem Hochsicherheitstransport aussah. Das mochte die Störung erklären. Wenn ein Häftling weggebracht wurde, brach wegen der Überbelegung unweigerlich Gewalt aus. Der Sirenenlärm schwoll weiter an und ab, und ich sah den Konvoi nach links in unsere Richtung abbiegen und die Bergstraße entlangkommen. Ich dachte an die Fahrer und an meine zweistündige Fahrt am nächsten Tag. Im Gegensatz zu ihnen würde ich den Vorteil von Tageslicht haben, aber es hatte in der letzten Woche viel geschneit, und die Minusgrade hatten die Schneewehen in Eisskulpturen verwandelt. Der Wind hatte gedreht, Polarluft von Sibirien löste rote Wetterwarnungen aus, und Sturm Ezra war aufgezogen und hatte neuen Schnee mitgebracht. In solch einer Nacht Auto zu fahren konnte nur ein Akt der Verzweiflung sein.

Doch bis zum Morgen würde es aufklaren. Ganz bestimmt. In zwölf Stunden wäre alles vorbei. Um sieben Uhr würde mein Kollege Mitchell von der Tagschicht seinen Fiat 500 beim Eingang parken und in seinen Schnürschuhen und der Hotellivree über den Vorplatz traben. Bei der fünfzehn Minuten dauernden Übergabe würde ich ihn zum letzten Mal auf den neuesten Stand bringen, dann mein Gepäck in den Kofferraum legen und abfahren.

Ich kehrte in mein Zimmer zurück, schloss die Balkontür und wärmte mich am Elektrokamin auf, bevor ich den Mantel ablegte und mich für die Arbeit fertig machte. Ich zog ein Unterhemd unter der Bluse an, darüber meinen Hosenanzug, und bevor ich das Jackett zuknöpfte, entfernte ich mein Namensschild. *Remie Yorke* war in das goldfarbene Plastik eingeprägt, und darunter: *Wie kann ich helfen?* Die letzten zwei Gäste des Hotels kannten meinen Namen, sodass ich das Schild auf dem Nachttisch neben den wenigen Dingen liegen ließ, die ich noch nicht eingepackt hatte: den Rasen-Hockeyball, den Reiseführer für Chile und die Osterinsel, die Sammlung spanischer Redewendungen. Nachdem ich meine Tür zugeschlossen hatte, ging ich an den leeren Zimmern vorbei zu der alten Hintertreppe. Die Gefängnissirene war inzwischen verstummt. Auf dem Weg nach unten hörte ich nur, wie das alte Hotel in dem stürmischer wehenden Wind knackte.

Das Mackinnon ist ein großer viktorianischer Bau in einer Senke am Fuß des Farigaig mit Spitzdach, Turmfenstern, zwei Turmspitzen über gedrungenen Kaminen und hat sechzehn Gästezimmer. Die Gäste bewundern vor allem den Glockenturm mit dem Kegeldach, den architektonischen Garten und die Glyzine über dem Eingang. Als ich vor achtzehn Monaten die Stelle des Nachtmanagers annahm, ging es mir nur um einen Arbeitsplatz, von dem ich mit dem Auto bequem zum

Gefängnis fahren konnte. Dass ich diese Kuriosität am Seeufer fand, war ein Lichtblick zwischen lauter schlechten Neuigkeiten. Anfangs hegte ich die Hoffnung, mich sogar in den Ort zu verlieben, denn meine Wohnung in Leith hatte ich immer als Übergangslösung angesehen, und trotz meiner seltenen Besuche zu Hause hatte ich mich auf die Straße gesetzt gefühlt, als sich unsere Eltern trennten und ihr Haus in Northumberland verkauften. Folglich kamen mir jene ersten Monate im Mackinnon damals wirklich wie ein Neuanfang vor. Ich entspannte mich beinahe. Ein- oder zweimal wachte ich morgens sogar erfrischt auf. Dann kam es zu dem Gewaltausbruch im Gefängnis, bei dem Cameron den Tod fand. Danach war ich gezwungen, meine vorige Existenz ständiger erschöpfter Wachsamkeit wiederaufzunehmen. Doch diese Zeit war nun fast vorbei. In sechzehn Stunden würde ich im Flugzeug sitzen.

Unten checkte ich die Rezeption, dann ging ich den Hauptflur hinunter zur Bar. Die Standuhr hielt vor dem Wintergarten Wache. Von der Küche her roch es noch nach Wildbraten und Knoblauch, obwohl das Küchenpersonal den Nachmittag über alle Arbeitsflächen geputzt und wegen der Winterpause die Reste eingefroren hatte. Gegenüber der Küche, an der Seeseite des Hotels, lag die Bar. Als Nachtmanager hatte ich die Pflicht, sie bis zum Schluss zu unterhalten, eine Aufgabe, die ich genoss; ein loderndes Feuer, zum Trocknen aufgestapelte Scheite, einladende Ledersessel.

Meistens hatte ich die Bar für mich allein, da die einzigen Gäste im Februar Gefängnisangestellte waren, die auf dem Heimweg auf einen Schluck hereinkamen, und ich freute mich schon auf das Alleinsein. Ich sollte enttäuscht werden. Da saß jemand vor den Zapfhähnen. Jaival Parik – Jai –, einer der letzten zwei Gäste; Ende dreißig, Kaschmirpulli, Blazer. Er trug einen Dutt, eine dickrandige Brille und einen einzelnen AirPod im Ohr. Am Abend zuvor war er auch in die Bar gekommen, und wir hatten uns miteinander bekannt gemacht. Jai hatte mit dem Rücken zu der fast leeren Lounge gesessen. Die Augen auf sein Display geheftet, hatte er durch seinen Posteingang gescrollt und dabei langsam ein großes Glas Malbec getrunken. Beim Wein war er anspruchsvoll, wie sich dabei herausstellte; wir hatten uns kürzlich mit südamerikanischem Roten eingedeckt – ich kannte mich damit nicht aus, hatte ihm aber von Santiago erzählt, worauf er mir eine Tour durch die Weingüter empfahl. Wir hatten uns über die Wanderwege auf den Farigaig und übers Mountainbiking unterhalten. Und natürlich über das Thema, das jeden beschäftigte: Sturm Ezra.

»Nur noch eine Nacht!« Er strahlte mich an, als ich in die Bar kam. »Ich wollte Ihnen einen ausgeben, um das zu feiern, aber ich nehme an, Sie sind im Dienst.« Lächelnd ging ich hinter die Theke, und er bestellte noch einen Malbec, während seine Daumen über das Handydisplay flogen.

»Guten Tag gehabt?«, fragte ich beim Eingießen.

Er deutete mit dem Kopf zu den französischen Fenstern auf der anderen Seite der Bar, die wegen des Wetters geschlossen waren. »Er war gewissermaßen eingeschränkt«, sagte er grinsend. »Allmählich bereue ich mein Timing.«

Ich wusste genau, was er meinte. Ich dachte an den Flughafen und hätte schreien können wegen der Gemeinheit. Stattdessen holte ich Luft und sagte: »Ich bin sicher, Sie werden noch wandern können.«

Er trank von seinem Wein und schwenkte das Glas. »Hoffen wir's. Und was bringt Sie in diese einsame Gegend? Haben Sie Familie hier?«

Ich dachte an Cameron, an Porterfell. »Ich hatte einfach mal die Nase voll von der Großstadt.«

»Kann ich verstehen. Die Cairngorms sind ein erhabener

Anblick. Wenn man sie durch den Schnee denn mal sieht.« Wir lachten. Ich wischte die Theke ab, und er nahm den Faden wieder auf. »Finden Sie es hier nicht ein bisschen zu abgelegen? Keine Geschäfte, kein Internet.« Er deutete auf sein Handy. »Ich könnte ein bisschen Empfang gebrauchen. Muss ein paar Dinge regeln. Haben Sie die letzte Wettervorhersage gesehen?«

Nicht mehr seit dem Morgen, als von möglichen Lawinen die Rede war und der Leiter des Geländepersonals hastig die Karte des Lawinenwarndienstes aufrief. Die Gegend zwischen Montrose und Inverness starrte jedes Jahr von roten Stecknadeln, und das Mackinnon lag mitten im Stecknadelgebiet. Jeden Abend hatte ich in die fünftägige Vorhersage geschaut. Laut der letzten sollte Sturm Ezra gegen Mitternacht nachlassen. Die Hauptstraßen östlich von hier waren offenbar gestreut. Ich sagte mir immer wieder, dass eine gute Chance bestand, morgen sicher zum Flughafen zu gelangen.

»Auf News 24 dürfte eine kommen«, sagte ich.

»Sofern der Fernseher noch Empfang hat«, scherzte Jai. Als er aufstand, um zu dem Gerät hinüberzugehen, streifte er mit dem Handballen sein Handy. Es leuchtete auf, aber er schien es nicht zu bemerken. Das bleiche Licht zog meinen Blick an, und ich bekam eine Gänsehaut. Die rote Linie der Aufnahmefunktion bewegte sich, während der Timer die Sekunden zählte.

Er nahm unsere Unterhaltung auf.

Mit angehaltenem Atem blickte ich auf das Display. Ich klaubte zusammen, was ich über Jai wusste. Beim Ende meiner Schicht am frühen Morgen hatte ich ihn im Frühstücksraum Kaffee trinken sehen, einen Rucksack neben seinem Stuhl, eine New-York-Yankees-Kappe auf dem Kopf und seine Culloden-Karte zusammengefaltet in einer wasserdichten Klarsichttasche. Er war eine jüngere, hippere Version des üblichen Wanderers und Vogelbeobachters, nichts Ungewöhnliches. Ich schluckte mit trockener Kehle. Wahrscheinlich hatte er die Aufnahmefunktion versehentlich eingeschaltet. Ein Versehen, mehr nicht. Ich ging weg und polierte Whiskygläser, während er vom Fernseher zurückkam. Als er sich setzte, sah ich ihn das Display abschalten.

»Sieht für morgen nicht gut aus.« Er zwirbelte seinen Bart zwischen Daumen und Zeigefinger. »Rote Wetterwarnungen. Starker Schneefall, stürmische Winde noch mindestens in den nächsten fünf Stunden.«

Ich lächelte und bemühte mich, unbekümmert zu klingen. »Morgen früh werden Sie sicher spazieren gehen können. Es gibt einen Weg am Ufer entlang, der bei klarem Himmel sehr schön ist.«

»Ja, den habe ich mir schon auf der Karte angesehen.« Er stieß einen leisen Pfiff aus. »Sehr einsam. Da ist bis Braemar praktisch nichts. Nur das Gefängnis.«

Und da war es: das Stichwort Porterfell. Das beunruhigte mich noch mehr, und ich dachte: *Es geht um Cameron.*

Mein Bruder wurde geboren, als ich sieben war. Solange er klein war, waren wir vier glücklich, eine richtige Familie. Aber nachdem Cam in der Schule schwierig geworden war und mit vierzehn zum ersten Mal festgenommen wurde – Drogenbesitz mit Verkaufsabsicht –, griff mein Vater zu einer einfachen Strategie: Er verstieß ihn. Cameron reagierte mit Trotz. Er wurde zum schwarzen Schaf der Familie, das unseren Ruf ruinierte, ein problematischer Junge, der die Absicht verfolgte, ein kriminelles Leben zu führen. Unser Vater gab auf, unsere Mutter brach zusammen. Und folglich war ich es, die ihre berufliche Laufbahn abbrach, als Cam schließlich im Gefängnis saß, und von Edinburgh nach Norden zog, um mit dem Anwalt an der Berufung zu arbeiten und Cam dreimal im Monat zu besuchen.

Dann wurde mein Bruder umgebracht. In Gefängnissen

war Gewalt so normal, dass solche Vorfälle in den überregionalen Nachrichten nicht erwähnt wurden. Aber nach seinem Tod gab es allerhand Medieninteresse. Eine Lokaljournalistin war angereist, um mich zu interviewen, und ich wies sie ab. Das Personal an der Rezeption hatte genaue Anweisungen für den Fall, dass jemand anrief und sich nach mir erkundigte, und das kam einige Male vor. Das lag nun ein Jahr zurück, und seitdem hatte ich Ruhe gehabt.

Außer dass jetzt ein Mann an der Bar aufnahm, was ich redete, und die Unterhaltung auf Porterfell hinlenkte. Ich wappnete mich gerade gegen Fragen, als die nächste Seltsamkeit passierte.

Am Haupteingang klingelte es.

Das kam unerwartet. Das Schild am Ende der Hotelzufahrt gab bekannt, dass das Haus geschlossen war, und auf der Webseite stand, dass wir erst im Frühjahr wieder öffnen würden. Wer immer da draußen klingelte, ich würde ihn abweisen. Ich entschuldigte mich und ließ Jai mit seinem Wein allein.

Ohne irgendein Unbehagen ging ich an dem Wagen mit den Staublaken und den Farbtöpfen vorbei, die für die Renovierung dastanden, zum Foyer. Ich könnte nicht behaupten, dass ich irgendeine Gefahr ahnte. Vielmehr war ich erleichtert, der Unterhaltung mit Jai erst mal entkommen zu sein, und das Gefühl war noch dominant, als ich mich an die Rezeption setzte.

Inzwischen erscheint mir meine mangelnde Beunruhigung haarsträubend.

2

»Mackinnon Hotel«, sagte ich in die Sprechanlage. »Ich fürchte, wir haben geschlossen und nehmen keine Gäste auf. Kann ich etwas anderes für Sie tun?«

Niemand antwortete. Es war seit Stunden dunkel, und das Licht im Haus wurde von den deckenhohen Fenstern des modernen Foyeranbaus reflektiert. Das Glas war schwarz wie ein spiegelglatter See. Nur unmittelbar an der Scheibe waren wirbelnde Schneeflocken zu erkennen. Wer da draußen stand, konnte mich deutlich sehen, ich ihn dagegen nicht. Gott sei Dank hatte ich die Drehtür verriegelt.

Ich drückte auf den Sprechknopf und versuchte es noch mal. »Hallo. Mackinnon Hotel. Wir haben bis zum Frühjahr geschlossen und nehmen keine Gäste auf. Wie kann ich Ihnen helfen?«

Wieder nichts. Das schwarze Schweigen machte mich irgendwie nervös. Auf dem Weg zur Drehtür versuchte ich, das zu ignorieren. Zehn Schritte davon entfernt wirkte die Glasscheibe undurchsichtig, aber als ich in Reichweite kam, konnte ich in der Dunkelheit draußen Umrisse ausmachen. Der Wendekreis und der Brunnen erschienen immer wieder kurz in der Spiegelung. Ich sah die alte Lärche, die angeblich über zweihundert Jahre alt war. An der Basis ein runzliges verschlungenes Wurzelwerk und der Stamm eine Landkarte voller Furchen und Spalten. In ihrer Glanzzeit war die Lärche über sechzig Meter hoch gewesen, doch ein Sturm hatte die obersten Äste vor ein paar Jahren abgeknickt, und nach einem Streit mit dem Amt wegen der Anordnung, den Baum zu erhalten, schnitten Baumchirurgen den beschädigten Teil weg, sodass die Lärche nur noch bis zum Dachfirst des Hotels reichte. Ich spähte daran vorbei. Oben an der Zufahrt konnte ich unter schwarzen Bäumen die Gästegaragen ausmachen, die inzwischen leer standen. Dahinter mehr Dunkelheit, Wachpostensilhouetten von Waldkiefern.

Ich ging ein paar Schritte nach links und rechts. Dabei war mir klar, was der Besucher sah: eine Frau im Hosenanzug mit straff zurückgebundenen Haaren und beklommenem Gesichtsausdruck. Es war mir unangenehm, so exponiert zu sein, und deshalb kehrte ich an das Pult zurück. Mir kam die Idee, dass es nützlich wäre, einen Anruf vorzutäuschen. Ich nahm den Hörer ab, klemmte ihn zwischen Schulter und Wange und tat, als drückte ich auf Tasten. Es dauerte einen Moment, bis mir auffiel, dass die Leitung nach draußen tot war. Die Leitung innerhalb des Hauses, eingerichtet in den Fünfzigern, nachdem man die Glockenzüge entfernt hatte, war ein wetterunabhängiger geschlossener Schaltkreis, aber Mitchell hatte mich gewarnt, dass die Verbindung nach draußen bei schlechtem Wetter abreißen könnte. Die Stille im Hörer bekam die Angst in mir zu packen und holte sie hervor. Jetzt erschien es mir reizvoller, an der Bar zu arbeiten und meine Geheimnisse vor Jais Neugier zu schützen.

Es klingelte erneut, sodass ich zusammenschreckte. Ich legte den Hörer auf und drückte auf den aufleuchtenden Knopf der Gegensprechanlage. »Mackinnon Hotel. Wie kann ich helfen?«

Eine atemlose Stimme sagte: »Polizei.« Im Dialekt der Gegend. »Ich muss ins Haus.«

Ich schaute zu den spiegelnden Glasscheiben. Dort stand ein Mann mit einer Schulter an den Rahmen der Drehtür gelehnt. Soweit ich sehen konnte, trug er eine dicke Skijacke, den Kragen zum Schutz gegen den Wind hochgeklappt.

»Ich hatte einen Unfall oben an der Bergstraße.« Er atmete

angestrengt und klang, als hätte er Schmerzen. »Ich hab den Funkkontakt verloren und brauche Ihr Telefon.«

Mein Verstand schaltete und kam in Fahrt. »Ich muss Sie bitten, sich auszuweisen. Anweisung der Hotelleitung.« Ich dachte an die tote Leitung. Es war möglich, ein Mobilfunksignal in einem der oberen Zimmer zu bekommen, wenn der Signalverstärker noch funktionierte, aber wahrscheinlich würde der Officer Pech haben.

»Gaines.« Er drückte ein Kärtchen gegen die Scheibe. »PC 4256 Gaines, Polizei Schottland. Öffnen Sie bitte die Tür, Miss.« Sein Umriss wirkte schräg, und ich erkannte, dass er sein Gewicht auf ein Bein stützte und das andere leicht angehoben hatte. Er war verletzt.

»Sekunde.«

Ich durchquerte das Foyer und schloss auf. In der Drehtür war er eine schwarze, massige Gestalt wie ein eingepferchtes Tier in der Schlachthausschleuse. Sobald er herauskam, war er wieder ein Mann, eins achtzig groß, breitschultrig und wuchtig durch die Stichschutzweste unter seiner Polizeijacke. Am rechten Knie hing ein Fetzen der Hose herab, sodass die Verletzung zu sehen war. Er sah aus wie vierzig.

»Danke.« Er humpelte an mir vorbei und hinter die Rezeption. Er roch nach Benzin.

Ich folgte ihm. »Sie sind verletzt«, sagte ich mit plötzlicher Besorgnis. »Soll ich Ihnen Verbandszeug holen? Ein Antiseptikum?«

Ohne darauf einzugehen, nahm er den Hörer vom Telefon, verzog das Gesicht wegen der toten Leitung und schaute durch das Foyer. Durch die Drehtür war Schnee hereingeweht und taute auf dem Teppich. »Sie müssen wieder abschließen.« Ich nickte und tat es.

»Das Telefon ist tot«, sagte er, als ich zurückkam.

»Die Festnetzleitung. Manchmal hat man im dritten Stock Handyempfang. Was ist eigentlich los?«

Der Officer schaute sich um, registrierte Sichtlinien und Zugänge, schätzte Risiken und Sicherheit ab. »Können wir diese Lampen ausschalten?«

»Vermutlich. Warum?«

»Wie viele Gäste sind noch im Haus?«

»Nur zwei. Und ich.«

»Und Sie sind?«

Mir fiel ein, dass ich mein Namensschild oben gelassen hatte. »Remie Yorke.«

»Heute Abend keine anderen Besucher, Miss Yorke?« Ich schüttelte den Kopf, verblüfft über seine schroffe, drängende Art. »Können Sie die Lampen bitte ausschalten? Alle an der Vorderseite. Von draußen aus leuchtet das Foyer wie ein Weihnachtsmarkt.«

»So soll es sein«, sagte ich, absichtlich unernst. Er zog die Brauen zusammen und zeigte mir den Gesichtsausdruck, den ich aus bitterer Erfahrung kannte, den Polizisten einsetzen, wenn sie eine schlimme Nachricht überbringen. »Ich kann die Lampen ausschalten«, versicherte ich. »Was ist los?«

»Ich habe Grund zu der Annahme, dass ein Häftling geflohen ist.«

Ich dachte an die Gefängnissirene und bekam ein flaues Gefühl im Magen. »Wie bitte?«

Der Polizist – Gaines, so hatte er sich vorgestellt – straffte die Schultern und legte die Hände an die Hüften. Ich musterte ihn erneut: das schmuddelige weiße Oberhemd, den Polyesterschlips. Blonder Bart, grau an der Kieferlinie. Ein schwerer Ledergürtel unter einer Wampe. Sein Holster war leer, die Taschen der Weste – ich hatte Polizisten Pfefferspray, Funkgerät oder Taschenlampe darin tragen sehen – ebenfalls, bis auf ein

17

Handy. »Es gab einen Verkehrsunfall«, antwortete er. Was er dann sagte, raubte mir den Atem. »Ich war zum Transport eines Häftlings abgestellt. Hab in dem Schnee die Kontrolle über den Wagen verloren. Falls der Mann da draußen frei herumläuft, will ich nicht, dass er uns einen Besuch abstattet. Zu Ihrer Sicherheit will ich die Türen alle verschlossen und das Licht ausgeschaltet haben.«

Die Fahrzeugkolonne, die das Gefängnis verlassen hatte. Plötzlich wurde mir heiß. »Sie kommen vom Porterfell?«

»So ist es.« Er machte sich auf die Suche nach Lichtschaltern, humpelte durch den hinteren Bereich des Foyers zum Hauptflur, der an den Aufzügen vorbei zum Wintergarten, zum Restaurant und zur Bar führte, wo Jai noch saß und darauf wartete, dass ich ihm nachschenkte. »Gibt es noch andere Eingänge? Ich bin an einem Nebengebäude vorbeigekommen.«

»Die Garage.« Ich schaltete eine weitere Lampe aus. »Die ist nicht mit dem Hotel verbunden. Hier ist alles zugeschlossen. Wer ist geflohen?«

Der Wind drückte gegen die Glasscheiben, und oben klapperte ein Fensterrahmen. Gaines schnaufte schwer, wahrscheinlich erschöpft von dem steilen Abstieg zum Hotel. Die Bergstraße lag anderthalb Kilometer entfernt am Ende der Zufahrt, die eine Steigung von 58 Prozent hatte. Er musste durch kniehohen Schnee gestapft sein, für niemanden ein leichtes Gelände. »Was ist mit denen?« Gaines tippte mit der Stiefelkappe an die LED-Leiste, die am Fuß des Pults entlanglief. Sie sah aus wie eine kleine blaue Landebahnbefeuerung.

»Ich weiß nicht. Die brennen immer.« Die LEDs gaben ein kaltes, schummriges Licht ab, in dem wir für den Betrachter von draußen nur schemenhaft zu erkennen waren. Ich bereute, dass ich mir das Unterhemd angezogen hatte. Mein Hosenanzug war mir zu warm und unbequem.

18

Der Officer schwenkte ab. »Wer sind die beiden Gäste?«

»Wir haben einen in der Sechzehn.« Ich ging hinter das Pult und rief die Informationen auf. »Alex Coben. Noch bis morgen hier. Und Jaival Parik in Nummer dreizehn.« Als ich seinen Namen nannte, bekam ich erneut Angst. »Er reist ebenfalls morgen ab. Danach ist das Haus geschlossen.«

Er schob nachdenklich das Kinn hin und her. »Ich möchte beide sprechen. Ich muss sie auffordern, für einen kurzen Zeitraum in ihren Zimmern zu bleiben.«

»Okay, das klingt ernst.« Ich hatte Cameron regelmäßig besucht, und er hatte mir von seinen Mithäftlingen erzählt. Die saßen nicht wegen Steuerhinterziehung. Der Flüchtige konnte verzweifelt und gefährlich sein. Ich atmete langsam aus und schluckte. Als ich meine Frage stellte, war meine Zunge wie angeschwollen. »Sollte ich beunruhigt sein?«

Sein Blick war auf die dunklen Fenster gerichtet. Außer Benzin roch ich an ihm Fast Food und billiges Rasierwasser. »Kümmern wir uns um die Situation.« Er drehte den Kopf zu mir. »Ich will mir das Haus gründlich ansehen, nur um auf der sicheren Seite zu sein. Dabei können wir auch überall das Licht ausschalten. Haben Sie Taschenlampen?«

»Im Büro.«

Das lag direkt hinter der Rezeption, halb Ständerwand, halb Glaswand. Dort stand der Schreibtisch, den ich mir mit Mitchell von der Tagschicht teilte, außerdem eine miese Kaffeemaschine, zwei Aktenschränke, eine Korkpinnwand mit einem Kalender, Dienstplan, Übergabenotizen und Erinnerungszetteln.

Gaines nahm es rasch in Augenschein. »Wessen Schreibtisch ist das?«

»Meiner. Bis morgen früh um sieben bin nur ich im Dienst.«

»Und die übrigen Angestellten?«

»Sind heute Nachmittag gegangen. Die Jagdsaison ist vorbei. Keine Gäste mehr.«

»Was ist das?« Er deutete auf den alten Computerbildschirm und die Tastatur in der Ecke.

»Videoüberwachung. Die braucht ein Upgrade. Wir benutzen sie kaum.«

»Auf dem Weg zum Haus habe ich keine Kameras gesehen.«

»Es gibt welche am Grundstückszaun, wo sich das Wild manchmal verirrt. Eine oben an der Zufahrt. Eine hinten im Hof, eine am Bootshaus.«

»Bootshaus?«

»Am Seeufer liegt eine kleine Jacht für Gäste.«

Er wischte mit den Fingerspitzen über den Brauen entlang. »Gibt es auch Kameras im Haus?«

»Vor den Aufzügen da drüben.«

»Zeigen Sie mal.«

Ich drückte auf eine Taste und bewegte die Maus hin und her, bis der Bildschirm erwachte. Darauf waren sechs verschiedene Aufnahmen zu sehen, die so körnig und unscharf waren, als würden sie von einem anderen Planeten gesendet. Auf den Bildern der Außenkameras war kaum etwas zu erkennen, außer dass es schneite.

»Herrgott noch«, fauchte er. »So kriege ich überhaupt keinen Eindruck von dem Gelände.« Er fuhr sich mit der Hand über den Mund und schloss kurz die Augen. Offenbar, um sich zu beruhigen.

»Tut mir leid.« Ich zeigte auf die Pinnwand. »Da hängt ein Lageplan.«

Gaines trat näher und studierte die Lage der Feuersammelstellen. Das lenkte meinen Blick auf die Drehtür vor der Rezeption. In meiner Fantasie sah ich Leute nach draußen fliehen. Ich lenkte meine Aufmerksamkeit auf die Schreibtischschubladen und fand schließlich die gummibeschichteten Taschenlampen. Nachdem ich sie geprüft hatte, suchte ich den Erste-Hilfe-Koffer.

»Setzen Sie sich hin«, sagte ich, sobald er gefunden war. »Lassen Sie mich das Knie ansehen.« Ich kramte durch die Pflaster und Schmerztabletten, und Gaines ließ sich langsam auf einem Schreibtischstuhl nieder, was ihm sichtlich wehtat. »Die Tupfer werden brennen, aber wir müssen die Wunde reinigen.« Etwas Gezacktes hatte die Haut oberhalb des Knies aufgerissen, und seine Hose war inzwischen mit der Wunde verklebt. Während er vor Schmerzen das Gesicht verzog, zog ich den Stoff weg und säuberte die Wundränder mit Alkoholtupfern. Anschließend drückte ich einige Mullkompressen fest auf die Wunde und versuchte, ihn nicht merken zu lassen, dass meine Finger zitterten.

Das gelang mir anscheinend, denn beim nächsten scharfen Luftholen sagte der Officer: »Sieht aus, als hätten Sie das schon mal gemacht.«

Ich wischte das Blut weg und bereitete einen Verband vor. »Ich hatte einen straffälligen Bruder«, erzählte ich. »Er hat sich allerhand Verletzungen zugezogen, weil er sich für unverwundbar hielt. Und er fürchtete sich vor Krankenhäusern, also habe ich ihn oft verarzten müssen. Nach Prügeleien, Stürzen und dergleichen.«

Ich wollte nicht die Stichwunde erwähnen, die ich mal verbinden musste. Ich sah ihn noch vor mir, Cameron mit fünfzehn Jahren, der mir die Sternbilder zeigte, während ich ihn zusammenflickte. Schwan und Leier, Fuchs mit Gans.

21

3

»Ist nur eine Fleischwunde«, flüsterte Cam, eine blutrote Hand gegen seine Hüfte gedrückt. Seine blasse Haut war schweißüberströmt, sein schwarzes T-Shirt blutgetränkt und klebrig.

Mit fünfzehn war er ein schlanker, muskulöser, scharfsichtiger Junge mit geschorenem Kopf. In den zwei Jahren, seit der Ärger in der Schule angefangen hatte, war es mit ihm rasch bergab gegangen. Während ich mühelos durch die höhere Schule kam, behütet in den gemütlichen, pflichtbewussten obersten Leistungsgruppen, hatte sich Cam langsamer entwickelt und war in den unteren Leistungsgruppen gelandet. In diesen Klassen, wo der Unterricht regelmäßig von rüpelhaften Kindern aus örtlichen Banden gestört wurde, ging es wild zu. Eines Tages kam ein Messer auf dem Schulgelände ins Spiel, und Cam wurde beschuldigt. Obwohl er sagte, er habe nichts damit zu tun, wurde er vorübergehend vom Unterricht ausgeschlossen. Da ich sieben Jahre älter war als er, ging ich schon zur Uni, als das passierte, doch laut unserer Mutter war jene Suspendierung ein Wendepunkt. Er schloss sich einer örtlichen Schülerreintegrationsgruppe an, und als er in die Klasse zurückkehrte, hatte sich sein Ansehen auf dem Schulhof geändert. Die Lehrer hatten ihn aufgegeben. Sein Ruf festigte sich, und mit fünfzehn war der Zug abgefahren. Er schwänzte die Schule und ging jeden Abend arbeiten.

An dem Abend, als er mir die Sternbilder zeigte, rief er mich an, damit ich ihn abholte. Zu der Zeit fuhr ich einen heruntergekommenen Volvo, den ich einer Freundin in der Hockeymannschaft abgekauft hatte, und war gerade von der Uni in

Edinburgh heimgekommen. Normalerweise rief er mich nicht an. Als ich ranging, verriet sein verzweifelter Tonfall, dass unsere Eltern keine Option waren. Und als er am Straßenrand aus dem Gebüsch kam, dabei nach allen Seiten in die Dunkelheit spähte und sich die Seite hielt, sah ich, warum.

»Bloß eine Fleischwunde? Was weißt du verdammt noch mal über Stichwunden, Cam?«, fauchte ich, als ich Gas gab.

»Beruhige dich erst mal.« Er brachte ein wässriges Grinsen zustande, das mich beruhigen sollte. »Ich schwöre, wenn du mich hier rausbringst, werde ich das alles aufgeben.«

Mit »das alles« meinte er die krummen Kurierdienste, in die er im Lauf des Jahres reingeraten war. Er fuhr als Beifahrer in einem unversicherten Lieferwagen mit, der von einem älteren Jungen namens Danny Franks gesteuert wurde. Pakete wurden abgeliefert, Geld wechselte den Besitzer, es kam zu Prügeleien. Mehr wusste ich darüber nicht.

Ich hielt das Lenkrad so fest gepackt, dass meine Knöchel im Schein der Straßenlampen weiß hervortraten. In der Gegend gab es viel unbebautes Gelände mit vermülltem Gebüsch. Wir kamen an einem rostigen Schiffscontainer vorbei, der zu einem Fernfahrerimbiss umgebaut worden war. Die Fahrt war anstrengend, weil ich ständig in den Rückspiegel blickte und gleichzeitig auf den Verkehr vor mir achten musste. Ein verdächtiger schwarzer Range Rover blieb immer eine Straßenlänge hinter uns. Ich fuhr die Steigung hinauf durch Newburn, und er folgte uns. Kieselrauputzhäuser aus den Fünfzigerjahren und Backsteinreihenhäuser gingen an der Rückseite auf Gassen hinaus, die voller Mülltonnen standen. Bald Felder auf der linken Seite und ein Ortsteil mit Sozialwohnungen.

»Wir werden verfolgt«, sagte ich zu Cam. Inzwischen fuhren wir an Feldern entlang, am Nachthimmel wurden die Sterne sichtbar, die Straßenbeleuchtung dünnte sich aus.

Er drehte den Kopf nach hinten. »Verdammt, ich glaub's nicht.«

Seine Angst lud die Atmosphäre auf. Zu der Zeit hatte noch niemand ein brauchbares Navi im Handy. Ich kannte mich in der Innenstadt ziemlich gut aus, aber die ländliche Umgebung war für mich wie eine andere Welt. Niedrige Reihenhäuser standen an Kreuzungen, die Fenster dunkel. Eine geschlossene Tankstelle mit dichten Bäumen hinter dem Vorplatz.

»Wenn die uns kriegen, sind wir beide tot«, zischte er.

Damals mit zweiundzwanzig war ich weniger seine Schwester als vielmehr eine zusätzliche Mutter, die jedes Wochenende heimfuhr, um dafür zu sorgen, dass Cameron sich benahm, was ein Glück war, da unser Vater das Interesse verloren hatte. Ersatzeltern lernen schnell, mit Angst zu leben. Das Gefühl hatte ich reichlich in den folgenden Jahren. Angst vor dem, was er anstellen oder was jemand anderer ihm antun könnte, doch an jenem Abend hörte ich ihn zum ersten Mal eingestehen, dass sein Leben in Gefahr war. Mein Herz hämmerte so stark, dass ich Sterne sah. Ich blinzelte Tränen weg. »Cam, ich weiß nicht, wohin ich fahre.«

»Biege bei der nächsten Gelegenheit nach rechts ab. Wir müssen auf eine Hauptstraße zurück.« Verzweifelt hielt ich nach Abzweigungen Ausschau, aber die Straße führte mitten durch Felder. Noch immer sah ich die Scheinwerferkegel hinter uns. »Das sind mächtige Typen, Rem«, flüsterte er. »Ich wäre nicht lebend rausgekommen, wenn ich nicht jemanden angerufen hätte. Die haben einen Hund.«

Ich weiß noch genau, wie flau mir war, wie panisch ich aufs Gas trat und mit hohem Tempo durch die ländliche Dunkelheit raste. »Das ist das letzte Mal«, sagte ich immer lauter. »Wenn wir sie abgehängt kriegen, hörst du auf. Was immer du gemacht hast, du lässt es sein und besorgst dir einen Job. Man wird es dir schwer machen, Cam. Aber du musst stark sein, weil ich das nie wieder tun werde. Hast du mich verstanden?«

Eine Hand an seine Seite gepresst, beobachtete er die Scheinwerfer hinter uns. Ich sah das Blut glänzen und roch es auch. Es war viel. »Bring uns einfach von hier weg.«

Vom Armaturenbrett piepte es. Tankwarnung. Mir wurde schlecht, die Angst war beinahe lähmend. »Wir kommen vielleicht noch fünfzehn Kilometer weit. Die Abzweigung sollte besser bald kommen, sonst …«

»Da.« Cam zeigte.

»Nur ein Feldgatter.« Ich fuhr daran vorbei.

Cam fluchte kraftlos. »Da kommt noch eine«, sagte er. »Ist das eine Straße?«

»Weiß ich nicht!« Ich fuhr ziemlich schnell, und wir hatten den Abstand zu unseren Verfolgern vergrößert. Ich bremste scharf und bog nach rechts ab. Nur ein Feldweg. Zu spät, wir konnten nicht zurück. Während wir den Weg entlangrumpelten, sah ich in einer Hecke eine Lücke kommen und lenkte den Wagen hindurch. Auf dem Feld dahinter hielt ich neben einem Silage-Anhänger und schaltete das Licht aus. Tief in die Sitze geduckt, warteten wir im Dunkeln ab, bereit, jederzeit abzuhauen. In der Luft hing der Geruch von Pferdemist, Angst und Blut. Cams Stichwunde hatte wieder angefangen zu bluten, als er sich zusammenkrümmte. Ich hörte ihn flach atmen. Ich tätschelte seine Schulter. Zum ersten Mal seit fünf Jahren wehrte er mich nicht ab. Wir verharrten angstvoll schweigend und horchten auf jedes Geräusch, immer mit dem scharfen Bewusstsein, dass wir sterben würden, wenn sie uns fanden.

Doch der Wagen, der uns gefolgt war, kam nicht an dem Feldweg vorbei. Als ich zur Straße schlich, um nachzusehen, fast starr vor aufgestauter Angst, war dort weit und breit kein Auto zu sehen. Ich war überzeugt, dass die Kerle irgendwo auf

25

uns lauerten, harte Typen mit wütenden Hunden irgendwo knapp außerhalb meines Blickfelds. Deshalb warteten wir weiter nebeneinander im Wagen bei ausgeschaltetem Licht, während Cameron mit schmerzverzerrtem Gesicht seine bleichen Hände auf die Wunde drückte.

»Du musst weiter draufdrücken. Wie stark blutet es?«

Er hob die Hände an, um die Stelle zu betrachten. »Hat nachgelassen.« Einige Minuten später beugte er sich zur Windschutzscheibe und zeigte zum Himmel. »Guck. Vulpecula, der Fuchs.«

»Welches ist es?«

Zu seinem achten Geburtstag hatte er einen großen Kasten mit Sternen bekommen, die im Dunkeln leuchteten, und dazu eine Sternenkarte. Stundenlang klebte er Sterne an die Decke über seinem Bett. Er wollte die Sternbilder exakt nachbilden, weshalb er immer wieder in Wut geriet und vor Frustration weinte, bis es endlich geschafft war. Ich weiß noch, dass ich seine Zimmertür öffnete und ihn im Dunkeln auf seiner Sonnensystem-Bettwäsche liegen und mit einer Taschenlampe über seinen privaten Sternenhimmel schwenken sah. Mit fünfzehn hatte er noch dasselbe umfassende Wissen darüber.

»Die Sternreihen unter dem Schwan. Hießen früher mal Fuchs mit Gans.« Er zeigte darauf, und seine Stimme zitterte. »Jetzt nur noch Fuchs.«

»Ein Fuchs mit Gans käme mir jetzt gelegen. Der auf einem Wirtshausschild«, scherzte ich.

Er holte Luft, und ich hörte ihn vor Schmerzen wimmern. »Nachts in der Atacama-Wüste in Chile«, krächzte er, die Augen zum Himmel gerichtet, »kann man die Hand nicht vor Augen sehen. Nur Sterne, Milliarden von Sternen. Der beste Ort der Welt, um die Sterne zu betrachten. Keine Funkstörung, keine Lichtverschmutzung, keine Wolkendecke.«

»Sag bloß.«

»Irgendwann fliege ich mal dorthin, Rem«, sagte er und zuckte zusammen. »Hab mir das schon genau überlegt. Es muss im Februar sein, wenn die Nachttemperatur angenehm ist. Man braucht nur ein Zelt und ein bisschen Geld für Essen. San Pedro de Atacama, das größte Observatorium von Südamerika.« In seine schmerzverzerrte Miene schlich sich ein höhnisches Grinsen, und er fügte hinzu: »Über elftausend Kilometer von diesem Drecksloch entfernt.«

»Du könntest Astronomie studieren, weißt du?«, sagte ich. So war ich damals, machte mir Sorgen wegen des Blutverlusts, versuchte, ihn aufzumuntern, und irgendwie schaffte ich es, mich dabei dumm und unsensibel anzustellen.

»Scheiß drauf«, erwiderte er heftig, beide Hände auf der Wunde. »Noch mehr Jahre auf der Schulbank in einem beschissenen College? Ich habe genug Zeit damit verschwendet. Ich werde nach Chile reisen und mir das mit eigenen Augen ansehen, anstatt in einem Klassenraum eingesperrt zu sein.«

Ich wusste nicht, was ich sagen sollte. Das war das erste Mal, dass ich solch eine Meinung über die Schulzeit hörte, nicht nur von ihm, sondern überhaupt. In den nächsten zwei Jahren wurde ich allerdings damit vertraut. Ich arbeitete ehrenamtlich mit straffällig gewordenen Jugendlichen und hörte diese Ansicht immer wieder, vorgetragen von verschiedenen Stimmen mit verschiedenen Bildern und Vergleichen, aber im Kern dieselbe.

Wenn ich ein wenig älter und erfahrener gewesen wäre, hätte ich ihm vielleicht eine bessere Schwester sein können. Das denke ich immer wieder. Dass in solchen Augenblicken, wo wir versteckt auf einem Feld zusammen den Fuchs mit Gans betrachteten, ich ihm vielleicht zu einer entscheidenden Einsicht hätte verhelfen können, einer, die sein Leben in eine andere Richtung gelenkt hätte.

»Bitte.« Ich gab Gaines die Schmerztabletten. »Nehmen Sie zwei davon. Ich bin fast fertig.«

Ich wickelte eine Mullbinde um seine Wunde. »Das muss genäht werden«, sagte ich, als ich die Sicherheitsnadel durch die fransige Kante stach. »Sie müssen nach Raigmore, sobald die Straßen befahrbar sind.« Gaines krümmte versuchsweise das Bein, belastete es. Zufrieden schaltete er die Lampe aus. Eine Sekunde lang stand ich im Dunkeln, zusammen mit einem beunruhigenden Fremden. Dann klickte die Taschenlampe und beschien die graue Blässe seiner Haut und seine Uniform.

»Wenn Sie mich jetzt herumführen könnten?«, sagte er.

»Natürlich«, sagte ich. »Ich werde helfen, wo ich kann. Sie brauchen es nur zu sagen.«

Wir schlossen das Büro hinter uns zu und gingen los. Dabei dachte ich daran, wie seltsam und nervenaufreibend meine Schicht begonnen hatte, und sagte mir: *Morgen Abend sitze ich im Flieger nach Santiago.*

4

Auf dem Weg durch den Hauptflur erläuterte ich das Wesentliche. »Hier sind die Aufzüge, ins Untergeschoss geht es da drüben ...«

»Weshalb stehen die da?« Er blieb bei dem Wagen mit den Farbdosen und Pinseln stehen und hob die Staublaken an.

»Ab morgen haben wir für zwei Wochen geschlossen, dann wird allerhand erneuert. Die Maler werden tapezieren. Am Ufer wird eine schadhafte Brücke erneuert. Dachdecker bessern das Dach aus, Gärtner kommen.« Er nickte, und ich setzte die Hausführung fort. »Dort hinten ist die Küche, die Bar und hier rechts der Wintergarten.«

Gaines wartete, während ich die Tür aufschloss und das Licht einschaltete. Der Wintergarten war unser Konferenzraum: Tische gedeckt mit weißen Tischtüchern, Karaffen, Schälchen mit Bonbons, Werbekugelschreibern und Notizblöcken. Die französischen Fenster gingen auf die Rasenterrassen hinaus. Heute Abend hatte man jedoch einen direkten Blick auf Ezras Treiben. Ich lauschte dem Heulen des Sturms, als Gaines die Riegel prüfte und den Notausgang kontrollierte. Zufrieden damit nickte er mir zu, und wir ließen den Raum dunkel zurück.

»Hier links geht es in die Küche«, sagte ich, als wir an den Stahlschwingtüren ankamen. »Ich kann Ihnen etwas zu essen machen, falls Sie Hunger haben.«

Gaines ging nicht darauf ein. Ich wunderte mich, was seine Aufmerksamkeit erregt hatte, dann sah ich es: Ein Luftzug saugte an der linken Türhälfte und zischte durch die Bürstendichtung des Mittelspalts. Irgendwo musste ein Fenster oder eine Tür offen stehen. Die Küche hatte einen Liefereingang zum hinteren Hof. Im Herbst hatte ich mal gesehen, wie vom Lkw des Metzgers Ware ausgeladen wurde, Schweinehälften und Truthähne. Die Schwingtür atmete aus. Vielleicht stand die Hoftür offen. Dann konnte jemand ins Haus gelangt sein.

»Ist das normal?«, fragte PC Gaines. Ohne auf Antwort zu warten, schob er die Tür mit der Schulter auf.

In der Dunkelheit schimmerten die Edelstahlflächen. Umrisse von Zubereitungstischen, Dunstabzugshauben und Schränken. Die Küchenleute hatten geputzt, bevor sie gegangen waren, und der Boden glänzte im Schein von Gaines' Taschenlampe. Die dunkle Küche kam mir kälter vor als der warme Hauptflur, und deshalb blieb ich an der Tür stehen, während Gaines drinnen seine Runde machte, mit dem Lichtkegel den Raum zerteilte und Arbeitsflächen, Grillplatten, Spülen und Wasserhähne beschien. »Wohin geht's da?«, fragte er über die Schulter.

»In den Kühlraum.« Dort hing das Fleisch an Haken und standen bergeweise geschälte Kartoffeln zum Braten bereit. Gaines ignorierte ihn und ging zur Hoftür – die verschlossen war –, dann spürte er die Quelle des Luftzugs durch das klappernde Gitter eines Klimageräts auf. »Falscher Alarm«, sagte er und kam zurückgehumpelt. »Die Geschichte meines Lebens«, fügte er hinzu, als er an mir vorbei auf den Flur trat.

Erleichterung durchströmte mich. »Der nächste Raum ist die Bar.«

Jaival Parik blickte von seinem Handy auf, als wir hereinkamen, und drehte sich um. Er blinzelte überrascht, fing sich aber schnell und schätzte Gaines ab. Ich stellte die beiden einander vor, und sie gaben sich die Hand. »Sie sehen aus, als kämen Sie von der Front«, sagte Jai.

»Auf der Bergstraße gab es einen Verkehrsunfall«, sagte Gaines. »Wie ich schon Miss Yorke erklärt habe, muss ich auf dem Hotelgelände für Sicherheit sorgen. Oberste Priorität hat der Schutz der Gäste, also würde ich Sie bitten, sich vorerst in Ihrem Zimmer aufzuhalten, bis ich die Situation unter Kontrolle habe.«

»Die Situation?« Jai blickte zwischen uns hin und her. »Was ist denn los?«

»Nichts, das Sie beunruhigen müsste, Sir. Ich bitte aber darum, dass alles unnötige Licht ausgeschaltet bleibt, solange der Sturm anhält. Aus Sicherheitsgründen.«

»Bin überrascht, dass wir bei dem Wetter noch keinen Stromausfall hatten«, bemerkte Jai. »Ich habe einen Signalverstärker mitgebracht – schickes Teil, tellerförmig, hat ein Vermögen gekostet. Aber ich bekomme keinen Empfang. Vorgestern war er noch sehr gut, aber als der Sturm losging …« Er blähte die Wangen.

»Sind Sie hier, um zu arbeiten, Sir?«, fragte Gaines.

Jai grinste. »Nein. Zum Wandern. Aber dafür habe ich mir eine schlechte Zeit ausgesucht. Das Wetter treibt mich zu meinem Posteingang.« Zur Illustration kehrte er uns das Handydisplay zu. Er hatte ein breites Lächeln, das uns beide blendete: strahlend weiße Zähne. »Verstehe nicht, was es bringen soll, wenn wir uns im Dunkeln verstecken«, sagte er.

»Wenn Sie mich einfach meine Arbeit tun lassen«, erwiderte Gaines und nahm den Kamin in Augenschein, »haben wir das Problem schnell gelöst.« Er ging zur Fensterseite des Raumes, um zu prüfen, ob die Fenster verriegelt waren, und zog dann die Vorhänge sorgfältig zu.

Jai neigte sich zu mir und flüsterte: »Was hat er vor?«

Mir gefiel sein verschwörerisches Benehmen nicht, und ich hatte nicht die Absicht, einem Mann, der seine Unterhaltung mit mir aufzeichnete, mehr mitzuteilen als unbedingt nötig. Andererseits wollte ich auch nicht dafür verantwortlich sein, wenn ihm nötige Informationen vorenthalten blieben. »Er ist besorgt, weil vielleicht ein Häftling geflohen ist.« Ich krümmte und streckte die Finger, um ein unangenehmes Frösteln abzuschütteln. Nachdem ich ihn aufgeklärt hatte, erschien die Situation irgendwie schlimmer. Wenn der Häftling tatsächlich frei herumlief, würde er vor dem Sturm Schutz suchen. Da war es auch meine Pflicht, für die Sicherheit der Gäste zu sorgen.

»Ein was?«

»Es hat auf der Bergstraße einen Unfall gegeben«, erklärte ich und beobachtete Gaines, der gerade prüfte, ob der Notausgang abgeschlossen war. »Dabei ist einer entkommen.«

»Aus dem Porterfell?«

»Scheint so. Der Officer ist nicht sonderlich erpicht, solche Fragen zu beantworten.« In Gedanken ging ich die verschiedenen Eingänge durch: Rezeption, Küche, Keller, Außengebäude. War es möglich, dass unser Besucher schon auf dem Gelände war?

Jai gab einen leisen Pfiff von sich. »Dann ist das eine höllische letzte Schicht für Sie, was? Bestimmt sehnen Sie schon den Flug herbei.« Er rieb die Hände aneinander. »Wird es gefährlich, wenn ich noch einen Malbec trinke?«

Ich schenkte ihm nach. Er schwenkte den Wein und roch daran, um sich für einen Moment entrücken zu lassen. Gaines hatte sich vergewissert, dass die Falttüren zur Terrasse ebenfalls verriegelt waren, und hielt jetzt die Hände an die Schläfen, um nach draußen in die Dunkelheit zu spähen. Nachdem alle Fenster überprüft waren, kam er zu uns zurück und schaute auf sein Handy, um Jais Aussage zur Signalstärke zu bestätigen. Er steckte es wieder in die Tasche seiner stichfesten Weste und beäugte dabei den Wein. »Hat das Hotel eine interne Telefonanlage?«

»Wir können die Gäste auf den Zimmern anrufen, falls Sie das meinen.«

Er nickte. »Und wenn ich die Kollegen auf dem Revier kontaktieren will, haben Sie dafür ein Satellitentelefon? Tragbare Funkgeräte?«

»Das Geländepersonal hat Walkie-Talkies. Im Untergeschoss ist ihr Büro.«

»Da muss ich nachsehen. Miss Yorke, wenn es Ihnen nichts ausmacht?« Gaines deutete auf meinen Schlüsselbund, an dem fast dreißig Schlüssel hingen. Ich suchte den richtigen heraus und hielt ihn zwischen Daumen und Zeigefinger. Meine Hand zitterte. Gaines wandte sich an Jai. »Sir, wie wär's, wenn Sie Ihr Glas nehmen und damit auf Ihr Zimmer gehen? Halten Sie die Fenster und die Zimmertür geschlossen.«

Jai zog die Mundwinkel herunter. »Aber das ist das Spannendste seit Tagen.«

»Zu Ihrer eigenen Sicherheit, Sir, wäre es mir lieber, Sie tun, was ich sage.«

»Officer«, Jai lächelte, »ich kann gut auf mich aufpassen.« Er schob sein Glas beiseite. »Ich möchte mitgehen. Zufällig arbeite ich in der Kommunikationstechnik. Rundfunktechniker. Kenne mich mit solchen Geräten aus – wenn Sie ein Problem mit den Funkgeräten haben, bin ich der Richtige für Sie.« Gaines musterte ihn still. »Und wenn die Funkgeräte in Ordnung sind, bleibe ich Ihnen aus den Füßen«, sagte Jai kompromissbereit.

»In Ordnung«, sagte Gaines schließlich. »Miss Yorke, wenn Sie bitte vorgehen würden?«

Wir stiegen die steile Betontreppe zum Keller hinunter. Die Gänge da unten waren niedrig und beleuchtet von eingesponnenen Leuchtstoffröhren. Das Mauerwerk war weiß gestrichen, die Böden blanker Estrich, und an den Wänden verliefen Versorgungsrohre, ummantelt von silbergrau beschichtetem, reflektierendem Schaumstoff. Irgendwo brummte ein Heizungskessel. Es war stickig, ungewöhnlich feucht. Ich führte uns eine halbe Treppe hinunter, schwenkte eine Seitentür auf und schaltete dahinter das Licht ein.

Gaines ignorierte den Raum und schaute stattdessen den Gang hinunter. »Was befindet sich da hinten?«

Ich war bisher selten im Keller gewesen. »Der Heizungskessel, die Fundgrube, eingelagertes Zeug …«

»Das sehe ich mir mal an.«

»Ich glaube nicht, dass dort Fenster sind«, sagte ich. »Und Türen nach draußen auch nicht. Da versteckt sich bestimmt niemand.« Doch während meiner Einwände begann ich zu zweifeln. Wenn jemand ins Haus eingedrungen war – vielleicht durch die Kohlenschütte oder den Notausgang im Erdgeschoss –, wo würde sich derjenige verstecken? Zum Beispiel in einem der vierzehn unbelegten Gästezimmer. Mein Puls stieg an.

Rechts und links von uns waren niedrige Durchgänge zu Lagerräumen mit abgedeckten Möbeln und Aktenschränken. Gaines leuchtete mit der Taschenlampe hinein und erstarrte. Ich folgte seinem Blick. Auf dem unebenen Fußboden hatte sich Wasser gesammelt.

Zurück auf dem Gang, strich Gaines mit einem behandschuhten Finger über die weiße Wand. Nass. »Das ist entweder Schmelzwasser, was unwahrscheinlich ist, oder Sie haben einen Rohrbruch.« Rinnsale flossen zu den Rissen im Boden. Der feuchte Staub bildete einen grauen Schlamm. Vom Hausmeisterteam hatte keiner etwas gemeldet, als sie am Nachmittag zusammenpackten.

»Ist das normal?«, fragte Jai.

»Nein.« Ich führte sie den Gang hinunter zu einem Raum, in dem es feuchtheiß war. Der Heizungskessel zischte in einer knöcheltiefen Pfütze. Als ich an das Meldeprotokoll und den Papierkram dachte, bekam ich ein mulmiges Gefühl im Bauch. Wenn ich mit dem Bericht anfing, könnte Mitchell ihn morgen vielleicht fertigstellen. »Ich habe hier noch nie eine Pfütze stehen sehen«, sagte ich zu Gaines.

Wir schauten am Ende des Gangs nach – keine Türen, keine Fenster, keine leckenden Rohre – und kehrten zu dem Hausmeisterbüro zurück. »Eins nach dem anderen«, sagte Gaines. »Sehen wir uns die Funkgeräte an.«

Ich führte die Männer in den Raum. Die Kollegen hatten ihn verschönert. Die Wände bestanden zwar aus nacktem Ziegelstein, aber sie hatten sich mit einem Teppich, einem Schreibtisch, einem Sofa und Sessel sowie einem Caley-Thistle-Kissen eingerichtet. Die Wände sahen trocken aus. Davor standen einige Metallregale, in den meisten Bücher und Aktenordner, auf einem ein alter Radiorekorder und archivierte Aufnahmen der Sicherheitskameras in beschrifteten Boxen. Ein Aschenbecher mit den Stummeln von zwei selbst gedrehten Zigaretten. Auf der Uhr an der Wand war es zehn nach acht.

Auf dem Schreibtisch lagen zwei Walkie-Talkies neben einem unbenutzten Ladegerät mit fünf Steckplätzen. Gaines sah sich die beiden Sendeempfänger an, drehte einen Regler, drückte ein paar Knöpfe. »Nicht aufgeladen.« Er steckte sie in ihre Plätze der Ladestation und drehte sich zu Jai um. »Sind Sie mit dem Modell vertraut?«

»Nicht mit diesem speziellen, aber mit vielen ähnlichen. Das sind die üblichen Baustellengeräte. Mein Onkel hatte einen ganzen Laden voll von solchen, als ich Kind war. Mobiltelefone groß wie Ziegelsteine, gebrauchte PCs, Tintenstrahldrucker, CB-Funkgeräte.« Er grinste Gaines an und nahm das Set

35

von der Ladestation, um es sich näher anzusehen. »Bestimmt haben Sie ein Ähnliches im Streifenwagen.«

Der Officer zuckte mit den Achseln. »Ich habe immer denselben Kanal eingestellt und drücke nur auf den Knopf, damit ich mich verständigen kann. Keine Ahnung, wie die Dinger funktionieren.«

»Ich kann probieren, ob ich Funkkontakt bekomme«, bot Jai an und steckte sie wieder in die Station. Händereibend setzte er sich an den Schreibtisch.

»Aber bleiben Sie hier, Mr. Parik, zu Ihrer Sicherheit. Ich bin gleich wieder zurück und höre nach, was Sie erreicht haben. Nicht weggehen, okay?« Gaines wandte sich mir zu. »Während Mr. Parik sich mit den Funkgeräten auseinandersetzt, möchte ich nach unserem zweiten Gast sehen.«

»Alex Coben, Zimmer sechzehn«, erinnerte ich ihn.

»Und wo ist Mr. Coben jetzt?«

»Miss«, korrigierte ich. »Ich habe sie seit dem Ende meiner Schicht heute Morgen nicht mehr gesehen.«

Gaines brummte. »Nun ja, ich muss mit ihr sprechen. Gehen Sie bitte voran?«

Ich zögerte. »Meinen Sie, es ist sicher?«

Gaines nickte verständnisvoll. »Miss Yorke, wir werden zusammenbleiben und unsere Arbeit gründlich tun, okay? Sobald wir das Haus gesichert haben, besteht kein Grund zur Sorge.«

»Klar.« Ich gab mir Mühe, überzeugt zu klingen.

Wir ließen Jai allein, der sich bereits konzentriert mit einem der Walkie-Talkies befasste. Ich schloss die Tür hinter uns.

36

5

Ich führte PC Gaines den Hauptflur entlang zum Aufzug und hörte ihn bei jedem unsicheren Schritt ächzen. Im ersten Stock William-Morris-Tapete, gerahmte Jagdszenen und Wandlampen aus Messing und Ätzglas. Die Schatten machten mich schreckhaft.

»Von außen gesehen scheint es zwei Stockwerke zu geben«, bemerkte der Officer, als wir aus dem Aufzug stiegen.

Ich nickte. »Im obersten wohnt das Personal.«

»Also ist Ihr Zimmer auch da oben?« Er deutete zur Decke.

»Genau. Und nur dort haben Sie eine Chance auf Handyempfang, wenn Jai die Walkie-Talkies nicht in Gang kriegt.«

»Damit befasse ich mich gleich. Vorher vergewissern wir uns, ob wir alle in Sicherheit und wohlauf sind.«

Wir gingen den Flur hinunter und gelangten zu dem Fenstersitzplatz am Ende. Auf dem niedrigen Tisch lagen Zeitschriften ausgefächert: *Horse and Hound, Shooting Times, Condé Nast Traveller.* Daneben stand eine cremeweiße Vase mit Rosen, deren Blütenblätter sich am Rand braun färbten und einen süßlichen Geruch verbreiteten. Gaines nahm sich einen Moment Zeit, um die Rücken der ledergebundenen Bücher im Regal zu überfliegen. Ich beugte mich derweil über die Sitzfensterbank und schaute nach draußen. Der Sturm schob seine kalten Finger zwischen die Fensterrahmen, dass sich die Härchen an meinen Handrücken aufrichteten. Das Haus ächzte unter dem Sturm, und eisige Luftströme fegten über die Dachziegel. Die Dunkelheit war undurchdringlich.

37

Zimmer sechzehn lag auf der linken Seite. Gaines klopfte an. »Hallo?«

Nachdem es still blieb, sah er mich fragend an. Ich zuckte mit den Achseln. Er klopfte erneut. »Miss Coben?« Ich rechnete mit einer unwirschen Antwort, vielleicht aus dem Bad, aber es kam keine. Vielleicht schlief sie. Gaines drehte den Türknauf. Verschlossen. »Macht sie ein Nickerchen?«, fragte er mich. Ich zuckte wieder mit den Achseln. »Miss Coben?« Er wartete. »Anscheinend ist sie außer Haus. Scheint mir aber ungewöhnlich. Wann haben Sie sie zuletzt gesehen?«

Im Frühstücksraum am Morgen. Das Klirren des Bestecks, als das Küchenpersonal zum letzten Mal die Tische eindeckte. Der Geruch nach Lornewurst, Blutwurst, Kartoffelpfannkuchen. Klassische Musik für die Gäste, in der Küche hinter der Durchreiche lief ein Radiosender. Der Koch sang, während er die pochierten Eier mit einem Schaumlöffel flach drückte. Jai war früh auf gewesen und hatte bei schwarzem Kaffee seine Wanderkarten studiert. Alex Coben war später gekommen und hatte sich ans andere Ende des Raumes an den Fenstertisch gesetzt, von dem man über den Terrassengarten zum Seeufer blickt. Sie hatte den *Herald* gelesen, sich ein Omelett bestellt und telefoniert, bis es kalt geworden war. Ich hatte sie dort sitzen lassen und war nach dem Ausstempeln nach oben ins Bett gegangen.

Am Abend vorher war ich ebenfalls an der Rezeption gewesen, als sie eincheckte. Daher rief ich mir ihre Ankunft wieder vor Augen, aber mir fiel nichts Ungewöhnliches daran auf. Sie war in einem Mietwagen gekommen, hatte das Foyer mit einem großen Koffer durchquert, und wir hatten ein paar Worte gewechselt, während sie die Formulare unterschrieb. Aber wenn Gaines mich gebeten hätte, ihm die Frau zu beschreiben, hätte ich ihr wohl nicht gerecht werden können. Mit meinen eins achtzig bin ich größer als viele Männer, und von daher war ich an einen kleinen Größenvorteil gewöhnt, wenn ich die Gäste begrüßte. Alex Coben war ein paar Zentimeter kleiner als ich und trug Sportkleidung – ein schwarzes Oberteil, Leggings und Joggingschuhe. Sie war schlank, agil und muskulös. Ich tippte auf Geländelauf. Und sie hatte die Hände einer geübten Kletterin. Hier oben gab es viele athletisch wirkende Leute – Mountainbiking war ein großer Teil von Fort Williams Outdoor-Szene –, und sie hatte das Aussehen, das man mit diesen Leuten assoziierte: kurze schwarze Haare, ein Piercing an der Lippe und mehrere am oberen Rand der Ohren, ein Tattoo an der Halsseite über dem Rand des Sweatshirts. Sie war in meinem Alter. Ich sagte Gaines, woran ich mich erinnern konnte.

Er zog die Unterlippe zwischen die Zähne und starrte in die Nacht hinaus. »Eine Touristin?«

Ich zuckte mit den Achseln. »Hab kaum mit ihr gesprochen. Sie kam gestern Abend hier an, hatte zwei Übernachtungen gebucht. Hat heute Morgen viel telefoniert, also vielleicht arbeitet sie auch.«

»Welche Besucherdaten haben Sie an der Rezeption?«

»Name, Adresse, Handynummer.«

Gaines nickte betrübt. »Öffnen wir die Zimmertür.«

Ich zog die Schlüsselkarte durch. Im Zimmer war es dunkel und kalt. Ich rief ihren Namen, erhielt keine Reaktion, also steckte ich die Karte in den Schlitz und schaltete das Licht ein. Ein Kamin und ein roter Teppich, eine Badewanne mit Klauenfüßen. Die dichten Vorhänge vor dem Erkerfenster, das auf den Loch Alder hinausging, waren zugezogen. Neben dem Kopf des Bettes befand sich ein zweites, kleineres Fenster. Dort waren die Vorhänge zugezogen, aber nass, und sie blähten sich. Das Schiebefenster dahinter stand offen und summte in den Fugen wie eine Wespe im Glas.

Einen Moment lang glaubte ich, Alex Coben hätte sich aus dem Fenster gestürzt.

Gaines überquerte den Teppich und hob behutsam die Füße, um zu sehen, ob er Abdrücke hinterließ. »Schalten Sie bitte das Licht aus, Miss Yorke.« Er wartete vor dem Vorhang. Ich sah seinen Atem.

Ich zog die Schlüsselkarte aus dem Schlitz, sodass wir wieder im Dunkeln standen, und lehnte mich in angespannter Haltung an die Wand. *Wo ist sie?* Gaines teilte die Vorhänge und schaute in den Sturm hinaus, spähte zu den schwarzen Kiefern. Als Nächstes betrachtete er den Schnee auf dem Fensterbrett – suchte nach Anzeichen, ob die Schicht berührt worden war – und wischte ihn dann nach draußen, zog das Fenster herab und die nassen Vorhänge zu.

Er räusperte sich, als hätte er den Atem angehalten, und sagte: »Nichts zu sehen.«

In der Dunkelheit war zu erkennen, dass das Zimmer ordentlich war. Unser Personal hatte das Bett gemacht und im Bad frische Handtücher hingelegt. Mitchell würde sich um die übrige Reinigung kümmern, sobald er morgen früh den Dienst antrat. Über dem Spiegel brannte die kleine Lampe. Auf dem Sims über dem Waschbecken standen ein Kosmetiktäschchen und Toilettenartikel. Ich sah Gaines den Kleiderschrank öffnen. Leere Bügel klapperten. Darunter stand der Hartschalenkoffer, mit dem sie angekommen war, der Reißverschluss war offen. Gaines hob den Kofferdeckel mit der Stiefelspitze an. Ich rechnete mit Kleidung zum Wechseln, doch der Koffer war leer. Ihre Sachen fehlten.

Nur das Fernrohr mit Stativ im Erkerfenster deutete auf etwas hin. Es gehörte nicht zum Hotel. Sie musste es mitgebracht haben. Gaines schien darüber bestürzt zu sein, obwohl jeder Vogelbeobachter solch ein Ding hatte. Er zog die Vorhänge auf

und ging um das Fernrohr herum, bückte sich, um hindurch-
zusehen, rückte mit seinen feuchten Handschuhen den Sucher
zurecht. »Was liegt in dieser Richtung?«, fragte er und winkte
mich heran.

Der Erker ging nach Norden hinaus auf den See und die
unteren Hänge des Bray Crag. Ich brauchte nicht durch das
Fernrohr zu sehen, um zu wissen, worauf es ausgerichtet war.
Dort war nichts als vereistes Wasser und der Berghang zu sehen. Mühsam suchte ich nach einer Erklärung. »Steinadler?«

Gaines bückte sich stöhnend und schaute noch mal hindurch. »Möglich. An solch einem See können es auch Seeadler
sein. In der Mitte ist er noch nicht zugefroren. Oder Gänse? Ist
der Alder nicht berühmt für Gänse?«

Das war er. Jeden Winter kommen Nonnengänse in großer
Zahl von Svalbard herüber. Die sind nicht wie Ringelgänse, die
ich vom Watt in Northumberland kenne. Nonnengänse hören
sich an wie hupende Autos im Stau, besonders wenn sie sich
auf dem Wasser sammeln oder in langer Reihe fliegen. Der
Loch Alder ist kein Lomond, aber er hat tiefe Schluchten an
den Ufern von dem Schmelzwasser, das vom Farigaig herunter-
kommt, und die Gänse nisten gern unter den Steilhängen, wo
kein Raubtier hingelangt. Es war denkbar, dass Alex sie beobachtet hatte.

Gaines zog die Schubladen des Schreibtischs auf. »Tja«,
sagte er anschließend. »Kein Handy. Leerer Koffer, keine Jacke
oder Wanderstiefel. Das lässt darauf schließen, dass sie das Haus
verlassen hat, wahrscheinlich zu Fuß, und wenn man nach dem
Fernrohr gehen kann, dann wahrscheinlich um das Seeufer zu
erkunden. Also, ist sie im Laufe des Tages gegangen?«

Ich versuchte, mir einen Reim darauf zu machen, aber die
Details ergaben keinen logischen Zusammenhang. Alex Coben
war schon den ganzen Tag weg? Mir war, als drückte eine Faust

41

meinen Magen zusammen. Wenn sie bei dem Sturm da draußen war, dann vielleicht nicht als Einzige. »Ich bin nicht … ich kann nichts weiter dazu sagen«, stammelte ich. »Ich war nicht im Dienst.«

Gaines strich sich mit einer behandschuhten Hand über den Mund. Das Leder schabte über Bartstoppeln, während er das leere Zimmer betrachtete. »Haben Sie eine Waffenkammer?«

Auf einmal fühlte ich mich kraftlos.

Das Mackinnon war ursprünglich als privater Jagdsitz erbaut worden, und unsere Gäste teilten sich ungefähr hälftig in jene, die die Wildtiere beobachten, und jene, die sie töten wollten. Wir hatten noch immer eine ordentliche Anzahl an Jagdgesellschaften zu Gast und verliehen daher unsere Schusswaffen. Für mich war jener Raum unauslöschlich mit der Erinnerung an ein gewisses Fehlverhalten verbunden. Ich war selbst schuld, dass er die unangenehme Macht behielt, mich nervös zu machen.

Was ich da vor über einem Jahr getan hatte, raubte mir mitunter noch den Schlaf.

»Haben wir«, sagte ich und befingerte die Schlüssel in meiner Tasche. Untergebracht über der Garage am Fuß der Zufahrt gegenüber vom Parkplatz, sollte die Waffenkammer nur von Personal betreten werden, das die Genehmigung hatte, die Gewehre zu benutzen. Ich gehörte nicht dazu.

»Sie müssen mich hineinlassen.«

»Hören Sie, Officer Gaines, würde es Ihnen etwas ausmachen, mir zu sagen, worum es hier genau geht?«

Er bedachte mich mit einem Lächeln, das mir sehr einstudiert vorkam. »Nur eine Vorsichtsmaßnahme.«

»Ich darf zu den Schusswaffen keinen Zugang gewähren«, sagte ich. »Ich habe keinen Waffenschein. Und muss man beim Häftlingstransport nicht bewaffnet sein?« Ich wusste ge-

42

nau, dass sein Holster leer war. Wie auch die Taschen an seiner Weste. Er schwieg. »Was ist mit Ihrer Dienstwaffe passiert?«

»Ich habe sie bei dem Unfall verloren.« Gaines holte tief Luft und straffte die Schultern, dabei las er in meinem Gesicht. Wir verließen Nummer sechzehn und standen auf dem Flur. »Sie wollen wissen, was los ist? Also gut.« Seufzend legte er sich eine angemessene Erklärung zurecht. »Ich gehörte zu einem dreiteiligen Konvoi. Wir sollten einen Häftling in ein anderes Gefängnis verlegen, nachdem sich im Porterfell eine verfahrene Situation ergeben hatte, die anhielt.«

»Hat deshalb heute die Sirene geheult?«

Er nickte. »Das Wetter war trügerisch, und der Häftlings-transporter, dem ich folgte, rutschte von der Straße. Ich verlor die Gewalt über meinen Wagen. Nachdem ich wieder zu mir gekommen war, stellte ich fest, dass der Transporter offen und der Häftling verschwunden war. Ich wusste von dem Hotel und machte mich auf den Weg hierher. Bei dem Sturm war es schwer, etwas zu erkennen, aber ich habe keine Spuren gesehen. Der Schnee ist noch frisch. Demnach ist es unwahrscheinlich, dass der Flüchtige hier ist. Es sei denn, er hätte einen ganz anderen Weg hierher genommen. Es bleibt also im Bereich des Möglichen. Jedenfalls ist es meine erste Pflicht, die Kollegen zu verständigen und zu bitten, dass sie ein Team rausschicken, bevor der Flüchtige sehr weit kommen kann. In der Zwischenzeit müssen wir für unsere Sicherheit sorgen, und deshalb muss ich in die Waffenkammer. Ich übernehme die volle Verantwortung.«

Ich versuchte, meine trockenen Lippen zu befeuchten, und stellte die Frage, die mich beschäftigte, seit Gaines seine Geschichte erzählt hatte. »Wie gefährlich ist der Flüchtige?«

Der Officer rieb sich ein Auge mit dem Handballen. »Unter diesen Umständen stellt er eine Bedrohung dar. Aber er hält

43

sich nicht im Gebäude auf. Das haben wir bereits festgestellt. Als Nächstes muss ich sicherstellen, dass wir uns schützen können. Das hat jetzt Priorität.«

Der Sturm rief sich mit wütenden Böen gegen die Erkerfenster in Erinnerung. »Die Waffenkammer liegt über der Garage«, sagte ich. Mir drang eine Kälte unter die Rippen, als würde ich im See versinken. »Ich zeige sie Ihnen.«

Zur Waffenkammer zu gehen gefiel mir noch weniger als die Aussicht, dem Häftling zu begegnen.

6

Die Garage lag an der ersten Kehre der steilen Zufahrt zur Bergstraße, zu Fuß zehn Minuten vom Hotel entfernt. Ich verspürte den lächerlichen Drang, die Sicherheitsvorkehrungen des Hauses zu rechtfertigen, als hätte ich sie mir ausgedacht. »Die Garage befindet sich im ehemaligen Stall, der abgeschlossen ist. Es gibt Überwachungskameras, und die Waffenkammer ist mit einem elektronischen Zahlenschloss gesichert.«

»Gut.« Gaines zog den Reißverschluss seiner Jacke zu, während er zum Rezeptionsbüro humpelte. »Miss Yorke, ich muss mir den Lageplan noch mal ansehen. Die Ein- und Ausgänge.«

Im Büro nahm ich mir eine dicke Jacke mit dem Schriftzug des Hotels und zog sie an, während Gaines sich den Lageplan einprägte.

»Am besten, wir gehen nicht durch die Drehtür, sondern durch einen Personaleingang«, sagte er. »Den von der Küche.«

Bei solchem Sturm war ich noch nie draußen gewesen. Die dunkle Luft war eine strapaziöse dichte Masse voller Lärm. Ich schloss die Hoftür hinter mir zu, und innerhalb von Sekunden wehte mir Schnee unter die Bluse und in den Kragen, und ich war schnell davon genervt, wie der Wind mich schubste und an mir zerrte. Nachdem ich den Schlüsselbund in die Tasche gesteckt hatte, deutete ich die Richtung an, und wir stapften durch den wadenhohen Schnee zur Zufahrtsstraße. Nach wenigen Schritten verlor ich das Gefühl in den Füßen. Die Ränder des Parkplatzes waren bloß noch Schneekämme. Über uns

45

zogen zerrissene Wolkenstreifen, und die Bäume heulten unter einem Himmel in der Farbe von Packeis.

Gaines schleppte sich bergan. Mit gesenktem Kopf neigte er sich in den Wind. Die Straßenlampen waren ausgeschaltet, sodass das halb von Kiefern umgebene Garagengebäude rechts der Zufahrt nur als dunkle Form erschien, deren Umriss nicht genau auszumachen war. Ich dachte an den verzweifelten Mann, der vielleicht frierend in der eisigen Dunkelheit beim Hotel Schutz suchte. Geblendet hob ich den Arm vor die Augen, als vor uns Licht aufflammte, die Lampe über den Garagentoren, gesteuert von dem Bewegungsmelder, der neben der Überwachungskamera hing. Wir stellten uns darunter in den Windschatten mit dem Rücken zur Steinwand. Dort war es so geschützt, dass ich Gaines angestrengt atmen hörte. Beleuchtete Atemwolken waberten vor uns. Wir schauten zurück. Das Hotel, sonst hell erleuchtet, trug nun eine finstere Maske mit leeren Augenhöhlen. Vor dem Haupteingang zitterte die alte Lärche, und die gestutzte Krone bog sich im Sturm.

Der Officer deutete mit dem Daumen auf die zwei breiten Garagentore. »Was ist da drinnen?«

»SUVs.« Es war erleichternd, nicht schreien zu müssen. »Die werden meistens vom Personal benutzt. Wir holen damit Gäste vom Bahnhof ab und machen Besorgungen.«

»Sind sie für diese Wetterverhältnisse ausgerüstet, sodass wir damit fahren könnten?«

Ich spürte, dass sich an meinem Haaransatz Schweißtropfen bildeten. Eigentlich wollte ich mich von der Frage, wie ich morgen früh vom Hotel wegkommen würde, nicht nervös machen lassen, doch wenn der Sturm weiter so wütete, würden die Straßen bald unpassierbar sein. Die Schneepflüge hatten in der vergangenen Woche geräumt und den Schnee an den Straßenrand geschoben, wo er brusthohe Wälle bildete, doch seitdem schneite es ununterbrochen. Die Schneepflüge dürften inzwischen Mühe haben, hierherzugelangen, da war an eine Fahrt mit meinem Nissan nicht zu denken. Die Hotel-SUVs hatten wenigstens Vierradantrieb, aber bei solchem Wetter legte das Geländeteam Schneeketten um die Reifen. Ich könnte mir einen davon borgen, überlegte ich improvisierend, und den Nissan stehen lassen. Mitchell könnte ihn zu dem eBay-Käufer überführen und mir das Geld schicken.

»Miss Yorke?«, sagte Gaines.

Ich ballte die Fäuste in den Jackentaschen, um sie ein bisschen zu wärmen. »Schon möglich. Trotzdem wäre es schwierig«, sagte ich zu ihm geneigt, damit er mich verstehen konnte. Ich roch seinen Schweiß. Wir müssten durch tiefen Schnee bergan und dann der Bergstraße folgen, die sich am Farigaig entlangschlängelte. Viele enge Kurven gäbe es zu bewältigen, und hinzu kämen die trügerischen Straßenränder, von denen mein Begleiter ein Lied singen konnte. Er konnte von Glück reden, dass er mit einer Knieverletzung davongekommen war. »Wir hätten eine Chance, aber je länger das Wetter anhält, desto weniger gefällt mir der Gedanke.«

»Aber Sie haben die Autoschlüssel?« Ich nickte. Er drehte sich zu mir und sah mich an. »Ich muss sicher sein, dass wir den Flüchtigen nicht verlieren und dass er nicht zu einer noch größeren Gefahr wird, als er schon ist. Darum möchte ich, dass Sie mir die Schlüssel zur Garage und zur Waffenkammer aushändigen.«

Ich war es von früher gewohnt, der Polizei zu helfen. Das lässt sich schwer vermeiden, wenn man einen Bruder wie Cameron hat. In meinen Zwanzigern hatte ich Befragungsbögen ausgefüllt, Kuchen hingebracht auf Mums bestem Porzellan (wegen der Beamten bestand sie auf ihrem besten, als ob die Teller das Verhalten ihres Sohnes irgendwie ausgleichen könn-

47

ten) und hatte argumentiert und gebettelt, oft von der Rückbank eines Streifenwagens. Ich schluckte ein starkes Unbehagen hinunter, als ich die Schlüssel vom Ring zog. Die Hotel-SUVs mochten das einzige Mittel sein, um das Hotelgelände morgen früh zu verlassen. »Die brauche ich zurück«, sagte ich. »Ich bin nicht nur für die Sicherheit der Gäste verantwortlich, sondern auch für die des Geländes.«

Er zog sich den Handschuh aus, hielt mir die Handfläche hin, und ich legte die Schlüssel hinein. »Kommt man noch auf andere Weise von hier weg?«

»Nur, wenn Sie das Boot nehmen wollen.« Ich zeigte über den Hotelgarten hinweg – eine graue Schneedecke unter Nebel – zu dem Streifen Eis, der das Seeufer markierte. »Bis zum Anleger sind es von hier anderthalb Kilometer.«

Loch Alder war ein tiefer Süßwassersee, der das Tal zwischen unseren Bergen ausfüllte. An sonnigen Sommertagen außerhalb der Mückensaison hielten die beiden Berge den Wind ab, sodass der See still dalag und sich die Wolken und die Vögel darin spiegelten. Aquarellmaler kamen wegen des Panoramas, und Touristen unternahmen Bootsfahrten oder gingen schwimmen und nutzten die Strände der kleinen Buchten zum Picknicken. Aber während der harten Winter fror der See zu, das Eis kroch von den Buchten her zur Mitte und wurde dicker, bis sich Schlittschuhläufer hinauftrauten. Während der letzten Woche war es an seichten Stellen zu einer dunkelgrauen klaren Schicht von fünf Zentimeter Dicke angewachsen und außerdem mit Schnee bedeckt, sodass der See für das unkundige Auge geschrumpft war. Der schwarze Wasserstreifen in der Mitte schloss sich langsam wie eine rissige Wunde.

»Vereist. Keine Option.« Ächzend setzte Gaines sich in Bewegung und ging zur Tür. Ich nickte und sah zu, wie der große Mann mit plumpen Fingern den Schlüssel zur Waffenkammer

48

handhabte. Er steckte ihn ins Schloss, drehte ihn mit einem Ruck, um das Eis darin zu brechen, dann schob er die Tür auf.

Nach einem Jahr war ich zum ersten Mal wieder hier, und mich durchlief eine leise Scham.

Unser Atem wehte weiß in den Vorraum, als wir uns hineindrängten und den Sturm hinter uns ließen. Gaines schloss wieder ab. Die Fensterscheiben waren von innen vereist. Das fiel mir auf, kurz bevor die Außenlampe erlosch und wir im Dunkeln unsere Taschenlampen hervorfummelten. Gaines hielt seine als Erster in der Hand und leuchtete den Boden ab. In dem Zwielicht sah es aus, als hätte er schwere Tränensäcke. Wegen seiner Schmerzen kniff er ständig die Lippen zusammen. Rechts von uns befand sich die Tür zur Garage, aber wir gingen zur Treppe.

Auf dem Weg nach oben dachte ich unweigerlich daran zurück, was ich in jener Nacht im Dezember vor einem Jahr getan hatte. Zu der Zeit war Cameron seit zwei Wochen tot, und ich war niedergeschlagen und hatte Angst. In meinen Nachtschichten rang ich mit Verzweiflung und Schrecken. Ich war seine Schwester. Was, wenn sie es auch auf mich abgesehen haben?, dachte ich. Ich musste mich irgendwie schützen.

Die Weihnachtsbeleuchtung des Hotels funkelte auf dem nassen Asphalt. Die Bar war geschlossen, die Gäste schliefen, und ich arbeitete in der nebligen dunklen Welt zwischen Mitternacht und Morgengrauen, einer Zeit, in der die schwarzen Kiefern am Seeufer permanent durch Reibelaute kommunizierten und der Wind die Zweige gegeneinandertrieb, sodass sie zu den Schreien der Eulen knackten. Ich war allein, aber vor lauter Angst bezweifelte ich das ständig. Während die Gäste sicher in ihren Betten lagen, ging ich durch das verwaiste Foyer zur Drehtür und schlich zur Garage …

Über die knarrenden Stufen gelangten Gaines und ich zum

elektronisch gesicherten Eingang der Waffenkammer, einer schweren Stahltür mit Tastenfeld. Wie vor einem Jahr tippte ich das Datum der Fertigstellung des Hotels ein, und wir schalteten das Licht ein. Die Waffenkammer war ein fensterloser Raum unter dem Spitzdach und mit weinrotem Teppichboden ausgelegt. In der Mitte unter der Leuchtstoffröhre stand eine Vitrine von der Größe eines Billardtischs.

Darin lagen auf rotem Filztuch ein Dutzend Jagdgewehre mit hochglänzenden Nussbaumschäften.

7

An den Seiten waren Schubladen eingelassen, und Gaines schloss sie auf und zog sie ein Stück heraus.

Was dort lagerte, wusste ich aus jener verzweifelten Dezembernacht, als ich mit zitternden Fingern hastig darin suchte. Eine enthielt schwarze Zieloptiken, darunter Zielfernrohre und Laserzielgeräte, eine andere die kleineren Luftgewehre. Die ließ Gaines außer Acht. In der dritten lagen handtellergroße Schachteln ordentlich nebeneinander. Der Polizist brummte zufrieden und begann, Pappdeckel anzuheben. Behutsam zog er Styroporeinsätze heraus, in jedem Loch steckte eine Patrone mit der Spitze nach unten.

Es gab eine Liste, in welcher der Inhalt der Schubladen genau aufgeführt war. Vor einem Jahr hatte ich sie angleichen müssen, um zu vertuschen, dass etwas fehlte, und auch zurückliegende Verzeichnisse manipuliert, damit sich keine Diskrepanz ergab. Mir war klar, dass man nur Zeile um Zeile vergleichen müsste, um die rechnerische Trickserei zu finden, und ich rechnete damit, erwischt zu werden, doch das passierte nicht. In den Monaten danach blieb ich angespannt und dachte oft daran, das gestohlene Gewehr zurückzulegen, aber die Vorstellung, mich ein zweites Mal im Dunkeln dorthin zu schleichen und die Liste erneut zu manipulieren, war mir unerträglich. Jetzt war meine Kündigung eingereicht, eine Gelegenheit kaum noch vorhanden. Über Weihnachten hatte ich mir eingestehen müssen, dass das Gewehr an seinem neuen Platz bleiben und noch lange dort versteckt sein würde, nachdem ich den

Job aufgegeben hätte. Nur ich kannte das Versteck. Vielleicht würde eines Tages jemand darauf stoßen. Bis dahin würde es dort bleiben, ein Erinnerungsstück meiner Angst in den Tagen nach Camerons Tod.

»Haben Sie schon mal gejagt?«, fragte Gaines, als er den Glasdeckel der Vitrine anhob. Ich blinzelte, atmete heftiger und schüttelte den Kopf. »Ich habe einen Jagdschein und Schießtraining, kann also gefahrlos damit umgehen«, sagte er. »Sie dagegen nicht. Daher will ich eines klarstellen: Unter gar keinen Umständen dürfen Sie die Gewehre benutzen. Nur ich. Verstanden?«

»Verstanden«, sagte ich mit trockener Kehle.

»Remingtons«, sagte Gaines halb zu sich selbst, als erinnerte er sich an Jagdausflüge ins Moor in seiner Kindheit. Er zog an einem Griff auf der rechten Seite und offenbarte eine leere Kammer. »Vier Patronen im Magazin.« Sorgfältig führte er Patronen ein, ließ sie einrasten und schloss das Gewehr. Er setzte den Schaft an seine Schulter, machte sich mit dem Gewicht vertraut, dann hielt er es vor sich. »Sicherungshebel hier«, sagte er und betrachtete die Waffe, bevor er sie senkrecht hielt. »Gut. Danke, Miss Yorke. Wir können nicht vorsichtig genug sein.«

Ich sah Gaines langsam nickend an und versuchte, meine Erinnerungen beiseitezuschieben und mir einen Reim darauf zu machen, was gerade passiert war. In seine kurze, unnötige Demonstration des Gewehrs ließ sich vieles hineindeuten, und nichts davon beruhigte mich.

»Wenn wir wieder im Haus sind, möchte ich, dass Sie in Sicherheit bleiben.« Er zog sich den Gewehrriemen über den Kopf, schloss den Reißverschluss seiner Tasche und hängte sie sich über die Schulter. »Ich werde noch mal versuchen, ob ich Handyempfang kriege. Sie besetzen die Rezeption und passen auf. Verstanden?«

Ich wollte antworten, bekam aber keinen Ton heraus. In den letzten Jahren hatte ich nicht mehr viel mit Polizisten zu tun gehabt, aber Gaines rührte üble Erinnerungen auf. Lange zurückliegende Erinnerungen.

Einen Bruder wie meinen zu haben bedeutete, eigene Ziele hintanzustellen. Andere Mädchen bekamen einen Freund, ich dagegen wurde mit einem Straftäter in Handschellen abgeführt. Schulkameradinnen entfernten sich nach und nach in feste Jobs und planten ihr Brückenjahr, ich dagegen fuhr jedes Wochenende nach Hause als erschöpfte Betreuerin eines kriminellen Jugendlichen. Während meine beste Freundin Jessie ihren vierundzwanzigsten Geburtstag feierte, borgte ich mir das Auto ihres Freundes, um meinen Bruder zu suchen, und fuhr die Innenstadt von Newcastle ab, rollte im Regen langsam an den Bürgersteigen entlang, als wäre ich auf schnellen Sex aus. Ich erinnere mich noch immer an das Ticken der Heizung, das Ruckeln des defekten Scheibenwischers, die Scham und Verzweiflung jener langen Nacht.

Und eines Tages endete der acht Jahre dauernde Albtraum abrupt.

Wie jeder damals hatte ich die Berichte über Troy Foley verfolgt. Man konnte die Nachrichten über den berüchtigten Waffenschieber kaum meiden, der schon so lange auf freiem Fuß gewesen und der Polizei endlich bei einem Undercover-Einsatz in Hackney ins Netz gegangen war. Mit morbider Faszination verschlang ich die Berichte, wenn Mitglieder seiner Bande verhaftet wurden. Jeder Tag brachte neue Enthüllungen. Troy Foley kaufte Handfeuerwaffen und Munition in Atlanta und organisierte ihren Transport nach England, versteckt in Klimageräten. Das wurde aufgedeckt. Später stellte sich heraus, dass die Geräte in England an Adressen in Bristol, Manchester und Glasgow geliefert wurden, die zu Banden gehörten. Während die Ermittlungen vorankamen, wurden die Mittäter nach und nach aufgestöbert.

Dann wurde die Festnahme des einundzwanzigjährigen Cameron Yorke aus Corbridge in Tyneside bekannt gegeben, der mit der Verteilung der illegalen Waffen zu tun gehabt hatte. Ein Ermittler bezeichnete meinen Bruder als einen von Troy Foleys Schlüsselvermittlern bei der Etablierung von grafschaftsübergreifenden Banden. Den Namen meines kriminellen Bruders in einer großen Zeitung zu lesen war ein Tiefschlag, von dem ich mich nie so ganz erholte.

Da Cameron im Gefängnis saß, hätte meine jahrelange Anspannung eigentlich enden können, doch nachdem ich so lange in dysfunktionalen Verhältnissen gesteckt hatte, wusste ich nicht mehr, was normal war. Ich hatte mich im Studium schon mit gestörten Jugendlichen und ihrer psychischen Verfassung beschäftigt, eine Magisterarbeit zu Verhaltensauffälligkeit und pathologischem Ungehorsam geschrieben, ehrenamtlich in psychiatrischen Einrichtungen gearbeitet, sogar das Strafjustizsystem und Straffälligkeit unter Jugendlichen studiert. Ich war derart auf die Probleme anderer konzentriert, dass ich jahrelang nicht an mich selbst dachte. Nach meinem Aufbaustudium wurde ich glücklicherweise von der Universität Edinburgh als außerordentliche Dozentin eingestellt. Mein Fachgebiet wurde die Psychologie fehlerhaften Entscheidungsverhaltens. Selbst dann noch lenkte Cameron mit unsichtbarer Hand meine Lebensentscheidungen. Drei Jahre lang nahm ich den Lehrauftrag wahr – die glücklichste, befriedigendste Zeit meines Lebens –, aber als Cameron nach Porterfell verlegt wurde, gab ich die Stelle auf und zog ihm nach. Schließlich musste jemand wöchentlich nach ihm sehen und dafür sorgen, dass er sicher war. Ich glaubte, es ginge nur darum, ihn zu beschützen, und nicht, dass ich mich irgendwann selbst schützen müsste.

»Sie müssen wachsam sein«, sagte Gaines gerade. »Sich klug verhalten. Und lassen Sie niemanden rein. Das könnte eine lange Schicht für Sie werden. Haben Sie etwas, womit Sie sich die Langeweile vertreiben können? In Ihrem Zimmer?«

Ich dachte an meine Reiseführer und den Sprachführer und brachte ein heiseres Ja hervor, worauf er nickte und die Vitrine wieder schloss. Wir gingen zur Tür. »Der Sturm soll gegen Mitternacht nachlassen«, sagte er auf der Treppe. »Bis dahin vergehen also noch wie viel? Drei Stunden? Ich werde mit meinen Kollegen Kontakt aufnehmen, und wenn wir geduldig und vorsichtig sind, werden wir die Situation meistern.«

Er schloss ab, steckte seine neuen Schlüssel ein, und wir nahmen den Rückweg über den Parkplatz zur Küche in Angriff. Um mein Herzklopfen in den Griff zu kriegen und mich wieder zu sammeln, musste ich langsam mit gesenktem Kopf gehen und meine Atemzüge zählen. Dabei bemerkte ich auch unsere Fußspuren. Auf dem Hinweg vor zehn Minuten, als sie noch frisch waren, hatten die Abdrücke scharfe Kanten gehabt. Nun waren nur noch verschwommene Spuren zu erkennen, die vage an Schuhabdrücke erinnerten. In einer halben Stunde würden nur noch nichtssagende Unebenheiten davon zu sehen sein, und bald wären sie ganz verschwunden. Als wir uns dem Windschatten des Hauses näherten, waren die Spuren wieder deutlicher. Wo kein Wind wehte, hielten sie länger.

Während ich durch den Schnee trampelte, fiel mir ein, dass mir etwas aufgefallen war, und ich versuchte, mich darauf zu besinnen. Es war etwas Wichtiges, das mir beinahe entgangen wäre.

Als ich auf die Küchentür zuhielt, erinnerte ich mich. Vor der Garage bildete der Schnee eine schnurgerade Linie, als hätte jemand kürzlich die Tore geöffnet. Es waren Schwingtore, die man von unten hochzog, sodass sich die Unterkante

55

nach außen bewegte und den Schnee ein Stück weit vor sich her schob, bevor das Tor in seinen Schienen nach oben unter die Garagendecke glitt. Diese Schneelinie war vor dem Wind geschützt. In den letzten paar Wochen hatte es viel geschneit, und in der Februarkälte waren die Schneewehen erhalten geblieben. Doch das Geländeteam hatte neulich noch gestreut, und folglich musste die Schneelinie später entstanden sein. Ich überlegte, wer am Nachmittag gegangen und gekommen war. Viele Kollegen hatten das Haus wegen der Betriebsferien verlassen. Die Küchenleute hatten sich nach der Mittagsschicht eine Großraumlimousine bestellt und ihr Gepäck eingeladen. Die Fenster waren offen gewesen und das Radio eingeschaltet. Der Fahrer hatte gut gelaunt ein paar Mal kurz gehupt und war dann zwischen schmutzigen Schneebänken aus der vorigen Woche den Berg hochgefahren. Kurz darauf waren Wolken aufgezogen, und gegen vier Uhr war der Sturm in vollem Gange gewesen. Ich erinnerte mich an das Heulen des Windes. Mitchell war um fünf gegangen. Vielleicht stammte die Schneelinie von ihm. Er wohnte in einem umgebauten Farmhaus gut vier Kilometer entfernt, nah genug, um vom Hotel zu Fuß nach Hause zu gehen. Aber bei dem Wetter könnte er sich einen der SUVs genommen haben. Die Gäste hatten keinen Zugang zur Garage und waren sowieso im eigenen Auto gekommen – die letzten beiden weich eingeschneiten Gästeautos standen nebeneinander in einer Ecke des Parkplatzes. War das Garagentor also heute Abend geöffnet worden? Ich schaute zurück und überlegte, noch mal hinzulaufen und mir die Spuren anzusehen. Das Licht dort hatte sich wieder abgeschaltet, und das alte Stallgebäude hockte dick beschneit am Hang und wartete.

Die Schneelinie gab Rätsel auf, aber eines war sicher: Jemand war in der Garage gewesen, wahrscheinlich am späten

Nachmittag oder frühen Abend und wahrscheinlich, als niemandem das Licht der Außenlampe auffiel. Und dieser jemand war nicht ich.

8

»Miss Yorke!« PC Gaines hatte sein Gewehr locker in der einen Hand und hielt die andere seitlich an den Mund. Er wartete auf mich an der Küchentür. Ich war offenbar stehen geblieben, um vor mir in den Schnee zu starren, den wir mit den Schuhen aufgeworfen hatten. »Miss Yorke!«

Ich hob eine Hand und stapfte auf ihn zu, holte meinen Schlüsselbund hervor und schloss uns auf. Mit tropfenden Kleidern und Schuhen probierte Gaines erneut, ob das Telefon funktionierte, dann deutete er mit dem Kopf zum Büro. Wir gingen hinein. Er lehnte sein Gewehr sorgfältig an den Aktenschrank und schaltete die Schreibtischlampe ein. Beim Hinsetzen zischte er durch die Zähne.

»Soll ich mir Ihr Knie noch mal ansehen?« Ich setzte mich auf den Stuhl gegenüber und suchte mit der Taschenlampe nach dem Verbandkasten.

Gaines zog sich mit steifen Bewegungen die Jacke aus und bewegte die Finger, damit sie warm wurden. Ihm war anzusehen, dass er Schmerzen hatte. »Dem geht es gut«, ächzte er. »Miss Yorke. Danke so weit für Ihre Hilfe.«

»Nennen Sie mich Remie«, sagte ich.

»Donald«, sagte er. »Don. Hallo.« Er lächelte mich zurückhaltend an, und für den Moment sah ich die Persönlichkeit hinter der professionellen Maske. Einer, der gern in den Pub geht, dachte ich, der gern in Gesellschaft trinkt, der schlecht Golf spielt, und da er keinen Ring trug, tippte ich auf eine Scheidung. Vor mir saß ein zuverlässiger Berufsbeamter, der vor

58

der größten Herausforderung seiner Laufbahn stand. »Remie«, sagte er und neigte sich nach vorn. »Sie haben jetzt die Verantwortung für die Rezeption.« Sein Hemdkragen war feucht, seine Manschetten schmuddelig und seine Fingerknöchel blutverschmiert. Ich sah zu, wie er seinen Verband abwickelte und sich die Wunde ansah. »Ich werde noch mal versuchen, Kontakt mit den Kollegen herzustellen, um sie zu informieren, was passiert ist.« Er knüllte den Verband zusammen, und ich reichte ihm einen frischen. »Wir werden aus Ihrem Zimmer holen, was Sie brauchen, dann möchte ich, dass Sie hier bleiben. Es ist besser, wenn Sie von der Drehtür aus nicht zu sehen sind, sich aber so hinsetzen, dass Sie sie im Blick haben, nur für den Fall.«

»Für welchen Fall?« Meine Haut kribbelte. »Hören Sie. Wer genau ist es, nach dem ich Ausschau halten soll?«

»Der Flüchtige ist ein gefährlicher Mann.« Gaines nahm sein Gewehr.

»Inwiefern gefährlich? Ist er bewaffnet?«

»Das weiß ich nicht, aber ich habe meine Pistole bei dem Unfall verloren, also muss man damit rechnen. Und sein Sicherheitsstatus ist hoch.« Camerons war niedrig gewesen. Hoch bedeutete Mörder. Mir wurde flau. »Er ist gewalttätig und manipulativ. Mehr brauchen Sie nicht zu wissen«, sagte Gaines. »Und jetzt will ich, dass Sie ein Auge auf das Foyer haben. Darum lassen Sie uns nach oben gehen und Ihr Zeug holen. Und auf dem Weg dorthin schauen wir bei Mr. Parik vorbei. Mal sehen, wie er mit den Walkie-Talkies vorankommt.«

Die Überschwemmung im Keller hatte sich verschlimmert. Oben an der Treppe leuchtete ich mit der Taschenlampe in die muffige Dunkelheit, und der Lichtstrahl tanzte über eine funkelnde Wasserfläche. Gaines verzog bei jeder Stufe vor Schmerzen das Gesicht. Der Gang war eine lange Pfütze schwarzen Wassers.

Gaines senkte einen Fuß hinein und prüfte, wie tief es war. »Ein paar Zentimeter«, sagte er. Falls ihn das Wasser genauso beunruhigte wie mich, so ließ er sich das nicht anmerken.

Wir wateten hindurch. Die Luft war kalt und roch widerlich. Irgendwo im Haus musste ein Rohr gebrochen sein. Ich hörte den alten viktorianischen Heizkessel brummen und zischen. Die Vorgänge der letzten paar Stunden hatten eine neue Perspektive mit sich gebracht, und nun kam mir Jais vermutlicher Fehler mit der Aufnahmefunktion nicht mehr so unheimlich vor. Hoffentlich hat er inzwischen einen Erfolg zu vermelden, dachte ich, als ich die Tür zum Büro des Geländeteams aufzog und damit eine Wasserwelle über unsere Stiefel sandte.

Der Raum war leer.

Gaines watete zum Schreibtisch. »Die Funkgeräte sind weg«, stellte er fest.

Ich blickte mich um. Laut der Wanduhr war es fünf nach neun. Alles sah noch genauso aus wie vorhin, außer dass der Teppich sich vollgesaugt hatte und teilweise im Wasser schwamm. Das Wasser leckte an den Füßen des Schreibtischs. »Vielleicht war ihm das steigende Wasser unheimlich«, meinte ich.

Gaines fasste sich fluchend mit beiden Händen in den Nacken und strich sich durch die grau melierten Haare. »Ich habe ihm klar gesagt, dass er hier bleiben soll. Unmissverständlich. Das kompliziert die Dinge. Wie soll ich für seine Sicherheit sorgen, wenn er durchs Haus streunt?«

Zuerst Coben, jetzt Jai. Zwei verwaiste Räume. Mir wurde plötzlich kalt. Es gefiel mir nicht, welche Richtung meine Gedanken nahmen. »Vielleicht kommt er gleich wieder.«

Der Officer zog ein finsteres Gesicht. »Gehen wir nach oben.«

Wir fuhren wieder mit dem Aufzug, und kurz darauf stand ich in meinem Zimmer im obersten Stock.

Da Gaines bei mir war, wand ich mich vor Verlegenheit. Ich war dreiunddreißig und schlief noch immer allein. Es gibt so vieles, das man in meinem Alter erreicht haben sollte und das ich nicht erreicht hatte, wie sich an meinem Dachzimmer mit einem Schreibtisch, einem Waschbecken und einer Duschkabine ablesen ließ.

Mein kleiner Koffer, schon gepackt und geschlossen auf dem Bett, enthielt einen Hoodie, Sweathose, T-Shirts, Jeans und Wanderstiefel. In dem noch offenen zweiten Koffer lag die übrige Kleidung, die wahllos hineingeworfenen Bücher, darunter auch ein Sternenhimmelführer, außerdem tausend Euro und mein Pass. Der Nachttisch erzählte auch eine traurige Geschichte: noch mehr Bücher und mein zehn Jahre alter Feldhockeyball, ein orangefarbener Bauer, den ich nach einem Hattrick im Entscheidungskampf gegen Kelvinside behalten musste, und zwischen Bett und Nachttisch lehnte der Hockeyschläger. Meine Schreibtischschubladen, die ich noch ausräumen musste, waren vollgestopft mit Briefen von Cameron – sehr kurzen, unbeholfen auf der Schreibmaschine getippten – und Unterlagen von dem Berufungsprozess. In meinem Bad befanden sich nur ein Kosmetiktäschchen, eine Zahnbürste und ein Föhn. Das war alles.

»Meine übrigen Sachen habe ich eingelagert«, erklärte ich verlegen.

Gaines brummte. »Schon alles gepackt, wie ich sehe.«

»Das ist meine letzte Nacht. Morgen fliege ich nach Heathrow.«

Er warf mir einen Blick zu, dunkle Augen unter blutigen Brauen. »Von Aberdeen? Keine Chance.«

Ich atmete langsam und tief durch. »Ab Inverness werden die Straßen frei sein.«

Der Officer zuckte mit den Achseln. »Nehmen Sie sich, was Sie brauchen. Ein Buch, eine Thermosflasche für Tee. Der Hockeyschläger könnte sich als praktisch erweisen. Spielen Sie noch?«

»Nicht mehr so viel.«

Er zog sein Handy hervor. »Es wäre am besten, wenn wir in Verbindung bleiben könnten. Wenn sich der Sturm legt, haben wir vielleicht eine Chance. Wir sollten schon mal die Nummern austauschen.«

Er rief seine auf und diktierte sie mir, und ich tippte umständlich, für den Fall, dass er meine Kontakte sah. Ich hatte ein Dutzend Nummern gespeichert. Eine gehörte Mitchell, eine dem Koch, eine der Einlagerungsfirma in Aberdeen, die übrigen gehörten Kollegen vom Fachbereich Psychologie in Edinburgh, Namen, die bei mir Sehnsucht auslösten. Außerdem zwei alten Freundinnen, die mir durch meine späten Zwanzigerjahre treu geblieben waren, während Cameron die Normalität demontierte. Eine gehörte meiner Mutter – ein verpasster Anruf war daneben verzeichnet; sie hatte am Nachmittag angerufen, aber ich war nicht rangegangen –, und der letzte Eintrag war keine Telefonnummer. Das war die sechsstellige Nummer, die Cameron mir bei meinem letzten Besuch im Porterfell gegeben hatte. Ich scrollte an allen vorbei und las Gaines meine Nummer vor. Dabei war ich so darauf bedacht, den traurigen Zustand meiner Kontakte zu verbergen, dass ich sein Handy kaum beachtete.

Erst später fiel mir auf, wie neu es ausgesehen hatte.

»Ich werde gleich versuchen, meine Kollegen zu erreichen, und die Sicherheit des Außengeländes prüfen«, sagte Gaines. »Wenn Ihnen irgendetwas ungewöhnlich vorkommt, melden Sie sich, selbst wenn es Ihnen geringfügig erscheint. Auch wenn wir nicht miteinander sprechen können, könnte eine Textnachricht durchkommen. Und schauen Sie bei Mr. Pariks Zimmer vorbei und geben mir Bescheid, ob alles in Ordnung ist.«

»Mach ich.«

Wir hielten in dem blauschwarzen Schein des Aufzugs inne. »Viel Glück«, sagte ich mit trockener Kehle.

»Heathrow«, sagte er lächelnd, als wir uns trennten. »Träumen Sie weiter.«

Ich sah die breitschultrige Gestalt des Officers in der Dunkelheit verschwinden. Dann kehrte ich in mein Zimmer zurück, um den Hockeyschläger zu holen.

9

Zurück im Rezeptionsbüro, kochte ich mir einen Kaffee und setzte mich. Die Schuhsohlen an den Heizkörper gestemmt, wartete ich mit dem Schläger auf dem Schoß, dass meine Füße und Hände warm wurden. Es war ein Gray's Midbow, gebraucht gekauft während meines letzten Unijahrs, ein abgenutztes Ding voller Schrammen. Damals hatte ich die Angewohnheit, an dem Griffband zu knibbeln, während der Teambesprechungen mit dem Daumennagel das Silikon zu lösen, weil ich die halbe Zeit mit den Gedanken bei Cameron war. Nun ertappte ich mich wieder dabei, weil ich abgelenkt war, dass ich nervös den Nagel unter das Band schob wie unter den Schorf einer Schürfwunde.

Neun Jahre lang hatte ich den Schläger nicht benutzt. Mir kam plötzlich eine Erinnerung, stark und scharf wie ein Stich. Mit dem Schläger auf meinem Schoß hatte ich zuletzt einem jungen Mann auf die Finger geschlagen.

Ich tat das damals wegen Cameron. Wahrscheinlich glaubte ich, ein plötzlicher brutaler Gewaltausbruch könnte meinen Bruder wachrütteln, sodass er sein Leben änderte. Ein Irrtum. Das einzige Leben, das sich nach jenem Abend änderte, was das des jungen Mannes. Ich hatte ihm die Knochen der rechten Hand gebrochen.

Das Wochenende von Camerons sechzehntem Geburtstag war das letzte, das unsere Eltern zusammen verlebten. Ich war wie immer am Freitagabend nach Hause gekommen – vor einem

Jahr hatte ich Camerons Blut trotz kräftigen Schrubbens nicht aus dem Beifahrersitz rausbekommen –, hatte in meinem alten Kinderzimmer meine Reisetasche ausgepackt und war am Samstagnachmittag zum Spielen in meinen alten Hockeyklub gegangen. Am Abend wussten meine Eltern nicht, wo Cameron war. Wir aßen zusammen, schauten fern und umgingen das Thema. Sie waren sichtlich erleichtert, als er um sechs Uhr hereinkam. Ihm war eingefallen, dass seine Schwester gekommen war, um seinen Geburtstag zu feiern, und dass das inzwischen als lobenswert galt, zeigt, wie sehr sich die Verhältnisse verschlechtert hatten.

Wir gingen in die Stadt Pizza essen. Während der Mahlzeit wirkte Cameron nervös, als wartete er darauf, dass sich etwas Besseres für ihn ergab. Da ich hoffte, an unsere Nähe von jener blutigen Heimfahrt anknüpfen zu können, versuchte ich, mich mit ihm zu unterhalten. Er dagegen knetete den Saum der Tischdecke und blickte in einem fort auf sein Handy. Wegen des Geräts war er zu Hause schon schief angesehen worden, denn es war eins von dreien, die er mit sich herumtrug; eine Angewohnheit, die er noch nicht zufriedenstellend erklärt hatte. Er trank zwei Bier, wirkte immerzu unglücklich, und als wir auf seinen Geburtstag anstießen, lächelte er gezwungen. Seine Haare waren sehr kurz geschnitten, und er hatte die Angewohnheit entwickelt, sich mit den Fingerspitzen vom Nacken aus über die Kopfhaut zu fahren. Seine Nägel waren abgekaut und seine Fingerspitzen gelb vom Tabak.

Als wir wieder zu Hause waren, eskalierte die Situation. Mein Vater machte es sich mit der Fernbedienung bequem, streckte die Beine von sich, schlug die Füße übereinander und wollte sich mit uns einen Film ansehen. Cam lungerte am Küchenfenster herum, um die Straße im Auge zu behalten, und erklärte, er würde gleich noch weggehen. Mein Vater zog ein

65

langes Gesicht, meine Mutter rastete aus. Cameron lehnte sich an die Küchenzeile, blickte ins Leere und ballte in den Hosentaschen die Fäuste, während Mum schrie, dass die Familie bei bestimmten Anlässen wichtiger sei als Freunde.

»Deine Schwester ist zu Hause!«, schimpfte sie und drohte mit dem Finger. Sie hatte sich extra die Nägel lackiert, und sie mit Make-up, Cardigan und frisierten Haaren so wütend zu sehen war unglaublich traurig.

»Und ich muss arbeiten!«, schrie Cameron.

Meine Mutter kannte die Antwort offenbar schon. »In dem Lieferwagen herumsitzen?«, fragte sie und schürzte die Lippen. »Hast du mal nachgesehen, was da auf der Ladefläche liegt?«

Cameron lachte. »Mum, du hast keine Ahnung, wie die Welt funktioniert. Keinen blassen Schimmer.«

»Was läuft denn da?«, fragte ich.

»Er hat sich wieder mit dieser Bande eingelassen.«

Ich empfand eine leise Enttäuschung und hoffte noch, dass es sich anders verhielt. Cameron lachte bitter, zog den Vorhang zur Seite und sah die Straße hinunter, dann holte er das schicke Handy wieder hervor und checkte seine Nachrichten.

»Ist das wahr?«, fragte ich. Ich kannte die Bande. Seit Cameron ihr mit vierzehn beigetreten war, hatte ich immer wieder schlaflose Nächte gehabt. Das waren Jungs aus unserer Gegend, ungezügelte Jugendliche mit chaotischer Kindheit, die taten, was ihnen gefiel. Besonders einer, Danny Franks, war ein Rattengesicht mit einem stets abwesenden Vater und einer Mutter, die man wegen Sozialbetrugs verhaftet hatte. Franks hatte mit Sachbeschädigung angefangen, später gestohlen und dann weiche Drogen verkauft. Er war noch übler geworden. Man hatte ihn der Vergewaltigung beschuldigt, und es war von einem Autounfall die Rede, mit dem er angeblich eine Versicherung betrogen haben sollte. Ich hatte das nicht weiter verfolgt, seit ich weggezogen war, aber bei meinen Wochenenden zu Hause wurde ich immer auf den neuesten Stand gebracht; polizeiliche Verwarnungen, eine Verhaftung, eine Verurteilung zu gemeinnütziger Arbeit. »Ist es wieder dieser Danny Franks? Cameron, er bringt dich nur in Schwierigkeiten.«

»Du nicht auch noch«, sagte er, krümmte die Finger und fuhr sich damit über den Kopf. Seine Finger zitterten. »Mum war unzufrieden, als ich keinen Job hatte. Jetzt habe ich einen, und sie ist immer noch unzufrieden. Ich muss was rauchen. Ich gehe jetzt.«

»Die sind ein übler Haufen!«, warf unsere Mutter ein.

Ich bedeutete ihr, still zu sein. Wegen jener Nacht vor einem Jahr, der blutigen Nacht, in der er mir die Sternbilder nannte, hegte ich die schwache Hoffnung, zu ihm durchzudringen, nachdem meine Mutter gescheitert war. »Warte, Cam. Einen Moment. Was machst du?«

»Vergiss es«, sagte er, ging in den Flur und nahm sich eine Jacke vom Haken.

»Genau«, rief meine Mutter. »Lauf wieder vor der Verantwortung weg!«

Ich schickte sie ins Wohnzimmer und schloss die Tür, dann schnappte ich mir Cam, bevor er verschwinden konnte. Ich war lange genug Friedensstifter und Vermittler gewesen und wusste, wie ich solche Eskalationen handhaben musste. »Du solltest dich nicht mit dem Kerl abgeben«, sagte ich.

»Rem, du verstehst das nicht«, erwiderte er und zog sich die Jacke an. »Keiner versteht das.« Wieder die gekrümmten Finger über die Kopfhaut. Gelbe Fingerspitzen mit blutigem Nagelrand. Und eine teure Taucheruhr, die ich noch nicht kannte. Die drei Handys und die Uhr zusammen waren Anzeichen einer Steigerung. Das gefiel mir kein bisschen, aber den geringen Einfluss, den ich auf ihn gehabt hatte, verlor ich gerade.

67

»Ich kann dir helfen«, sagte ich. »Du könntest eine Weile bei mir wohnen.«

»Verzieh dich«, sagte er müde und haute ab. Er warf die Tür so kräftig zu, dass sie wieder aufsprang. Im selben Moment sah ich meinen Hockeyschläger zwischen den Mänteln und Stiefeln an der Wand lehnen und draußen den Lieferwagen anhalten. Franks saß am Steuer, die Fahrertür stand offen. Ich hörte Bässe wummern. Als ich den Weg zum Gartentor hinunterlief, roch ich das Marihuana, sah die Wolken gegen die Windschutzscheibe wehen. Ich hatte zu viel Wein getrunken und brannte vor Zorn. Meinen Midbow hielt ich fest gepackt in beiden Händen.

Franks lachte, bevor ich ihm die Finger brach.

Er hatte sich in einer Rauchwolke zu Cameron gedreht und redete lauter, damit ich ihn hörte. »Bro, wann ist aus deiner Schwester eine MILF geworden? Hätte nichts gegen einen Bump and Grind mit der.«

Seine rechte Hand lag locker oben auf dem Lenkrad. Ich trat an die offene Tür heran.

Ich hatte viel Hockey gespielt. Edinburgh University Ladies hatte zehn Feldhockeymannschaften. Je nachdem, wie ich in Form war, wechselte ich zwischen der ersten und der zweiten Elf. Ich konnte hart und zielgenau schlagen, sodass ich Franks Mittelhandknochen pulverisierte. Er heulte auf, es war der gellende Klageschrei eines Kindes, und er hielt sich die zertrümmerte Hand.

Vom restlichen Abend weiß ich kaum noch etwas, aber Franks schwankende Schreie, die schmerzerfüllt und ungläubig klangen, habe ich selbst heute noch im Ohr. Ich erinnere mich verschwommen, dass Cameron ihn zur Notaufnahme fuhr, und an einen wütenden Streit am Tag danach, als ich meine Tasche packte. Unsere Eltern trennten sich ein paar Wochen später. Ich fuhr zurück nach Edinburgh und wartete auf einen Besuch der Polizei.

Der nicht kam.

Ezra wütete gegen die oberen Fenster und scheuchte mich aus meinen Erinnerungen hoch. Ich lauschte dem Wind, der im Foyer dumpf gegen die Glasscheiben drückte. Im obersten Stock war Gaines auf der Suche nach Handyempfang. Jai war unerlaubt abwesend. Coben war verschwunden. Für einen kurzen, törichten Moment dachte ich, es könne nicht mehr schlimmer werden. Dann kam ein Geräusch von der Rezeption. Die Sprechanlage summte.

Draußen stand jemand und wollte hereingelassen werden.

In meinem Bauch flatterte Angst. Ich weiß nicht, wie lange ich noch sitzen blieb, bevor es mir gelang, meinen Körper in Bewegung zu setzen, doch als ich schließlich aufstand, konnte ich es nur langsam mit schmerzenden Muskeln, und mein Puls ging heftig. *Es könnte der Sturm sein. Eine elektrische Fehlfunktion. Besser, ich hole Gaines.* Das Telefon rutschte in meiner Handfläche, als ich in die Kontakte ging und seine Nummer antippte. Hoffnungslose Stille, während ich wartete, nicht mal ein Wählton. Die Uhr zeigte Viertel nach neun an. Ich schickte eine Textnachricht – *Jemand an der Tür. Kommen Sie runter* – und beobachtete, wie sich der Sendebalken langsam bis zu einem Viertel voranbewegte, dann auf eine unsichtbare Wand traf und stoppte. Die Nachricht ging nicht durch.

Beim zweiten Summen ließ ich vor Schreck das Handy fallen. Es überschlug sich, und ich musste unter Mitchells Schreibtisch umhertasten. Meine Finger fühlten sich dick und steif an, als wären sie halb erfroren. Wer draußen stand und auf den Klingelknopf der Gegensprechanlage drückte, konnte mich nicht sehen, aber das würde sich ändern, wenn ich zur Treppe oder zum Aufzug ginge, um Gaines zu holen. Ich steckte das Handy ein und wischte die schwitzenden Handflächen an den Polyesterärmeln meiner Jacke ab, um trockene Hände zu haben. Die Erinnerung an den Danny-Franks-Vorfall machte mich nervös. Doch der Schläger könnte von Vorteil sein. Ich nahm ihn am Griff und schlug damit durch die Luft, um ruhig zu werden, eine vertraute Bewegung, die ich draußen auf den kalten Spielfeldern von Edinburgh Astroturf Tausende Male ausgeführt hatte. Jene Abende schienen jetzt ewig her zu sein.

Das wird Alex Coben sein, sagte ich mir, die von ihrer Wanderung zurückkommt, erleichtert, dass sie es zurückgeschafft hat. Oder jemand anderer. Ein geflohener Häftling, durchgefroren und verzweifelt. Gaines war vor fast zwei Stunden angekommen, also hatte der neue Besucher immerhin so lange überlebt bei kaltem Wind bei unter minus zehn Grad ohne warme Jacke, ohne Essen und kaum vor dem Wetter geschützt. An der Tür eines einsamen, verlassenen Hotels zu klingeln war sicherlich eine letzte Verzweiflungstat. Sehr wahrscheinlich war er in einem Zustand, wo er keine Bedrohung darstellte; vielmehr müsste er medizinisch versorgt werden. Ich stellte mir jemanden vor, der blind hereinschwankte und sich hilflos zusammenkrümmte, dessen halb erfrorene Finger in der Wärme schmerzten. Ich nahm den Erste-Hilfe-Koffer und wartete noch einen Moment ab, bis ich wieder ruhig atmete.

Beim dritten Summen war ich so weit. Ich ging vom Büro an die Rezeption, setzte mich, lehnte den Schläger an den Schreibtisch und stellte den Erste-Hilfe-Koffer hin. »Mackinnon Hotel«, sagte ich in das Gegensprechgerät. »Wir haben zurzeit geschlossen. Kann ich irgendwie helfen?«

Gaines hatte recht gehabt: Die Dunkelheit im Foyer war für mich günstig. Das Einzige, was meine Sicht nach draußen störte, waren die Spiegelungen der blauen Bodenlichter. Davon abgesehen war es dunkel genug, um draußen Formen und Bewegung zu erkennen.

Da stand jemand an der Gegensprechanlage.

Es ist verblüffend, wie viel man aus der Silhouette eines Menschen schließen kann. Das war nicht Alex Coben. Das war ein Mann, kleiner als unser erster Besucher. Er duckte sich schutzsuchend gegen die Tür, die Kapuze einer schwarzen Jacke tief ins Gesicht gezogen. Er wirkte nicht gerade gelassen – aber auch nicht, als hätte er sich zwei Stunden durch einen Schneesturm gekämpft und wäre geschwächt. Ich überdachte mein Fantasiebild des durchgefrorenen Häftlings. Der Mann hatte sich von der Klingel wegbewegt, wie mir jetzt auffiel, und linste durch die Glasscheibe. Durch meine schräge Sichtlinie war sein Gesicht für mich nicht zu erkennen.

Er drückte erneut auf den Knopf der Sprechanlage. Seine Stimme klang trocken, müde und englisch, die Vokale flach, nordenglisch. »Ma'am, Sie müssen mich reinlassen.«

Ich räusperte mich. »Ich fürchte, wir haben hier ein Problem. Ich wurde angewiesen, niemanden hereinzulassen.«

»Ich bin Polizist, Ma'am.« Seinem Akzent nach stammte er aus der Gegend zwischen Leeds und Manchester. Aus *police* wurde *pulleece* und aus *ma'am* wurde *mamm*.

Ich war erleichtert. Ein zweiter Polizist, vielleicht sogar Gaines' Partner. Er hatte keinen Partner erwähnt – wieso hatte ich ihn nicht danach gefragt? –, aber es war ein Dreier-Konvoi gewesen. Vielleicht war ihm sein Partner den Hang hinunter gefolgt. Ich musste mich bremsen, um nicht mit dem Schlüssel in der Hand sofort zur Tür zu laufen. »Okay«, sagte ich, unterdrückte meine Freude und blieb bei dem professionellen Ton. »Ich müsste mir Ihren Ausweis ansehen. Das ist Vorschrift.«

Der Mann drückte einen Ausweis gegen die Scheibe. Eine

71

weiße Plastikkarte mit Passfoto. Ich war zu weit weg, um mehr zu erkennen, aber selbst wenn, hätte das keine Rolle gespielt.

Was der Mann als Nächstes sagte, trieb mir die Luft aus der Lunge.

»Gaines 4256. PC Donald Gaines, Polizei Schottland. Oben auf der Bergstraße hat es einen Unfall gegeben.«

10

Meine Gedanken waren wie verkleistert.

Ich stotterte und krächzte dann: »Sagen Sie das noch mal.«

»PC 4256 Gaines, Ma'am. Es gibt ein Problem, mit dem ich hier draußen fertig werden muss, und ich brauche Hilfe …« Er redete ruhig, aber bei den Geräuschen in meinem Kopf konnte ich mich kaum konzentrieren. Einzelne Wörter drangen durch das Knistern, und das Brausen des Windes störte seine Erklärung. »… und ich fürchte, die Situation wird noch komplizierter, weil wir nicht wissen, wo sich der Flüchtige befindet. Ich muss zu Ihnen reinkommen.«

Mein Herz wurde klein und hart wie ein Hockeyball. »Flüchtige?«, brachte ich hervor.

»Wenn ich hereinkommen dürfte, könnte ich Ihnen alles erklären, was Sie wissen müssen. Das Wetter erschwert die Umstände zusätzlich, und ich muss Verstärkung anfordern, habe aber keinen Handyempfang.« Er richtete sich von der Sprechanlage auf, sein Gesicht war undurchdringlich. Er hob beide Arme auf Schulterhöhe, kehrte mir die Handflächen zu und zuckte mit den Achseln. »Außerdem muss ich mich verarzten, Ma'am. Ich habe mir bei dem Unfall eine Verletzung zugezogen. Machen Sie bitte die Tür auf.«

»Ich darf nicht.« Ich versuchte, meine kribbelnde Gänsehaut zu ignorieren, und legte ein wenig Entschlossenheit in meinen Ton. »Was, wenn Sie nicht der sind, der Sie zu sein behaupten?«

Darauf schwieg er erst mal. Ich sah ihm an, dass er seine Möglichkeiten durchdachte, sah ihn ein paar Schritte vom

Haus zurücktreten – leichtfüßiger als Gaines – und mit den Händen an den Hüften an der Fassade hockblicken. Dann trat er wieder an die Sprechanlage. »Ma'am, ich werfe meinen Dienstausweis durch den Briefschlitz. Kommen Sie her, nehmen sie ihn heraus und überprüfen Sie es. Ich bleibe da stehen, wo Sie mich sehen können.« Er blickte erwartungsvoll auf. Anscheinend reagierte ich zu langsam, denn er drückte erneut auf die Klingel. »Ich kann Ihnen von hier aus nichts tun. Prüfen Sie den Dienstausweis.« Er zeigte auf den Briefschlitz.

Neben der Drehtür befand sich ein Briefkasten. Ich hatte den Schlüssel dazu. Das war ein simpler Vorschlag. Ich konnte mir nicht vorstellen, wie das schiefgehen könnte, also stand ich auf und ging mit meinem Hockeyschläger zur Tür. Ich gab mir Mühe, unbefangen, stark und aufrecht zu erscheinen, aber meine Hüften schienen auf fremden Beinen zu treiben. Ich brauchte drei Versuche, um den Schlüssel in das Schloss einzuführen. In dem Briefkasten lag nur die Plastikkarte. Hinter der Klappe war es kalt wie in der Dekompressionskammer zwischen Taucherglocke und schwarzem, eisigem Wasser. Ich nahm das Kärtchen. Es war so groß wie ein Führerschein, das Plastik fühlte sich kalt an.

Ich drehte es um. Es war einige Jahre her, seit ich einen Polizeiausweis gesehen hatte. Ein daumennagelgroßes Passbild zeigte ein schmales Gesicht mit hoher Stirn, hellen Haaren und Augen, die ein bisschen zu eng standen, um attraktiv zu wirken. Ich schaute durch die Glasscheibe. Der Mann da draußen stand im Schneetreiben. Der Sturm zerrte an seiner Jacke, sodass er seine Kapuze zurückschlagen musste. Der Wind klatschte ihm die Haare an die Stirn, an der eine Platzwunde allmählich verschorfte. Ein hässlicher Bluterguss färbte die rechte Schläfe und die Augenhöhle. Gaines hatte ganz ähnliche Verletzungen. Erlitten bei demselben Verkehrsunfall, nahm ich an. Ich schaute prüfend auf das Kärtchen, dann in sein Gesicht. Das war beunruhigend. Das Foto auf dem Kärtchen war ein Schwarzweißbild, das jeder ordentliche Drucker von einer Bildschirmkamera ausspucken konnte, typisch bei befristeten Besucherausweisen, die in jedem öffentlichen Gebäude des Landes an Schlüsselbänder gehängt wurden. Solche Fotos, wurde mir gerade klar, gaben Eigenheiten unscharf wieder, als wäre das Gesicht eine Landschaft, deren markante Merkmale von einer Schneeschicht weichgezeichnet wurden.

Der Mann zuckte ein wenig unsicher mit den Achseln und zog einen Mundwinkel hoch. »Das bin ich«, sagte er mit einem vertrauenerweckenden Lächeln, dann trat er noch mal an die Sprechanlage. »Es ist kalt hier draußen, Ma'am.« Seine Erwartungshaltung war bezwingend. Er wartete einfach darauf, dass ich gehorchte, rieb seine behandschuhten Hände aneinander und schob sie schließlich in die Achselhöhlen.

»Einen Moment noch, Officer«, sagte ich. »Ich muss etwas nachschauen.« Ich wandte mich ab und ging ohne einen Blick zurück an den Schreibtisch, legte den Dienstausweis auf die Tastatur und griff zum Telefon. Eigenartig, wie die Umstände unsere Meinung über jemanden ändern können. Ich wollte mit Jai sprechen. Ich rief auf seinem Zimmer an, und als der Besucher wieder klingelte, ignorierte ich das. Das Haustelefon läutete dreimal, und bei jedem Mal wurde ich mutloser.

Dann nahm Jai ab, und ich redete mit überschäumender Dankbarkeit. »Ihnen ist nichts passiert. Welche Erleichterung. Wir dachten, Sie wären verschwunden.«

»Im Keller stieg das Wasser«, sagte Jai. »Wollte mir die Schuhe nicht ruinieren. Jedenfalls habe ich die Funkgeräte zum Laufen gebracht und dachte, ich habe hier oben größere Chance auf guten Empfang.«

»Gibt es etwas Erfreuliches?«

75

»Nein. Dann bin ich Gaines in die Arme gelaufen, und er hat mir befohlen, im Zimmer zu bleiben.«

»Wann?«

»Alles in Ordnung?«

»Könnten Sie ihn holen? Er ist ein Stockwerk höher und sucht nach Handyempfang.«

»Ich weiß. Er hat eines der Walkie-Talkies mitgenommen. Vor zehn Minuten ungefähr. Will Hilfe herrufen. Aber er hat mir eingeschärft, das Zimmer nicht zu verlassen.«

»Könnten Sie bitte nachsehen, Mr. Parik?«

»Jai.« Ich schwieg, er seufzte. »Na gut. Bleiben Sie dran.«

Ich betrachtete die Ausweiskarte und horchte auf Geräusche im Haus. Ich hörte Jais Zimmertür ins Schloss fallen. Ich drückte auf den Knopf der Sprechanlage und sagte: »Einen Moment, Sir.« Der Officer erwiderte etwas, aber ich konzentrierte mich wieder auf das Telefon.

Jai kam keuchend zurück. »Kann ihn nicht finden. Ich bin außer Form«, schnaufte er. »Hab mir am Black Friday ein Rudergerät gekauft, aber wie das so ist, bin ich noch nicht dazu gekommen, es zu benutzen. Was ist eigentlich los? Ist was passiert?«

Ich leckte mir über die Lippen. Sie waren trocken und aufgesprungen. »Wir haben einen zweiten Besucher.«

Ich konnte ihn praktisch denken hören. Dann klang er gar nicht mehr unbeschwert. »Wer ist es?«

»Auch ein Polizist. Er behauptet, PC Don Gaines zu sein.«

Ich hörte Jai atmen. »Das soll ein Witz sein«, sagte er. »Sie wollen mich auf den Arm nehmen, ja?«

»Nein.«

»Haben Sie ihn reingelassen?«

»Nein. Ich will, dass Sie herkommen und mir helfen zu entscheiden.«

»Gaines? Wirklich? Warten Sie. Ich bin schon unterwegs.«

Sowie ich aufgelegt hatte, klingelte unser Besucher wieder. Ich drückte auf den Knopf. »Danke für Ihre Geduld«, sagte ich in meinem Rezeptionston. »Ich musste nur etwas prüfen.«

»Ich verstehe. Aber die Sache ist dringend, Ma'am. Googeln wird Ihnen nicht helfen.«

»Ich habe nicht gegoogelt. Wir kommen zurzeit nicht ins Internet.«

Darauf entstand eine Pause. Vor der Tür wurde Schnee aufgewirbelt. »Ich nehme nicht an, dass Ihr Telefon funktioniert?«

»Die hausinterne Leitung ja, aber die Verbindung nach draußen ist tot. Tut mir leid.«

Er lehnte die Stirn gegen den Rahmen der Drehtür. »Klar«, sagte er. Eine Bö trieb den Schnee gegen die Fenster. Er zog sich die Kapuze tief ins Gesicht, stellte sich breitbeiniger hin und stemmte sich gegen den Wind. Als der nachließ, drückte er wieder auf den Knopf. »Ich möchte, dass Sie mich reinlassen.« Hinter seiner geduldig vorgebrachten Bitte spürte ich aufkeimenden Ärger.

»Ich warte nur auf … einen Kollegen.«

Der Lift kündigte sich an, die Türen glitten auseinander. Jai tappte ins Foyer. Seine Haare hingen offen herab, und er hatte seine Yankee-Kappe aufgesetzt. »Wo ist er?« Ich deutete mit dem Kopf zur Tür. »Kann ich ihn mal sehen?«

Ich hob den Ausweis an, und Jai kam und nahm ihn mir aus der Hand. Er betrachtete ihn und blickte zur Drehtür. »Wollen Sie ihn reinlassen?«

Ich ertappte mich, wie ich mit dem Daumennagel über den Griff des Hockeyschlägers kratzte und das Silikonband stückchenweise löste, sodass sich Kleber unter dem Nagelrand sammelte. Ich zwang mich, damit aufzuhören, und versuchte nachzudenken. »Sollten wir das tun? Ich glaube nicht, dass uns

77

etwas anderes übrig bleibt. Da draußen stürmt und schneit es, es sind zehn Grad unter null.«

»Ja, aber stimmt es, was er sagt?«

Ich brauste auf. »Das weiß ich doch nicht! Schwarze Kapuzenjacke, schwarze Stiefel, sieht dem Foto ähnlich … Was meinen Sie? Er könnte jeder sein.«

»Zum Beispiel der geflohene Häftling«, sagte Jai. Ich nickte, und er fragte unnötigerweise: »Was, wenn er gefährlich ist?«

»Na ja. Ich habe den hier.«

»Einen Hockeyschläger? Ist das Ihr Ernst? Im Porterfell sitzen Hunderte Straftäter mit hoher Sicherheitsstufe. Die sitzen lange Haftstrafen ab.« Er deutete zur Tür. »Der könnte einer von ihnen sein. Ich dachte, der Cop hätte darauf bestanden, in die Waffenkammer zu gehen. Sie sind in die Waffenkammer gegangen, oder?«

»Ich habe keinen Waffenschein.«

Jai schnaubte ungläubig. »Spielt das eine Rolle? Wir müssen uns verteidigen können. Das haben Sie ihm doch sicher gesagt. Wollte er Ihnen eine Waffe geben?«

Ich erzählte ihm, wie Gaines die Handhabung des Gewehrs demonstriert und dann betont hatte, nur er dürfe eine Schusswaffe bei sich tragen. »Er hat den Schlüssel an sich genommen«, gab ich beschämt zu. »Damit kein anderer an die Waffen herankann.«

Jai blickte zur Drehtür. Ich sah seinen Adamsapfel hüpfen. »Wir werden noch mal hingehen und einbrechen müssen«, sagte er. »Haben Sie etwas, das sich als Brechstange verwenden lässt? Ich kann die Tür aufstemmen.«

Es kam mir vor, als hätte ich immer weniger Einfluss auf die Situation. »Die ist einbruchsicher«, sagte ich. »Eine schwere Stahltür. Wir können sie nicht einfach aufhebeln.«

Er sah mich mit halb offenem Mund an. »Remie, das ist

Ihre letzte Nacht. Und da draußen läuft ein geflohener Häftling herum.«

»Das wissen wir nicht genau.«

»Mir gefällt das nicht.«

»Mir auch nicht, aber wir können den Mann nicht bei diesem Sturm in der Kälte stehen lassen«, sagte ich. »Schon mal was von Bestätigungsfehler gehört?« Jai schaute verständnislos. Ich erklärte es flüsternd, als ob mich der Mann draußen hören könnte. »Das ist die Neigung, Informationen so zu interpretieren, dass sie die eigenen Überzeugungen bestätigen. Die erste Darstellung ist nicht unbedingt die wahre Darstellung.«

»Ich kann nicht ganz folgen.«

»Wir wissen, dass es nicht zwei PC Gaines gibt«, sagte ich. »Also muss einer der beiden Fremden jemand anderer sein. Gaines wirkte echt. Aber was, wenn der andere der echte ist?«

An Jais Schläfe trat eine Ader hervor. »Der da ist Gaines?«, zischte er, blickte zu den Türen und hinter sich in den Gang. Der Wagen der Anstreicher stand in dem finsteren Flur, der zum Wintergarten, zur Küche und zur Bar führte. Ich musste plötzlich daran denken, wie Gaines und ich auf dem Weg durchs Hotel alle Lampen ausschalteten und dunkle Räume zurückließen. »Und wir haben den falschen Kerl schon ins Haus gelassen?«

Meine Haut glühte, und meine Kopfhaut spannte. Ich nickte.

11

Jai zog einen Daumennagel zwischen den Schneidezähnen rauf und runter und starrte auf den Boden. »Wir sollten ihn reinholen und einschließen«, sagte er. »Ihn befragen.«

Allmählich wurde ich sauer. »Herrgott, ausgerechnet heute Nacht«, fauchte ich. Dann holte ich langsam und tief Luft und versuchte, mich zu beruhigen. »Wenn er Polizist ist, könnten wir uns damit in Schwierigkeiten bringen«, gab ich zu bedenken und dachte an meinen Flug. Dabei stellte ich mir vor, wie mich zwei Polizisten aus dem Abflugbereich durch die Flughafenhalle abführten.

»Wir müssen uns irgendwie schützen. Schließlich haben wir nur den Hockeyschläger«, meinte er spöttisch.

Ich starrte ihn an. Sein Vorschlag kam mir falsch vor. Ich rang damit und überlegte, was mich konkret daran störte. »Was, wenn der Mann da draußen bewaffnet ist?«

»Tja, dann ist er der Bulle«, sagte Jai, zog aber im nächsten Moment die Brauen zusammen. »Es sei denn, er hat die Pistole und die Uniform gestohlen.«

Wieder summte es. Wir schauten durch das Foyer zu dem Mann im Schnee. Er rief etwas. Hinauszögern erschien mir nicht länger möglich. Ich drückte mit zitternden Fingern auf den Knopf der Sprechanlage. »Ich komme jetzt und lasse Sie herein, Sir. Aber ich werde Sie in das Büro setzen.« Ich nahm meinen Schläger und drehte mich zu Jai. »Bitte kommen Sie mit.«

Jai schluckte und nickte. Wir gingen zur Drehtür. Mit Herzklopfen schloss ich auf. Wieder schob sich ein Fremder in einen Viertelkreis und kam blau gefroren und bereift in das warme Foyer. Unser zweiter Besucher war ein rotblonder, bärtiger Mann, den ich auf Ende dreißig schätzte, obwohl er älter aussah. Er war schlanker als der erste Besucher, ein bisschen jungenhaft, hatte etwa meine Größe und Statur. Ich musterte die schwarze Winterjacke mit den geknöpften Taschen, die dicke Stichschutzweste, die schwarzen Hosen und Polizeistiefel. Er sah uns mit grauen Augen an und zog die Kapuze vom Kopf. Er hatte sich den Kopf angeschlagen – oder war geschlagen worden, dachte ich –, und seine Stirn war geschwollen und blau-schwarz, ein einziger Bluterguss. Das Blut aus einer Platzwunde war geronnen, die Haut rings um das Auge und an der Nasenwurzel dunkel. Ich hielt den Hockeyschläger hoch.

Er betrachtete ausdruckslos meine Schlagwaffe. »PC 4256 Gaines«, sagte er. »Und Sie sind?«

»Sie müssen für ein paar Minuten im Büro bleiben«, erklärte ich. Meine Stimme klang spröde. »Ich gebe Ihnen einen Verbandkasten und besorge Ihnen etwas zu essen. Aber ich fürchte, wir müssen noch etwas erledigen, bevor wir …« Da mir keine diplomatische Formulierung einfiel, ließ ich den Satz in der Luft hängen und zeigte zu dem Raum mit der brennenden Schreibtischlampe.

»Ich verstehe nicht. Ich muss Kollegen anrufen und sie über die Situation informieren.«

»Sie müssen für ein paar Minuten in dem Büro bleiben«, wiederholte ich.

Der Mann stellte sich breitbeiniger hin. »Ma'am, ich bin Polizist. Bei allem Respekt, ich muss meinen Pflichten nachkommen.«

Mein Puls wummerte, während ich mich fragte, wie ich deutlicher werden sollte. Gott sei Dank war Jai da. »Sir, Miss Yorke trifft nur notwendige Vorsichtsmaßnahmen. Sie sind heute Abend nicht unser erster Besucher. Es dürfte nicht lange dauern, bis wir geklärt haben, was los ist. Bis dahin – da hat sie recht – müssen wir vorsichtig sein. Sie werden in dem Büro warten müssen.«

»Und Sie sind?«

»Jaival Parik, Sir.«

»Wir werden uns beeilen«, sagte ich.

Der Mann verschränkte die Arme, schob das Kinn vor und musterte uns. Mir wehte ein kräftiger Geruch von Schmelzwasser und Diesel entgegen. Ich stellte mir einen zerbeulten Wagen vor, der mit dampfendem Motorblock im Schnee zischte. Wir hielten schweigend stand. Schließlich lenkte er ein. »Wie Sie wollen.«

Im Gehen öffnete er seine Jacke und zog sie behutsam von einer Schulter, sichtlich verkrampft vor Schmerzen. Darunter sah ich ein weißes Hemd, einen dicken Gürtel, keine Speckröllchen wie bei Don Gaines. Dieser Mann war schlank und muskulös. Schlagstock, leeres Schulterholster. Gaines Nummer eins – den ich bisher für den echten Don Gaines hielt – war ohne Waffe angekommen und hatte ihr Fehlen erklärt. Nun hatten wir einen zweiten in derselben Lage.

Ich brachte den Mann ins Büro und wies ihm den Schreibtisch. Er setzte sich hin und musterte uns. Die Ausstrahlung war deutlich anders. Der vorige Mann, der sich blutend und ächzend auf diesen Stuhl sinken ließ, war ein Don Gaines gewesen, dem seine Angst immer wieder anzumerken war. Dieser Gaines dagegen war trotz seiner Verletzungen ruhig, beherrscht von zäher Entschlossenheit. »Ich bin nicht der erste Besucher? Was meinen Sie damit?«

»Vor etwa zwei Stunden ist ein Mann hier angekommen«, antwortete ich von der Tür und beobachtete sein Mienenspiel. »Ein Polizist.«

Der Mann zog die blutigen Brauen hoch und zuckte zusammen. »Und wo ist der jetzt?«, fragte er leise und gelassen.

Mein Schlüssel steckte bereits im Schloss, und ich überlegte, wie viel ich verraten sollte. »Er sucht eine Stelle, wo man noch Handyempfang hat.«

Der zweite Besucher schluckte. Schlanker Hals, vorstehende Schlüsselbeine unter dem Oberhemd mit Krawatte. »Draußen im Sturm?«

Ich schüttelte den Kopf. »Oben im dritten Stock.«

»Im Hotel?« Er sah an mir vorbei zu Jai, offenbar um etwas von seinem Gesicht abzulesen. »Wie sieht der Mann aus?«

»Ein bisschen wie Sie«, sagte ich. »Aber kräftiger gebaut. Ein paar Zentimeter größer. Älter.«

»Hat er Ihnen seinen Dienstausweis gezeigt?«

Ich wahrte meinen neutralen Gesichtsausdruck, während ich zurückdachte. Gaines hatte ihn von außen an die Glasscheibe gedrückt. Ich war hingegangen, um ihn reinzulassen. Hatte ich mir das Kärtchen näher angesehen? Ganz bestimmt. Nur konnte ich die entsprechende Erinnerung nicht abrufen. War es möglich, dass ich das vergessen hatte? Ich räusperte mich. »Natürlich.«

Vielleicht klang ich ein wenig unsicher. Der Besucher zog jedenfalls eine Braue hoch und zuckte wieder vor Schmerzen zusammen. »Haben Sie sich den genau angesehen?« Ich wusste nicht, wie ich darauf antworten sollte. Gaines hatte etwas gegen das Glas gedrückt. Das mochte alles Mögliche gewesen sein. Der Officer wartete auf meine Antwort und drückte dabei zwei Pillen aus demselben Blisterstreifen wie Gaines. Er stöhnte. »Haben Sie etwas Wasser für mich?«

Ich deutete mit dem Kopf zur Kaffeemaschine, wo noch ein Rest in der Kanne stand. Er drehte sich um, goss sich ein und schluckte die Pillen. In Gedanken ging ich die Optionen

83

durch, den Hockeyschläger in meinen heißen, rutschigen Händen. Sollte ich offen sein und ihm alles sagen oder sicherheitshalber nur das Nötigste? Ich schluckte mühsam. »Er hat sich als PC Don Gaines vorgestellt.«

Der Officer trank von seinem Kaffee. Er stutzte, blickte auf. In seinen Augen zeigte sich eine Regung, aber in dem Zwielicht war schwer zu erkennen, was in ihm vorging. »Das erklärt eine Menge.« Er klang unnachgiebig, direkt und kurz angebunden. Er stellte seine Tasse hin und stand auf. »Hören Sie. Dieser Mann ist gefährlich. Ich muss ihn finden. Wenn Sie mich einfach meine Arbeit tun lassen.«

»Warten Sie.« Ich griff nach meinen Schlüsseln. »Nur ein paar Augenblicke, bitte. Ich werde Sie jetzt einschließen.«

Während ich den Schlüssel herumdrehte, beobachtete ich ihn durch die Glasscheibe. Sein Gesichtsausdruck wechselte zwischen Frustration und Empörung. »*Mich einschließen?*«

»Wir müssen die Dinge durchsprechen …«, begann ich.

»Nein, Sie müssen mir zuhören«, brummte er durch die Glastür. »Hier befindet sich ein Mann im Hotel, und der ist gefährlich. Es ist meine Pflicht, Sie zu schützen, aber das kann ich nicht tun, solange ich hier drinnen sitze. Gehen Sie nicht weg, Miss, das ist wichtig. Keiner von Ihnen weiß, in welcher Gefahr Sie stecken. Aber ich weiß es.« Als er weiterredete, zitterte seine Stimme. »Bitte. Verlassen Sie das Foyer nicht. Nehmen Sie sich meinetwegen einen Moment Zeit zum Überlegen, aber bleiben Sie, wo ich Sie sehen kann. Okay?«

Mit schmalen Fingern schob er sich die rotblonden Haare aus der Stirn, sodass sein Hemdsärmel hochrutschte und eine Tätowierung am linken Unterarm entblößte. Das wären die Binärwerte, mit denen ich operieren würde, dachte ich. Tattoo/kein Tattoo, Dienstausweis/kein Dienstausweis. Der Gedanke löste einen Schweißausbruch im Kreuz aus.

Ich nickte. »Okay.«

Wir zogen uns an die Rezeption zurück. Jai lehnte sich dagegen, ich setzte mich auf den Stuhl, und wir warteten im Lichtschein, der durch die Glaswand des Büros fiel. Wir hatten soeben jemanden gefangen genommen. Jai holte das Walkie-Talkie aus der Tasche, schaltete es ein, und an dem Griffband meines Schlägers knibbelnd sah ich in sein ernstes, von unten angeleuchtetes Gesicht. Und über seine Schulter hinweg quer durch das Foyer zur geschlossenen Drehtür, wo Ezra einen Armvoll Graupelkörner gegen die Glasscheiben schleuderte.

»Ist irgendwas zu hören?«

Jai schüttelte den Kopf und schob seine Kappe aus der Stirn, sodass der Schirm hochstand. »Es funktioniert«, seufzte er. »Aber wir werden keinen anständigen Empfang kriegen. Schätze, das hängt davon ab, wo der Funkmast steht. Aberdeen? Ich weiß es nicht.« Er drehte an einem Regler und zeigte mir die Anzeige. Auf einem kleinen gelben Sichtfeld erschien eine Sendernummer. Da stand ein Symbol – ein Pfeil über einem anderen, die in entgegengesetzte Richtungen zeigten, das allgemeine Zeichen für Zweiwegkommunikation. »Sehen Sie? Aber ob uns jemand hört, ist eine andere Frage.« Er drückte auf den Schulterknopf. »Hallo. Empfängt da jemand? Können Sie mich hören?« Wir lauschten in die Stille. Jai versuchte es noch einmal. »Hallo? Ist da jemand? Wir sind im Mackinnon Hotel. Wir brauchen Hilfe.«

Wir sahen uns an und warteten. Jai stellte das Gerät auf den Schreibtisch. »Das versuche ich schon, seit ich es zum Laufen gebracht habe. Aber bisher nichts. Das andere habe ich dem Cop gegeben. Dem ersten Cop.« Er kaute am Daumennagel. »Das bereue ich jetzt.«

Hieß das, der erste Gaines hörte, dass wir Hilfe anforderten? Es gab nichts, was wir tun konnten. Trotzdem machte mir der Gedanke eine Gänsehaut. »Was ist mit den anderen Kanälen?«

»Hab sie alle durchprobiert. Im Moment geht gar nichts. Wir können nur darauf hoffen, dass sich der Sturm ein wenig legt und wir dann etwas aufschnappen.« Er schaute in die Nacht hinaus. »Es sieht aber nicht danach aus. Das gefällt mir gar nicht. Also, was tun wir mit dem Kerl da drinnen?«

Ich holte tief Luft. »Während Sie weg waren, hat Gaines mir erzählt, was auf der Straße passiert ist.« Ich spreizte die Finger auf meinen Oberschenkeln und betrachtete im Halbdunkel meine Hände. »Sie wollten einen Häftling verlegen, aber die Fahrzeuge sind ins Rutschen geraten und zusammengekracht. Er ist in seinem Wagen zu sich gekommen.« Jai hörte zu, sein Gesicht im Dunkeln. Ich war mir nicht sicher, ob er Angst hatte. An den Augen und am Mund sah man, ob jemand Angst hatte, und bei Jai waren die Anzeichen nicht zu sehen. Ich spürte bei ihm Ärger, Frustration, aber eigentlich keine Angst. Ich hatte keine Zeit, mich zu wundern, und redete weiter. »Er wollte mir nicht sagen, wer der geflohene Häftling ist, nur dass er gefährlich ist. Er hat mir eingeschärft, niemanden ins Haus zu lassen. Unser neuer Besucher – na ja, er ist ebenfalls unbewaffnet.«

Jai nickte. »Auf den ersten Blick kommt er mir echt vor. Kann ich seinen Ausweis noch mal sehen?«

Ich zog das Kärtchen aus der hinteren Hosentasche und legte es zwischen uns auf den Schreibtisch. Er betrachtete es.

»Meinen Sie, der ist gefälscht?«, fragte ich.

Und während er ihn genauer untersuchte, kam bei mir eine Erinnerung hoch.

Ich hatte schon eine Menge gefälschter Ausweise gesehen, auch eine Folge von Camerons Lebensentscheidungen. In den Jahren nach seinem schicksalhaften sechzehnten Geburtstagsabend verkehrte er ungehindert in den zwielichtigen Bars von Newcastle, und wenn ich übers Wochenende von Edinburgh nach Hause kam, rief er mich oft an, damit ich ihn von einer Spelunke in Benwell oder Scotswood abholte. Eine dieser Nächte ist mir besonders in Erinnerung geblieben: die, in der er die Kamera bei sich hatte. Danny Franks spielte, nachdem ich ihm die Hand gebrochen hatte, in den Kreisen meines Bruders nur noch eine unbedeutende Rolle, und dadurch war ein Job frei geworden. Den Cameron dann bekommen hatte. Dadurch verdiente er viel Geld und gab es nach Lust und Laune aus. Es war ein Samstag und so spät, dass ich ein paar Gläser Wein getrunken hatte und gezwungen war, mich mit Toast und schwarzem Kaffee zu ernüchtern, bevor ich in meinen Volvo steigen und ihn abholen konnte.

Cameron hatte sich im Pub eines Wohnviertels betrunken, einem Fünfzigerjahre-Gebäude mit hässlicher weißer Betonverkleidung und modernden Holzbalken. Die Fenster waren durch die Körperwärme und Atemluft der Gäste beschlagen, und in den Rissen auf dem Bürgersteig wuchs Unkraut. Am Rand ein unbepflanztes Beet und ein verwitterter Picknicktisch. Der Eingang befand sich an der Seite.

Ich lehnte mich draußen an die Hauswand und vermied es, den Türsteher anzusehen, einen beeindruckenden Kerl mit Schmerbauch und Motörhead-Tattoo. Es muss halb zehn gewesen sein, als Cameron herauskam. Er war high oder betrunken oder beides. Er trug eine Truckermütze mit breitem Schirm, ein Paar Nikes und ein Armani-T-Shirt mit goldfarbenen Nieten. Und er hatte eine Kamera um den Hals hängen, eine digitale SLR. Augenscheinlich hatte er sich drinnen damit amüsiert und machte schwankend ein Foto von dem Türsteher. Der kannte ihn offenbar – es wurde hin und her gewitzelt, und Cameron bekam einen freundschaftlichen Klaps aufs Ohr, bevor er zu mir schwenkte und auf mich zuwankte. Ich war als Nächste an der Reihe. Das Blitzlicht schockte mich. Die ersten grellen Aufnahmen mussten mich mit aufgerissenen Augen und wie erstarrt vor der weißen Hauswand festgehalten haben. Er knipste mich unentwegt, während ich ihn zum Auto lenkte, und nachdem ich ihn auf den Beifahrersitz verfrachtet hatte, brüllte er vor Lachen, als er sich die Aufnahmen anschaute.

»Die gehört mir«, sagte er, als ich ihn während der Fahrt durch die Stadt auf die Kamera ansprach.

»Red keinen Unsinn, Cam. Die kosten eine Stange Geld, diese Dinger.«

Statt sich zu äußern, knipste er mich weiter, bis ich drohte, ihn den Rest der Strecke zu Fuß gehen zu lassen.

»Was läuft da?«, fragte ich ihn.

Er grinste. »Mum fing immer wieder davon an, ich sollte aufs College gehen. Dann hieß es, ich soll mir einen Job besorgen. Du weißt, wie sie sein kann. Jetzt verdiene ich ganz gut Geld, und sie ist trotzdem nicht zufrieden.«

»Vielleicht solltest du etwas beiseitelegen«, sagte ich. Wie so oft wollte ich ihn überzeugen, weniger auszugeben. »Du könntest ausziehen, unabhängiger werden.«

»Ich kann den Aufwand nicht gebrauchen.«

»Aber die Handys, die Uhr, jetzt die Kamera. Woher kriegst du das alles?«

»Von einem Kumpel.«

»Dann sind die Sachen gestohlen«, sagte ich.

Er wurde ironisch. »Mensch, meinst du wirklich?«

Vor Zorn wurde ich rot und fuhr schweigend weiter, weil ich nicht wusste, was ich tun oder sagen sollte. Zum Teil war ich wütend über die Ungerechtigkeit – ich ging arbeiten, zahlte Miete und andere Fixkosten und besaß trotzdem nur ein altes

Auto und Schuhe aus dem Supermarkt. »Wozu brauchst du das Ding überhaupt?«, fragte ich gereizt.

»Für Ausweisfotos.« Er fasste in die Hosentasche und fächerte eine Handvoll Kärtchen vor mir aus. »Mitgliedsausweis für die Muckibude«, sagte er grinsend. »Fürs Kasino. Den Snookerklub. Collegeausweis für Bars und Tätowiersalons.«

»Du kannst einen echten Collegeausweis bekommen, wenn du aufs College gehst«, warf ich ein.

»Verdammt noch mal, fang nicht schon wieder damit an.«

»Aber du bist intelligent, Cam.« Ich hasste den nörgelnden Ton, in den ich verfiel, sobald ich so mit ihm redete. »Du würdest gut abschneiden. Und es würde dir Spaß machen.«

»Hör einfach auf.« Er seufzte und starrte aus dem Seitenfenster in die Nacht. »Du hast dein Leben, ich hab meins. Ich habe Arbeit, ich verdiene Geld. Wo ist das Problem? Dass ich es nicht auf die richtige Art verdiene? Auf die Remie-Art?«

In dem anschließenden Schweigen fühlte ich mich beschämt und schuldig. Ich hatte Studien über mentale Abwehr gelesen – Verleugnung war der Fachbegriff; man leugnete die Realität, um eine Kränkung zu vermeiden. In jener Nacht, als ich meinen Bruder nach Hause fuhr, begriff ich, dass ich genau das tat. Er würde nie wieder auf eine Schule gehen. Wenn ich ihm helfen wollte, würde ich anders an ihn herangehen müssen. Als wir an einer Ampel anhielten, fragte ich nach den Ausweiskarten, und er gab sie mir. Sie waren professionell gemacht, alle mit ordentlichen Passfotos. Unglaublich.

»Die Leute werfen immer nur einen flüchtigen Blick darauf«, sagte er, als er sie zurücknahm. »Alle sind so vertrauensselig, weißt du?«

»Eines Tages wirst du dafür geschnappt«, meinte ich.

Er lachte und sagte: »Wahrscheinlich.«

Jai gab mir achselzuckend den Ausweis zurück. »Sieht mir aus wie der Typ im Büro, könnte aber auch jemand anderer sein. Wie sah der Dienstausweis des anderen aus?«

»Der von Gaines?« Ich stützte mich auf. »Ich glaube, den habe ich mir nicht angesehen.«

Darauf blickte er mich an. Wieder prasselten Graupelkörner gegen die Glasscheiben. Er lächelte ungläubig. »Was? Sie haben ihn nicht geprüft?«

»Er hat ihn an die Scheibe gedrückt«, sagte ich errötend. »Sah echt aus. Aber ich habe ihn mir nicht näher angesehen. Ich konnte nicht ahnen, wo wir reingeraten, oder?«

Wir verfielen in Schweigen. Jai musterte das Kärtchen noch einmal, gab es mir zurück und fing an, mit dem Zeigefinger langsam den Verbandkasten zu drehen. »Und der erste Typ, der ist irgendwo oben mit dem Walkie-Talkie«, sagte er. »Was halten Sie von ihm?«

In Gedanken ging ich die Begegnung mit dem ersten Don Gaines noch mal durch. Wegen Cameron hatte ich mit vielen Polizisten zu tun gehabt, und Gaines schien ins Bild zu passen. Die schwerfällige, planvolle Kraftanstrengung passte nach meinem Begriff. »Ich halte ihn für echt. Für einen anständigen Mann. Und Sie?«

Jai überlegte. »Mir fällt es schwer, Cops zu vertrauen. Früher – Anfang der Neunziger – habe ich in der Nähe des Neasden-Tempels gewohnt, und wenn ich mit meinen Brüdern vom Beten kam, hat uns ein bestimmter Polizist ständig schikaniert. Ein großer kräftiger Kerl mit rotem Gesicht und Bart, der meistens vor der Schule an der Brentfield Road den Verkehr regeln musste. Der hatte es auf uns abgesehen. Hat ständig abfällige Bemerkungen gemacht.«

»Das ist schrecklich. Tut mir leid, das zu hören.«

Jai zuckte mit den Achseln. »Manchmal frage ich mich, ob

wir das doch verdient hatten. Vielleicht waren wir frech zu ihm, ich weiß es nicht mehr.«

Ich sah über die Schulter zum Büro. Unser neuer Besucher war anders als Gaines, so viel stand fest. Jünger, wesentlich fitter und stärker, geistesgegenwärtiger, professioneller. Dieser zweite Besucher war ehrgeizig, erwartete Wohlverhalten. Während Gaines seinen Zenit erreicht hatte und seine Karriere dahintrieb, hatte dieser Mann seinen Aufstieg noch vor sich. »Das Problem ist, ich kenne Gaines besser. Den ersten, meine ich.«

Jai strich sich über den Nacken und zupfte an seinem Bart. »Also sollten wir den neuen mal kennenlernen. Ihm ein paar Fragen stellen.«

»Haben Sie bestimmte im Sinn?«

Jai schüttelte den Kopf. Ich stand auf. Der Officer stand an der Glaswand des Büros gegen den Türrahmen gelehnt. Er hatte sich inzwischen Kaffee nachgeschenkt und hielt die Tasse in der Handfläche. Sein warmer Kaffeeatem kondensierte an der Scheibe, als er uns ansprach. »Ich weiß, worum es bei Ihrer kleinen Besprechung geht«, sagte er und wartete, bis wir zu ihm gekommen waren, bevor er weiterredete.

Was er dann sagte, traf mich unvorbereitet. Seine Stimme klang durch das Glas leicht gedämpft, sodass ich seine Worte einen Moment lang wie im Traum hörte und sie mir unwirklich erschienen. Dann war ich geschockt wie nach einer plötzlichen Ohrfeige.

»Es geht um Troy Foley«, sagte er und blickte uns nacheinander an.

Ich merkte, dass ich blinzelnd mit offenem Mund dastand und mein Verstand ausgesetzt hatte.

12

»Wie bitte?«, fragte Jai.

»Sie fürchten, dass ich Foley bin – der ich eindeutig nicht bin, schließlich haben Sie meinen Dienstausweis – oder dass der Kerl oben Foley ist.«

Ich muss wohl »Was?« gesagt haben, denn der Mann wiederholte den Satz.

Ich hörte dieselben Worte noch mal, diesmal langsamer, und dabei sah ich in seinen Augen den Hauch eines Zweifels. »Troy Foley, der entflohene Häftling«, sagte er. »Wir sollten ihn zum Glenochil bringen.« Er wartete. »Es tut mir leid, das muss verwirrend für Sie sein.« Er hob seine Tasse zum Mund, der Dampf stieg vor den blutigen, zusammengezogenen Brauen auf. »Ich würde von einem Polizisten erwarten, dass er Sie über die Situation aufklärt.«

»Das hat er getan. Ein wenig.« Ich fühlte mich wie nach einem Schlag ins Gesicht. Ich blinzelte, bis ich wieder klar sah, und rang mit der Enthüllung. »Sie sagen, Troy Foley saß im Porterfell.«

Der Officer hinter der Glaswand nickte. »Da sollte er nur vorübergehend sitzen, nachdem er zuerst im Barlinnie war. Aber er hat letztendlich ein Jahr dort verbracht, und jetzt hat er es wieder geschafft – war beteiligt an einer Schlägerei letzte Woche und dann an noch einer, als wir ihn heute Nachmittag verlegen sollten. Dann kennen Sie ihn also.«

»Ich habe die Nachrichten genauso verfolgt wie jeder andere«, sagte ich mit trockener Kehle und spürte Jais Blick auf mir.

»Schmuggler, Bandenchef, Waffenschieber«, sagte der Officer. »Hören Sie gut zu. Ich will, dass das vollkommen klar ist, okay?« Er wartete, bis wir beide wortlos nickten. »Was Sie in den Zeitungen gelesen haben, wie er dargestellt wurde … das ist alles wahr. Das Charisma, Mann des Volkes? Alles wahr. Foley bringt mein Blut zum Stocken, aber als ich mit ihm zu tun hatte, war er äußerst charmant. Wir haben sehr lange gebraucht, um ihn zu schnappen, auch weil er so unverdächtig erscheint, so überzeugend auftritt. Er windet sich raus, belastet andere. Er ist redegewandt, zieht eine gute Show ab, hat Beziehungen und teure Anwälte.« Der Mann seufzte. »Ich bedaure, dass ich Ihnen das erzählen muss.«

»Gaines hat keinen Namen erwähnt.«

Darauf hob er einen Zeigefinger und wurde eindringlich. »Stopp. Sie meinen, Foley hat keinen erwähnt. Er hat sich als Gaines vorgestellt, aber Gaines bin ich. Er hat Ihnen etwas gezeigt, das Sie für einen Polizeiausweis hielten, einer seiner Tricks. Ich wette, Sie wurden gerade durch irgendetwas abgelenkt, als er die Karte hervorholte. Das wird irgendwas anderes gewesen sein. Wahrscheinlich hat er sie ganz kurz und aus einigem Abstand gezeigt. Er will, dass Sie ihn für Gaines halten. Er ist im Vorteil, weil er als Erster hier war, und darauf zählt er. Ich verstehe jetzt, warum Sie sich so verhalten.« Er nickte uns beiden entschlossen zu. »Und ich verstehe, warum ich mich sehr anstrengen muss, um Ihr Vertrauen zu gewinnen. Hören Sie, ich werde es Ihnen leichter machen.« Er zog den Schlagstock aus der Gürtelschlaufe und legte ihn sanft auf meinen Schreibtisch neben die Schmerztabletten, eine übertriebene Geste, die fast theatralisch wirkte. Er trat einen Schritt weg und zeigte darauf. »Den lasse ich hier.« Dann hob er den Jackensaum an, sodass das leere Holster zu sehen war. »Keine Schusswaffe. Auf dem Weg hierher habe ich die Abkürzung durch den Wald genommen. Großer Fehler. Der Schnee da oben liegt sehr locker, bin gestürzt. Hab mich verirrt und meine Glock verloren.« Er ließ seine Kaffeetasse neben dem Schlagstock stehen und kam zu uns zurück, die Hände locker hinter dem Rücken verschränkt, eine Haltung, die ich bei Polizisten am Rand von Paraden gesehen hatte. Seine grauen Augen wirkten sanft, obwohl sein Mund verriet, dass er Schmerzen hatte. Er leckte sich mit der Zunge über die Zähne und fuhr fort. »Sie haben meinen Dienstausweis, ich bin unbewaffnet. Ich kann nur noch mal betonen, wie dringlich die Lage ist. So einnehmend Foley erscheint, wir müssen immer bedenken, dass er ein gefährlicher Mann ist, ein Gewaltverbrecher.« Er deutete auf seine Stirn. Aus der Platzwunde über der linken Augenbraue schien schwarzes Blut zu sickern. »Wegen meiner Verletzung lag ich zurück, als ich zu mir kam. Ich musste die Unfallstelle prüfen, und ich habe durch meinen Sturz im Wald noch mehr Zeit verloren. Es tut mir leid, dass Sie so lange mit einem Verbrecher allein waren, das muss verwirrend und stressig gewesen sein. Aber jetzt bin ich hier, und wir müssen zusammenarbeiten. Sie müssen mir vertrauen.«

Er wurde blass und lehnte sich gegen den Türrahmen, wo er das Gesicht zum Glas drehte. Über den Brauen standen Schweißperlen, rosa vom Blut. Ein Officer mit einer Kopfwunde und einer Gehirnerschütterung versuchte, uns zu überzeugen, ihn freizulassen. Ich griff in die Tasche nach meinem Schlüsselbund, hielt aber inne. »Einen Moment noch«, sagte ich zu dem Mann im Büro, nahm Jai beim Arm und zog ihn weg ins Dunkle. »Er scheint mir der echte Gaines zu sein. Aber so schien es bei dem anderen auch. Sie können nicht beide Gaines sein.«

Jai schaute finster. »Ich mag ihn. Er hat gerade seinen Schlagstock auf den Schreibtisch gelegt. Dagegen hat der andere sich eine Waffe verschafft. Ich traue diesem mehr.«

94

Ich dachte an Gaines, und mir fiel etwas auf. Seine eigenartige Demonstration des Gewehrs. Ich erzählte das Jai. »Er hat mich gewarnt. Versucht, mir zu helfen. Ein flüchtiger Verbrecher hätte das nicht getan. Der erste Mann kann nicht Foley sein.«

»Aber bedenken Sie, er hat Ihnen den Garagenschlüssel abgenommen und Ihnen zur Verteidigung nur den Hockeyschläger gelassen. Er hat Sie, wo er Sie haben wollte. Genau die Art Manipulation, vor der der zweite Mann gewarnt hat.«

»Nein, ich glaube, er wollte mir zeigen, wie das Gewehr bedient wird, für den Notfall.«

»Also spielt uns der zweite Cop etwas vor?« Jai beugte sich nach hinten und schaute an die Decke. »Wohl eher der erste, der sich unter dem Vorwand, uns zu schützen, bewaffnet und die Schlüssel zur Waffenkammer an sich nimmt, meinen Sie nicht? Der zweite Cop hat Foley als sehr überzeugend bezeichnet.«

»Erster Cop, zweiter Cop.« Ich seufzte frustriert. »Es wird einfacher sein, wenn wir sie Nummer eins und Nummer zwei nennen.«

Mein Gefährte rückte seine Kappe zurecht und rieb sich den Bart. »Stimmt. Gibt es eine andere Möglichkeit festzustellen, wer der Kerl ist?« Er deutete mit dem Kinn zu unserer Behelfszelle. »Nummer zwei, meine ich. Was ist mit der Reviernummer? Ich glaube, jedes Revier hat eine eigene Kennnummer.«

An der Bürotür wartete Gaines II erschöpft auf unsere Entscheidung. Der Schlagstock lag noch hinter ihm. Er hob den Kopf, als wir in den Lichtschein traten. Sein Gesicht sah aus wie ein Kontrastbild, schwarz um die Augenbrauen und die Nase, blass um den Mund und an den Wangen. Er biss die Zähne zusammen. »Ihr Überwachungssystem erfüllt seinen Zweck nicht«, sagte er.

95

»Es braucht ein Update.«

»Es braucht mehr als das. Es gibt nur sechs Kameras, und vier davon sind draußen angebracht. Von denen sind drei zugeschneit. Die nützen uns beim Aufspüren des Flüchtigen gar nichts. Uns läuft die Zeit davon.« Jetzt blickte er uns kühler an. »Ich möchte Sie nicht wegen Behinderung einer Ermittlung belangen müssen.«

»Wir behindern gar nichts«, widersprach ich. »Wir sind nur vorsichtig.« Darauf schaute er mürrisch, drehte sich zum Schreibtisch und nahm seine Kaffeetasse, wobei er etwas in seinen Bart murmelte. »Ich will Sie etwas fragen«, sagte ich. »Zu welchem Polizeirevier gehören Sie, und wie lautet die Reviernummer?«

Er sah mich an und zog eine Braue hoch. »Ernsthaft, Ma'am?« Er wartete, und da ich schwieg: »Inverness. Vierstellige Nummer, aber sie fällt mir gerade nicht ein.« Das schien ihm nicht peinlich zu sein. »Polizisten merken sich ihre Reviernummer nicht. Ich bin von Bradford versetzt worden. Bin erst seit zwei Wochen bei der schottischen Polizei. Und«, er deutete auf seine Kopfwunde, »ich habe gerade einen Auffahrunfall hinter mir. Habe eine Gehirnerschütterung. Ich muss Ihnen wohl nicht erklären, wie sich eine Gehirnerschütterung auf die Gedächtnisleistung auswirkt, oder?« Er leckte sich über die Lippen. »Hören Sie. Ich kann nicht billigen, was Sie hier tun – das ist ein Fehler. Aber ich verstehe Ihr Dilemma. Ich bitte Sie, sich zumindest selbst in Sicherheit zu bringen. Schließen Sie sich in Ihrem Zimmer ein, Ma'am. Und Sie auch, Sir. Bitte versuchen Sie nicht, auf eigene Faust den Mann zu stellen oder das Problem anderweitig anzugehen.« Er neigte sich zu uns. »In erster Linie muss ich die Bürger schützen. Sind noch andere Gäste im Haus?«

»Nur einer. Sie heißt Alex Coben, aber sie ist nicht da, und wir wissen nicht, wohin sie gegangen ist.«

Gaines seufzte frustriert. »Gut. Wir müssen also ermitteln, wo diese Alex Coben abgeblieben ist. Welches Zimmer hat sie?« Ich nannte ihm die Nummer und erklärte, dass ich mir darüber schon Gedanken gemacht hatte. Er nahm das nickend zur Kenntnis. »Also ist sie wohl wandern gegangen. Könnte durch den Sturm irgendwo festsitzen. Das wird ja immer besser. Noch jemand, den wir suchen müssen? Geländepersonal?«

»Die Jagdsaison ging am Freitag zu Ende. Die haben das Haus heute Nachmittag verlassen. Mr. Parik sollte morgen abreisen.«

»Mr. Parik ist ein Gast? Sie haben ihn als Kollegen vorgestellt«, sagte Gaines II und lenkte dann ein. »Verständlich. Sie brauchten eine zweite Meinung. Gut. Schildern Sie mal, was Ihr erster Besucher getan hat. In allen Einzelheiten.« Er sah mich gespannt an, mit durchdringendem Blick.

Im grellen Licht seiner Aufmerksamkeit erschien mein bisheriges Handeln komisch naiv. Ich wurde rot. »Wir haben die Sicherheit des Geländes geprüft. Er wollte die Waffenkammer sehen. Er hat Jai gebeten, die Funkgeräte zum Laufen zu bringen.«

Der Officer zog den Kopf zurück. »Waffenkammer? Er hat sich bewaffnet?«

»Ich habe ihn für einen Polizisten gehalten. Er kam ohne Waffe an. Sagte, er hätte sie bei dem Unfall verloren.«

Gaines II verschränkte die Finger und starrte auf den Boden. Seine Schultern hoben und senkten sich. Am Hals pochte eine Ader. Dann schlug er einen drängenden Ton an. »Das gefällt mir nicht. Ich kann Sie nicht beschützen, wenn ich selbst unbewaffnet bin. Wo ist die Waffenkammer?«

Ich beschrieb, wie man dort hinkam, und erzählte von Gaines – oder sollte ich ihn jetzt Foley nennen? – und den Schlüsseln. »Er hat sie an sich genommen.« Es war mir peinlich, wie dumm sich das anhörte. »Ich musste sie vom Schlüsselbund ziehen und abgeben.«

Der Officer fluchte. »Also kann nur er noch an die Waffen heran? Das wird ja immer besser.« Ein Seufzer. »Hören Sie, ich würde meine Pflicht vernachlässigen, wenn ich nicht darauf herumreiten würde. Troy Foley ist ein gefährlicher Verbrecher. Wenn Sie sich irgendwo verkriechen, bis der Sturm vorbei ist, nehme ich die Sache in die Hand. Schließen Sie sich im Zimmer ein. Wenn ich weiß, dass Sie beide sich raushalten, spüre ich unseren Besucher auf. Ich kann das Problem bewältigen.«

Das klang wie ein plausibler Plan und ein einfacher Ausweg. Die Versuchung, den Schlamassel auf ihn abzuwälzen, war groß. »Geben Sie uns eine Minute«, sagte ich. Er setzte zum Widerspruch an, aber ich fiel ihm ins Wort. »Wir sind gleich wieder da.«

Er seufzte. »Lächerlich, dass ich mir den Mund fusselig reden muss, damit Sie mich rauslassen. Der Flüchtige kann sich schon seit drei Stunden frei bewegen. Dabei kommt es auf jede Minute an.«

Ich nickte verständnisvoll, und wir zogen uns zur Rezeption zurück zu einer letzten Lagebesprechung.

Draußen wirbelte der Schnee und hielt uns gefangen.

13

»Gehen wir das Ganze noch mal durch.« Ich ging vor Jai auf und ab. »Nummer eins und zwei kommen beide ohne Waffe hier an, aber mit verschiedenen Erklärungen. Nummer eins verschafft sich sofort eine Schusswaffe, Nummer zwei will das nun auch tun.«

Jai schob die Unterlippe vor. »Betrachten wir es einmal anders. Troy Foley sitzt eine Haftstrafe ab. Bei seiner Verlegung entkommt er durch einen Verkehrsunfall. Er dürfte keine Waffe haben, muss also eine stehlen. Vielleicht ist etwas schiefgegangen. Vielleicht ist die Geschichte von dem Sturz im Wald wahr.«

»Okay«, sagte ich. »Was ist mit ihrer äußeren Erscheinung? Meiner Ansicht nach sehen beide wie Polizisten aus. Einer der beiden muss seine Uniform und seinen Dienstausweis gestohlen haben. Könnte vielleicht im Kofferraum des Polizeiwagens gelegen haben.«

»Was sagt uns die Zeit ihrer Ankunft?«, fragte Jai und befasste sich wieder mit dem Walkie-Talkie. »Nummer eins kommt als Erster an. Erleidet der Fahrer einer Polizeieskorte kleinere Verletzungen als der Häftling im Transporter, erholt er sich schneller und kommt deshalb früher hier an?«

»Es könnte länger dauern, vom Unfallort zu entkommen, wenn man im Gefängniswagen mit Handschellen angekettet ist. Das spricht dafür, dass Nummer eins der echte Gaines und der Mann im Büro Foley ist.«

»Nein. Dieser Kerl hat erklärt, dass er sich zuerst um die

Kollegen gekümmert hat, über Funk Hilfe anfordern wollte. Das klang echt. Es sei denn, er hat mit Absicht getrödelt.«

»Ich kann nicht ganz folgen.«

»Ich frage mich, ob es für ihn von Vorteil war, als Zweiter anzukommen. Ob Gaines II einen Grund gehabt haben kann, abzuwarten und erst später aufzukreuzen.«

Ich seufzte. »Mir fällt keiner ein. Wer zuerst kommt, kann seine Version des Geschehens darlegen, und die wird zur Wahrheit, an der der zweite Besucher gemessen wird. Das nennt sich Ankereffekt. Wir stützen uns auf die erste Information, auf die wir stoßen, und verändern unsere Einschätzung nicht, wenn neue Informationen hinzukommen.«

Jai betrachtete mich mit hochgezogenen Brauen. »Sie klingen, als hätten Sie in der Schule aufgepasst.«

»Psychologie war schon immer mein Ding.« Ich setzte mich und drehte mich mit dem Stuhl hin und her, um meine Oberschenkel zu dehnen. »Dienstausweis? Haben beide.«

»Aber nur einer ist echt. Das heißt, Gaines I ist in Wirklichkeit Foley, nicht wahr? Er hat keinen richtigen Ausweis. Er hält etwas hoch und hofft, dass Sie nicht genau hinsehen.« Jai deutete zum Büro. »Aber Gaines II hat den echten Ausweis bei sich.«

Ich dachte darüber nach. »Beleuchtung? Einer wollte, dass wir alle Lampen ausschalten.«

»Stimmt. Weil er nicht wollte, dass ihm die Cops hierher folgen. Oder weil er fürchtete, Foley könnte ihm folgen. Beides leuchtet ein.«

»Und die Prioritäten?«, überlegte ich. »Einer will als Erstes das Revier verständigen …«

»Und Nummer zwei will uns als Erstes in unsere Zimmer schicken, damit er Nummer eins aufspüren kann. Sollte er nicht auch sein Revier verständigen wollen?«

»Hat Gaines II ein Handy?« Ich dachte an die persönlichen Gegenstände der Häftlinge, die bis zum Entlassungstag verwahrt wurden. Aber die meisten Häftlinge benutzten reingeschmuggelte Handys, besonders wenn sie zu einer Verbrecherorganisation gehörten. »Gaines I hatte eins«, sagte ich. »Wir haben unsere Nummern ausgetauscht.« Dann fiel mir etwas ein, das mich traf wie ein Schlag. Sein Handy war neu gewesen, eins, das man sich kaufen würde, wenn man vorhatte, es schnell wieder loszuwerden. Niedergeschlagen teilte ich das Jai mit.

»Konnten Sie einen Blick auf das Display werfen? Auf das Hintergrundbild? War es ein Familienfoto?« Ich schüttelte den Kopf, und er schnaubte enttäuscht. »Das hätte sowieso nichts bewiesen, oder?«

Ich rieb mir die Augen und starrte in die Dunkelheit. »Was ist mit den Uniformen? Irgendwas Verräterisches?«

»Beide tragen schwarze Cop-Klamotten.« Jai zuckte mit den Achseln.

»Okay, betrachten wir ihr Verhalten. Nummer eins trat klar und bestimmend auf. Er fragte nach Funkgeräten und Telefonen. Er wollte die Lichter ausschalten und die Sicherheit des Hotelgeländes prüfen.«

»Aber wir wissen nicht genug über Nummer zwei, um die beiden zu vergleichen. Mir kommt Nummer zwei überzeugender vor. Er ist zäher und fitter.«

»Häftlinge können das auch sein.« Ich dachte an meine regelmäßigen Besuche im Porterfell. »Sie können nicht viel anderes tun als trainieren.« Wir lauschten dem Wind. Bisher mochte ich eine naive Hoffnung gehegt haben, aber die wurde allmählich schwächer. »Wir können nicht ewig zögern«, sagte ich schließlich. »Egal wie wir es angehen, einer von beiden ist gefährlich.«

101

Jai wischte sich mit dem Handrücken über den Mund. »Ich sage, wir lassen unseren Gefangenen frei, und die beiden können die Sache allein ausfechten. Wir sollten in unsere Zimmer gehen und uns einschließen, wie er vorgeschlagen hat. Ich weiß ja nicht, wie es bei Ihnen steht, aber ich muss an meine Familie denken.« Er sah mich beiläufig an und holte tief Luft. »Sie vermutlich auch, nehme ich an.«

Das ärgerte mich. Und es erinnerte mich an die Eigentümlichkeiten dieses Gastes. Er konnte sich das Fragen nicht verkneifen. Ich drehte mich mit dem Stuhl zum Fenster und beobachtete den Sturm. »Nein«, sagte ich gleichgültig. »Bin viel unterwegs.«

»Ah. Die Hotelleitung schickt Sie in verschiedene Häuser?«

»So ungefähr«, log ich. Er zog die Unterlippe zwischen die Zähne und warf mir einen Blick zu, den ich bei dem geringen Licht nicht gut deuten konnte. »Wir können das nicht ewig durchgehen.« Ich stand auf.

»Also lassen wir Gaines II raus, ja? Schicken ihn ins Ungewisse und hoffen, dass einer den anderen beseitigt.«

Ich war mir noch immer nicht sicher. Wir wussten so wenig Konkretes, und was wir sicher wussten, erschien unbedeutend oder heikel oder fügte sich nicht ins Bild. Nur eins stand fest: Wenn wir einen falschen Schritt machten, würden wir beide umkommen.

Wir gingen zum Büro hinüber. Ich schloss die Tür auf, öffnete sie weit und trat zur Seite. Der Officer betrachtete den Geländeplan. »Da liegt die Waffenkammer, ja? Über der Gästegarage.«

Ich nickte. Einen Moment lang blieb er auf der Schwelle stehen und schätzte uns ab. »Also«, sagte er und breitete die Arme aus. »Foley ist gefährlich, und ich muss ihn stellen. Ich brauche eine Schusswaffe.« Ich versuchte nachzudenken, kam aber mit dem Gewirr konkurrierender Möglichkeiten nicht zurande. Gaines II brach das Schweigen. »Zumindest brauche ich meinen Schlagstock.«

»Sie wollten, dass wir uns aufs Zimmer begeben«, sagte ich. »Das scheint mir das Beste zu sein. Ich begrüße das.«

»Dann werde ich Sie begleiten. Sie haben erwähnt, dass Foley nach oben gegangen ist, auf der Suche nach Handyempfang. Wann genau war das?« Er sah auf seine Uhr. »Es ist jetzt kurz vor zehn.«

Kurz vor zehn? Die Zeit trieb dahin, wurde dehnbar. Gaines I war seit über einer Stunde weg. Das war eindeutig zu lange. »Ist eine Weile her«, räumte ich ein.

Der Officer blickte stirnrunzelnd in den Flur, der zu den Aufzügen führte. »Wir lassen ihn dunkel. Nehmen Sie eine Taschenlampe mit. Er soll nicht merken, wo wir sind.« Er steckte sich den Schlagstock wieder in die Gürtelschlaufe. »Haben Sie ihm den Schlüssel zu irgendwelchen Räumen überlassen?«

Ich schwankte. »Nein. Ich denke … nicht. Ich habe ihm einige Zimmer gezeigt, aber die Schlüsselkarte behalten.«

»Also versteckt er sich nicht hinter einer verschlossenen Zimmertür.« Gaines sah uns beide an. »Wir bleiben zusammen. Biegen Sie nicht plötzlich irgendwohin ab. Mr. Parik, wir setzen Sie als Ersten ab.«

»Zweiter Stock«, sagte Jai mit trockener Stimme.

Der Officer nickte. »Ich gehe voran. Folgen Sie dicht hinter mir und bleiben Sie wachsam.«

Gaines ging sehr vorsichtig, leicht gebeugt und mit dem Schlagstock in der Hand. Ich hielt die Taschenlampe, leuchtete vor ihm in den Gang. Wir kamen an den Wagen mit den Farbeimern vorbei und stiegen die Treppe hoch. Unser Besucher reckte den Hals, um möglichst viel von dem Treppenabsatz über uns zu sehen, bevor wir weiter hinaufschlichen. Die Treppe, breit und gebogen, mit einem dunkelgrünen Teppich und Goldrandgeländer, teilte sich unter zwei viktorianischen Porträts in schweren Rahmen und führte in die entgegengesetzte Richtung weiter. Wir hielten an der obersten Stufe inne, um rechts und links in den Gang zu spähen. Ich hielt den Lichtkegel dicht vor unsere Füße. Jais Gang endete in einem Erker mit Fensterplatz, einer antiken hohen Kommode und zwei lederbezogenen Ohrensesseln. Meine Taschenlampe verwandelte die Fensterscheiben in undurchsichtige stahlgraue Flächen, als ich die Kissen und das glänzende Holz beschien.

Gaines schaute in den dunklen Gang zurück, den wir entlanggekommen waren, und Jai zog seine Schlüsselkarte durch. Öffnete seine Tür. »Wo finde ich Sie notfalls?«, flüsterte er.

Ich deutete auf die Personaltreppe, aber Gaines sagte: »Sie werden Ihr Zimmer nicht verlassen müssen, Mr. Parik. Bleiben Sie dort, bis ich Ihnen Bescheid gebe, dass wir außer Gefahr sind.«

Zu den Personalzimmern hochzugehen war nervenaufreibend. Die Taschenlampe zeigte, wie steil die Stufen waren. Ein karger Treppenaufgang. Bewegungsmöglichkeiten waren begrenzt. Ich folgte Gaines, den Blick auf seine Fersen geheftet. Auf dem dritten Stock hatte die Tapete ein dunkelgraues Rankenmuster, und ich bewegte mich unsicher vorwärts durch den grauen Dschungel auf mein Zimmer am Ende des Gangs zu. Das Herz schlug mir bis zum Hals, ich ging immer langsamer. »Da hinten ist es.«

Gaines hob die Hand, damit ich anhielt.

Auf halbem Weg dorthin war in Schulterhöhe ein Handabdruck auf der Tapete. Im Licht der Taschenlampe erschien er schwarz, aber mir war klar, dass wir auf Blut schauten. Der Teppich machte ein Geräusch, wenn wir darauf traten. Ich leuch-

104

tete auf unsere Füße. Wir standen in einer Pfütze. Ich trat einen Schritt zurück, hob einen Fuß an und sah es tropfen.

»Wasser auf dem Teppich«, sagte Gaines II, »Blut an der Wand.«

Wir betrachteten den Abdruck. Gespreizte Finger nach unten hin verwischt, als hätte sich der Verletzte mühsam aufrecht gehalten. Oder wäre weggezogen worden. Mir war, als zöge ein unsichtbarer Finger eine eisige Linie über die Wirbelhöcker meines Rückgrats. Mit einer Gänsehaut am ganzen Körper drehte ich mich um. Der Gang war leer. Ich ermahnte mich – atmen, Remie – und wandte mich dem Abdruck wieder zu. Der Größe und Form nach konnte er von Gaines stammen. Gaines I, korrigierte ich in Gedanken. Ich schaute auf die Pfütze und dann instinktiv an die Decke. Vielleicht noch ein Rohrbruch.

»Woher kommt das Wasser?«, fragte ich leise.

Wir standen nah beieinander und horchten. Wir hörten nichts tropfen. Kein Leck. Nur den Wind, der gegen die Fenster wehte. Der Sturm hatte sich ein wenig gelegt. Das war mir schon im Foyer aufgefallen, und hier oben umso mehr. Vielleicht ging Ezra die Puste aus. »Schmelzwasser?«, überlegte ich laut. »Wenn er voller Schnee von draußen reingekommen ist?«

»Wir sind eben an einer Tür ohne Zimmernummer vorbeigekommen«, flüsterte der Officer. »Da drüben.«

Wir drehten uns um, unsere Sohlen patschten auf dem nassen Teppich. »Der Zugang zum Dach«, sagte ich.

Gaines nickte. »Er ist aufs Dach gegangen und zurückgekommen, hat den Schnee hereingebracht. Was hat er vor?«

»Er hat eines der Walkie-Talkies des Geländepersonals. Er sucht nach Empfang. Will seine Kollegen verständigen.«

Gaines sah mich höhnisch an. »Kollegen? Er braucht jemanden, der ihn von hier wegbringt. Gott weiß, mit wem wir es noch zu tun kriegen, wenn er jemanden erreicht.«

105

Gaines II beäugte die Dachtür, schlich darauf zu und untersuchte den senkrechten Stangenriegel. Im Schein der Taschenlampe war ein verschmierter Blutfleck daran zu erkennen. Es sah so aus, als hätte Gaines I es auf dem Dach versucht, wäre wieder hereingekommen und hätte die Tür verriegelt. Das Blut wies darauf hin, dass er sich da draußen verletzt hatte, nicht auf dem Gang. Er war wieder hereingekommen und hatte die Tür zugezogen, anstatt sie von außen zuzudrücken und uns dort aufzulauern.

Der Officer streckte die Finger und holte tief Luft. Dann drückte er den Riegel nach unten, am äußersten Ende, um kein Blut an die Hände zu bekommen. Die Tür öffnete sich einen Spalt weit. Kein Wind. Er drückte sie mit der Schulter weiter auf. Ich hörte dahinter vereisten Schnee knirschen, während er schob. Die Kraft, die er dafür aufwenden musste, legte nahe, dass Gaines I nicht kürzlich auf dem Dach gewesen war. Wie lange war er inzwischen weg? Anderthalb Stunden? Eisige Luft und Schnee wehten herein, eine Treppenstufe war zu sehen. Der zweite Gaines trat in die Kälte hinaus und stieg die Stahltreppe hoch. Es war so still, dass ich das Metall unter seinen Stiefeln singen hörte. Der Wind hatte sich gelegt. Ich ging ihm nach und gelangte auf ein Gerüst mit Geländer, über das man auf das Flachdach zwischen den Schrägdächern gelangte. Der Schnee lag knöchelhoch und war aufgewühlt. Jemand war hier gewesen. Ich sah dicke Flocken durch die Nachtluft fallen, landen und die Ränder der Spuren verschleiern und kam zu dem Schluss, dass die Spuren erst vor Kurzem entstanden waren.

Gaines II schwenkte eine Taschenlampe über die verwinkelten Dachflächen. »Helfen Sie mir mal bei der Orientierung.« Er hielt sich eine Hand über die Augen, um die Schneeflocken abzuhalten. Er brauchte die Stimme nicht zu heben. Es war still genug, dass man die Krähen in den Bäumen hörte, ihr heiseres Krächzen hallte durch die Nacht.

Ich zeigte zum Berghang in den Nebel, konnte die Serpentinen der Hotelzufahrt ausmachen, Schrägstriche durch dichte schwarze Kiefern. »Sie sind dort durch den Wald herabgekommen. Die Hauptstraße über den Berg liegt anderthalb Kilometer hinter der Anhöhe, Porterfell da drüben. Über der Baumgrenze hier der Gipfel des Farigaig.« In der stillen Schwärze war der Klang meiner Stimme eine Überraschung. Ich drehte mich nach links und zeigte über den First des alten Daches. »Sie können ihn nicht sehen, aber der Parkplatz und die Rezeption liegen da unten. Unter uns befindet sich der Terrassengarten, die Tennisplätze, dann das Seeufer. Das Gelände erstreckt sich anderthalb Kilometer am See entlang bis zum Zaun.«

Gaines wollte gerade etwas sagen, als wir die Bäume hörten. Er wandte sich dorthin und kniff die Augen zusammen, um den bewaldeten Hang deutlicher zu erkennen. »Was war das?«

Ein dumpfes Ächzen – unheimlich und tierhaft. Dann noch eins. Zwischen dem Krächzen der Krähen hörte man die Bäume ächzen.

»Keine Ahnung«, sagte ich neben ihm. Wir waren gleich groß, fiel mir auf, und der Farigaig ragte vor uns auf.

»Das klingt nicht gut.«

Wir warteten. Eine Weile passierte nichts. Dann ging erneut ein Ächzen durch den Wald. Ich schaute durch die steilen Kiefern nach oben und versuchte, die Ursache auszumachen, aber es hallte nach und zerstreute sich. Ein Knacken und ein abrupter Knall mit Echos, dann wieder nichts außer dem Krächzen der Vögel.

Der Officer rieb sich über die geschürzten Lippen. »Der Hang an der Straße ist steil. Stark verschneit.«

Das war allerdings wahr. Ich hatte die Umgebung häufig

107

erkundet, seit ich hergezogen war, und der Waldhang zwischen dem Hotel und der Bergstraße war ein schwieriges Terrain. Die Zufahrt musste mehrere Serpentinen beschreiben, damit ein Fahrzeug sicher ins Tal gelangen konnte. Wanderer und Spaziergänger gingen lieber am Seeufer entlang, als dort hinaufzusteigen. In dem Wald da oben klammerten sich die Kiefern zwischen großen Felsbrocken und freigelegten Felskanten an den Hang. »Das ist mehr eine Kletterpartie als ein Spaziergang«, sagte ich. »Der Schnee scheint nicht allzu fest zu sein.«

»Haben Sie das Ächzen schon mal gehört?«

Ich leuchtete zum Hang hinüber und schüttelte den Kopf. Mein Lichtkegel reichte sechs Meter weit bis zum Rand des Daches und beschien nichts als fallende Schneeflocken. Innerlich war ich kratzbürstig und spröde, mein Herzschlag launisch. Der Wald ächzte wieder. In der Dunkelheit bewegte sich der Schnee.

»Bringen wir Sie auf Ihr Zimmer«, sagte Gaines.

Sowie ich in meiner Tür stand, drehte ich mich zu ihm um. »Ich komme jetzt zurecht, Officer. Danke.«

Er schüttelte den Kopf. »Moment noch, Miss. Ich muss nachsehen, ob Sie hier sicher sind.«

Ich wurde rot vor Verlegenheit. Mein Einzelbett, meine Koffer. Ich schloss auf und öffnete die Tür bis zur Wand. Er trat vorsichtig ins Zimmer, ich nach ihm.

»Die Balkontür ist verriegelt?«

»Ja.«

Er sah zum Bett und auf die Koffer. »Was bedeutet das?«

»Ich habe gepackt«, sagte ich mit einem Blick auf meine Uhr. »In neun Stunden reise ich ab.«

Gaines II machte kehrt und spähte in den dunklen Flur. »Von Aberdeen? Na, dann viel Glück.«

»Es wird noch aufklaren«, versicherte ich bestimmt.

Er nickte geistesabwesend und schaute bereits zur Treppe. »Bleiben Sie wachsam, Miss. Und danke für Ihre Hilfe.«

Während ich ihm nachsah, dachte ich an die Webseite des Lawinenwarndienstes, der das Mackinnon mit roten Stecknadeln eingezäunt hatte, und versuchte, nicht daran zu denken, was das für meinen Flug bedeuten könnte.

14

Allein im verschlossenen Zimmer, ging ich hin und her und hielt mein Handy in alle möglichen Richtungen, flehte um Empfang und ärgerte mich über das Wetter.

Irgendwann hielt ich inne, weil mich etwas aufmerken ließ. Ein Geräusch an meinem Fenster. Auf der leuchtenden Anzeige meines Weckers war es zwanzig vor elf. Ich ging zum Balkon, öffnete die Tür, und der Wind schlug herein und verteilte Schneeflocken. Nachdem ich mir die Jacke wieder angezogen hatte, schaute ich über das Hotelgelände, um die Quelle des Geräuschs auszumachen. Da stand jemand auf dem Rasen unter meinem Fenster und blickte herauf.

Es war Gaines. Der erste Gaines.

Also stand Troy Foley unter meinem Balkon. Er hielt einen Schneeball wurfbereit in der rechten Hand. Das Gewehr stand zwischen seinen Beinen an ihn gelehnt. Gaines II hatte vermutet, dass Foley etwas versuchen würde – dass er unter einem Vorwand Kontakt aufnähme. Nun tat er es also. »Remie«, rief er, senkte den Wurfarm und leuchtete mit seiner Taschenlampe zu mir herauf.

Ich hob eine Hand gegen das blendende Licht. »Was ist los?«

»Können Sie reden? Ich muss Sie was fragen.«

Von meinem Balkon führte eine Feuertreppe nach unten. Wenn ich mich weigerte, könnte er heraufsteigen, wobei ihn die Knieverletzung allerdings behindern würde. Ich überlegte, ob es vorteilhaft wäre, ihn in dem Glauben zu lassen, dass ich seine wahre Identität nicht kannte. Vielleicht ja. Ich stieg vorsichtig hinunter und zog mir dabei die Handschuhe an. Ezra, der gemeine Gaukler, wirbelte und schlug gegen das alte Eisengestänge, rüttelte an den Nieten. Meine Gedanken rasten. Foley war ein Mann, der sich kooperativ gab, ein vollendeter Schauspieler. Auf dem untersten Abschnitt der Treppe betrachtete ich den im Schnee wartenden Officer im Licht der neuen Erkenntnisse, seine große plumpe Gestalt, seine am Knie zerrissene Hose, die ungleichen Linien seiner Fußspur.

Er winkte, lächelte scheinbar erleichtert und hob die Stimme. »Ich bin froh, Sie wiederzusehen. Ich wusste zwar, dass Sie im obersten Stock sind, aber ich habe mich getäuscht, habe fünf Minuten lang Schneebälle an das falsche Fenster geworfen.«

Ich zog meine Kapuze enger zu. »Wo sind Sie gewesen?«

Obwohl sein Gesichtsausdruck vor allem zeigte, dass er Schmerzen hatte, sah ich, dass er mir etwas angemerkt hatte. »Was haben Sie? Ist etwas passiert?«

Ich blieb distanziert, und das beunruhigte ihn. »Wir haben einen Besucher.«

Er riss die Augen auf. »Meinen Häftling? Sind Sie unverletzt? Wo ist er jetzt?«

Ich schüttelte den Kopf und hob die Stimme wegen des brausenden Windes. »So einfach ist die Sache nicht, Don. Er ist Polizist, sagt er zumindest. Und er hat sich mit Ihrem Namen vorgestellt.«

Das verblüffte ihn noch mehr. »Was? Wie das?«

»Er hat einen Polizeiausweis.«

»Das ist meiner, Remie.« Gaines nahm das Gewehr in die Hand, schaute blinzelnd, was der Sturm machte, und rieb sich mit dem Handrücken über die verletzte Stirn. »Den muss er mir nach dem Unfall abgenommen haben, als ich noch bewusstlos war. Er hat auch meine Waffe. Scheiße«, zischte er.

111

Ich schüttelte den Kopf. »Er hat keine.«

»Das kann nicht sein.«

»Angeblich hat er sie auf dem Weg hierher verloren.«

»Er hat meine Waffe gestohlen und sie dann verloren? Das kaufe ich ihm nicht ab. Er hält sie verborgen.« Er biss sichtlich die Zähne zusammen und drehte sich zum See hin, spähte über die vereiste Fläche, neigte lauschend den Kopf zu den Bäumen und wandte sich mir wieder zu. »Remie, ich wollte Sie damit nicht belasten, aber die Situation verändert sich ständig, und ich muss offen und ehrlich mit Ihnen sein.« Er winkte mich heran. Ich ging zwei zögerliche Schritte, und er wurde ärgerlich. »Kommen Sie schon, Remie, ich beiße nicht. Sie müssen sich vor dem Mann in Acht nehmen. Wo ist er jetzt?«

»Er sucht Sie. Er hat Jai und mir befohlen, im Zimmer zu bleiben.«

Im ersten Moment wirkte Gaines perplex, dann fasste er sich. »Das ist vielleicht ganz gut. Vielleicht kann ich ihn wieder festnehmen.« Nervös spähte er von Neuem über das dunkle Gelände. »Er hat Sie auf Ihre Zimmer geschickt, damit er weiß, wo Sie sind. Das gefällt mir nicht. Remie, der Flüchtige ist Troy Foley.«

»Ich weiß. Das hat er uns gesagt.«

Gaines I schaute bestürzt – oder spielte es mir vor. Er wirkte überzeugend. »Was? Er hat es zugegeben?«

»Nein. Er sagt, Sie seien Foley.«

»Du lieber Himmel. Glauben Sie das bloß nicht.« Der Wind hatte nachgelassen, sodass wir die Krähen in ihren Nestern hören konnten, die sich krächzend unterhielten. Ich fragte mich, ob sich tatsächlich das Ende des Sturms ankündigte. »Remie, ich bin PC 4256 Don Gaines von der schottischen Polizei. Ich habe zwei Kinder, Emma und Joe. Meine Frau heißt Jackie. Wir haben nach drei Jahren zum ersten Mal wieder Weihnach-

112

ten zusammen verbracht, und die Kinder haben das genossen. Ich habe Rasierwasser bekommen, wir haben die Ansprache der Königin angeschaut und ein verrücktes Brettspiel gespielt, bei dem ich nicht so ganz mitkam. Ich bin ein ganz normaler Mensch, Remie. Der andere wird Ihnen diese privaten Dinge nicht sagen können, weil er bis heute Nachmittag im Porterfell hinter Gittern saß.« Während er redete, schaute er suchend über den Boden und blickte zunehmend verzweifelt drein. »Er ist gefährlich, Remie, und er wird Ihnen alles Mögliche weismachen.« Er richtete sich abrupt auf, als wäre ihm etwas eingefallen. »Ich schätze, er weiß von der Waffenkammer.«

Irgendwie wirkte er jetzt sonderbar, so als versuchte er zu angestrengt, der echte Gaines zu sein. »Ja«, sagte ich. »Er wollte ein Gewehr.«

»Natürlich. Ich nehme an, Sie haben ihn nicht …«

Ich schüttelte den Kopf. »Er kennt den Zugangscode nicht. Und den Schlüssel zu dem Gebäude haben Sie.«

»Trotzdem weiß er, wo Sie jetzt sind. Das heißt, Sie sind in Gefahr. Was ist mit dem anderen Gast? Coben. Ist sie schon aufgetaucht?«

»Ich fürchte nein.«

»Seit ich Sie allein gelassen habe, habe ich das Hotelgelände abgesucht. Keine Spur von ihr. Ich hatte auch kein Glück mit dem Funkgerät. Aber ich habe am Seeufer ein Gebäude gesehen.«

»Das Bootshaus.«

»Richtig. Das war in dem Lageplan in Ihrem Büro nicht eingezeichnet.«

»Das stimmt. Es liegt anderthalb Kilometer außerhalb des Geländes. Ich habe einen Schlüssel dazu.«

»Und Foley weiß nichts davon? Gut. Sie und Mr. Parik werden dort sicher sein, wenn Sie ein Versteck brauchen. Der Weg durch den Wald, ist der passierbar?« Das war schwer zu beantworten. Vor ein paar Wochen hatten wir ihn wegen der schadhaften Brücke für Spaziergänger gesperrt. Vielleicht vertrug sie noch eine Überquerung. Schließlich nickte ich und strich mir die Schneeflocken von den Brauen, die dort hängen geblieben waren. »Gut. Hatte Mr. Parik Glück mit dem Funkgerät?« Ich verneinte, und er fluchte. »Tja, am Bootshaus werden Sie auf gar keinen Fall Empfang haben. Sie müssen es weiter an einer erhöhten Stelle probieren. Mir scheint, das Wetter bessert sich. Holen Sie Mr. Parik aus seinem Zimmer und bringen Sie ihn woanders hin. Wenn Ihnen die Lage zu riskant wird und Sie Angst kriegen, wenn irgendeine Notsituation eintritt, begeben Sie sich mit Mr. Parik in das Bootshaus und bleiben Sie dort.«

Ich versuchte, der widersprüchlichen Empfehlung einen Sinn abzugewinnen. Nervös und erschöpft, wie ich war, entschied ich mich, erst mal einzuwilligen. Genauer nachdenken konnte ich später noch. »Okay«, sagte ich nickend.

»Eins noch, Remie, und das ist sehr wichtig: Sagen Sie niemandem, dass Sie mich getroffen haben. Dass Foley nicht weiß, wo ich bin und was ich vorhabe, ist im Moment mein einziger Vorteil. Also passen Sie auf, dass Sie nicht …« Er stockte und blickte zum Farigaig hoch, wo er über die Baumwipfel schaute. »Was war das?«

Dasselbe Geräusch, das ich auf dem Dach gehört hatte: ein hohles, hallendes Knacken. Während ich horchte, war noch etwas zu hören, ein unregelmäßig eingestreuter weicher Laut, wie wenn im Hotel die Handtücher aus dem Wäscheschacht fielen.

Gaines I starrte verblüfft auf die Kiefern. »Was hören wir da, Remie?«, fragte er. Nur das dunkle Wispern des fallenden Schnees, das lauter werdende Rauschen des Windes. Dann kam es wieder, ein Wirbel von Knacklauten huschte durch die Baumstämme. Wir wurden beide sehr still. »Auf dem Weg hierher wollte ich durch den Wald abkürzen«, sagte er, den Blick auf die Bäume gerichtet. »Aber es war zu steil, ich musste umkehren. Da oben zwischen den Kiefern waren riesige Schneewände aufgetürmt. Unter meinen Füßen sind große Stücke weggebrochen.« Bei der Erinnerung blinzelte er heftig. Der Schnee an seiner Stirn überdeckte die Ränder seiner Platzwunde, von der sich ein schwarzes Rinnsal die Wange hinabschlängelte. Er wischte es sich mit dem Handrücken ab. »Und es wird noch zwei Stunden schneien, bevor der Sturm nachlässt. Je schwerer die Schneeschicht wird, desto wahrscheinlicher wird sie abreißen und zu Tal gehen. Das wird ein Problem. Beeilen Sie sich, Remie. Bringen Sie Parik in einen anderen Raum. Versuchen Sie weiter, Funk zu empfangen. Wenn es hart auf hart kommt, rennen Sie zum Bootshaus, versuchen Sie mich zu erreichen. Ich komme dann zu Ihnen.«

Ich wünschte ihm Glück, und er humpelte mit entsichertem Gewehr in die Dunkelheit. Ich stieg die Feuertreppe hoch zu meinem Zimmer, mit Rückenschmerzen, tauben Füßen und völlig verunsichert. Ich verriegelte die Balkontür, und während ich mich am elektrischen Kamin wärmte, dachte ich darüber nach, was ich wusste. Vor mir lag ein Gewirr widerstreitender Probleme und Möglichkeiten, zu denen es keinen einzigen Beweis gab.

Am meisten beschäftigte mich das gespenstische Ächzen aus dem Wald. Ich war froh, als der Wind wieder auffrischte und das Geräusch überdeckte. Obwohl ich genau wusste, dass etwas nicht weggeht, nur weil man es ignoriert.

115

15

Ich dachte über meine Begegnung mit Gaines I nach, untersuchte die Details auf Unstimmigkeiten. Die Familienweihnachtserzählung wäre von allem am normalsten erschienen, doch im Licht der neuen Hinweise betrachtete ich sie als das, was sie war: eine ausführlich konstruierte, gekonnt durchgeführte List.

Die aber vielleicht keine war.

Ich ging auf und ab und wunderte mich über den Rat, den Gaines eins mir draußen im Sturm gegeben hatte. Parik in einen anderen Raum zu bringen erschien absolut einleuchtend. Andererseits stammte der Rat von einem Mann, der genau hatte wissen wollen, welcher Gast in welchem Zimmer untergebracht war; der jetzt wusste, in welchem er mich fände, weil ich auf den Balkon gegangen war. Ich schaute durch mein geschmackloses Mansardenzimmer und überlegte, was das bedeutete. Sosehr ich es versuchte, ich konnte keinen Vorteil darin erkennen, Jai woandershin zu bringen. Ich bereitete mich seelisch darauf vor, mit der Taschenlampe in den zweiten Stock hinunterzugehen, als es an meiner Tür klopfte.

Erschrocken duckte ich mich. So verharrte ich neben dem Elektrokamin. »Hallo?«, rief ich möglichst selbstbewusst.

»Ich bin's.«

»Jai?«

»Ja. Lassen Sie mich rein.«

Ich lief zur Tür. Jai lächelte mich an und hielt das Walkie-Talkie hoch. »Wir haben Empfang. Ich habe eine Stimme gehört, Remie. Da draußen ist jemand.«

»Mein Gott.« Mir wurde warm vor Erleichterung. Es gab einen Ausweg aus der Situation.

Er nickte. »Im Moment empfange ich sie nicht, aber eben habe ich sie noch gehört.«

»Haben Sie um Hilfe gebeten?«

»Hab ich versucht«, sagte er. Ich schloss die Tür, und wir stellten uns ans Feuer. »Aber der Empfang wurde immer wieder unterbrochen. Ich bin mir nicht sicher, ob sie mich gehört hat. Wir müssen Gaines zwei suchen und es ihm sagen.«

»So einfach ist die Sache nicht«, erwiderte ich, und als er mich fragend ansah, schilderte ich ihm meine jüngste Begegnung mit dem ersten Gaines. »Er hat verlangt, dass ich das keinem sage«, schloss ich.

Jai grübelte. »Klar, dass er das verlangt.«

»Aber er klang ehrlich. Hat mir von seiner Frau und den Kindern erzählt. Sagte, dass Gaines II ihm den Ausweis gestohlen hat.«

»Das würde ich auch behaupten, wenn ich …« Er stockte. »Moment, er war mit Ihnen allein, er war bewaffnet, und er hat nicht geschossen. Macht ihn das nicht zu dem wirklichen Cop?«

»Das dachte ich zuerst auch. Aber dann kam ich darauf, dass ich ihm lebendig mehr nütze. Ich kenne mich im Hotel und in der Umgebung aus, kenne den Weg zum Bootshaus. Er braucht mich, zumindest fürs Erste.«

»Und wo stehe ich? Bin ich eine potenzielle Geisel?« Er ging zur Balkontür. Wieder durchlief mich ein störendes Unbehagen. Sein Blick wanderte über meine Sachen. Ich fragte mich, ob er ganz eigene Absichten verfolgte und wie weit ich ihm trauen durfte. Ich wurde das Gefühl nicht los, dass selbst er, mein angeblicher Verbündeter, nicht ehrlich zu mir war. Ich beobachtete, wie er mit dem Rücken zu mir nach draußen in

117

die Dunkelheit spähte, mit ängstlich hochgezogenen Schultern. »Wo ist er jetzt?«

»Er kann überall sein. Zeigen Sie mir, wie man das Walkie-Talkie bedient. Ich würde die Stimme gern hören. Kann ich sie rufen?«

Er drehte sich um und gab mir frustriert seufzend das Gerät. »Nur zu.«

Er ging auf und ab, und ich drückte auf den Knopf. »Hallo. Hört mich jemand?« Ich wartete hoffnungsvoll. »Hallo? Ist da jemand? Wir brauchen Hilfe. Wir sind im Mackinnon Hotel. Wir haben ein Problem.«

Das Gerät gab ein mattes Piepen von sich, dann eine Salve digitaler Störungen. Nichts. Ich drückte noch mal den Schulterknopf und wiederholte meine Bitte. Dann noch einmal. Beim vierten Mal eine Stimme, ein Geist sprach aus dem weißen Rauschen. Meine Augen brannten von Tränen. Die Stimme einer Frau, einer tatsächlichen Person. Ich konnte jedoch kein Wort verstehen.

»Hallo? Können Sie mich hören?«

»Ist da das Mackinnon?«, fragte die Stimme.

»Ja!« Jai und ich lächelten uns an. »Ich kann Sie hören«, sagte ich. »Wenn ein Telefon in Ihrer Nähe ist, rufen sie bitte sofort die Polizei an. Wir brauchen dringend Hilfe, und unsere Leitung ist gestört.« Ich drückte auf den Knopf und wartete.

»Gott sei Dank«, sagte die Frau. Da erst fiel mir auf, wie trocken und kraftlos sie klang. Der Hoffnungsschimmer schrumpfte.

Ich wiederholte meine Bitte. »Können Sie das bitte bestätigen? Wir müssen wissen, ob Hilfe kommt.«

»Ich brauche Ihre Hilfe«, sagte die Stimme.

»Nein, wir … wie bitte?« Ich stutzte, drehte den Lautstärkeregler auf Maximum, und die Stimme drang immer wieder

118

durch die Störgeräusche und verschwand erneut wie ein Taucher im See. »Bin mit dem Wagen verunglückt. Bergstraße zwischen dem Porterfell und dem Hotel. Brauche Hilfe.«

»Wer sind Sie?«

»Talbot. Serco-Gefangenentransport.«

Meine Kopfhaut spannte plötzlich. »Gefangenentransport?«

Rauschen, dann: »Korrekt. Im Sturm von der Straße abgekommen. Bin verletzt und brauche Hilfe. Bitte schicken Sie jemanden her.«

»Ich ... wir haben hier kein medizinisches Personal.«

Die Stimme drang wieder durch, klang angespannt und müde, aber lächelnd. »Sie führen die Bar. Erkenne Ihre Stimme wieder.«

Das Walkie-Talkie rutschte in meinen heißen Händen. »Wer sind Sie?«

Ich sah Jai nicht an, als die Frau antwortete, aber ich stellte mir vor, dass er bei ihrer Antwort die Brauen hochzog. »Shelley Talbot. Hab im Porterfell gearbeitet. Bin freitags auf ein Glas in Ihre Bar gekommen.« Ich erinnerte mich an sie. Sie kam immer mit einem knatternden Moped angefahren, und wir beklagten uns zusammen über das Wetter und tauschten belanglose Neuigkeiten aus. »Hab Sie auch ein paarmal in dem Gefängnis gesehen. Sie kamen als Besucherin. Sie sind Cameron Yorkes Schwester.«

Jeden zweiten Samstagmorgen fuhr ich damals vom Hotel zum Gefängnis. Es gab da ein dickes Glasfenster, wo man seine Taschen ausleeren und Handtasche und Portemonnaie hinterlegen musste, dann musste man durch einen Scanner und wurde von einem Beamten in Empfang genommen. Shelley Talbot nahm mich einige Male von dort mit, eine gedrungene, fröhliche Frau mit rot gefärbten Haaren. Sie brachte mich in einen nüchternen Raum mit Tischen und Stühlen in Schlachtschiffgrau und einem an der Wand montierten Fernseher. Das Wachpersonal stand mit ausdrucksloser Miene und hinter dem Rücken verschränkten Händen da, beobachtete die Insassen, die leise mit ihren unglücklichen Angehörigen sprachen. Ich setzte mich und wartete auf Cam. Ein Summer zeigte den Wechsel an. Camerons Gummisohlen quietschten auf dem glatten Fußboden, wenn er hereingeführt wurde. Wir saßen uns gegenüber. Wenn die Besuchszeit um war und er durch die Doppeltür zu seiner Zelle ging, begleitete Shelley mich hinaus.

Ich drückte den Knopf. »Ich erinnere mich an Sie.«

Shelley lachte, ein kurzer erstickter Laut, dann war sie still. Als sie wieder etwas sagte, klang sie atemlos. »Mensch, bin ich froh, mit jemandem zu sprechen, den ich kenne. Wer war der andere?«

»Wir haben noch einen Gast hier, der das Walkie-Talkie bedient. Wir haben auch einen Polizisten hier. Gaines.«

»Gaines.« Wieder eine Pause. »Ich kenne ihn. Zuverlässiger Kerl, dieser Gaines.«

Das ließ ich einen Moment lang auf mich wirken, dann hielt ich das Gerät näher an meinen Mund. »Shelley, das kommt Ihnen vielleicht seltsam vor, aber können Sie ihn mir beschreiben?« Diesmal zog sich die Pause so lange hin, dass ich mich vergewisserte, ob sie noch da war. »Shelley? Ich muss das leider fragen.«

»Mir geht's nicht besonders«, sagte sie. Ihre Stimme verschwand halb im Rauschen. »Brauche seine Hilfe. Ihre auch.«

»Shelley. Können Sie sich irgendwie warm halten?«

Fast eine Minute lang blieb es still. Dann: »Bin noch da. Versuche rauszukommen. Der Wagen liegt auf der Fahrerseite, darum muss ich klettern. Er läuft voll.«

»Wiederholen Sie das bitte. Er läuft voll?«

»Schmelzwasser und Schlamm«, zischte sie. »Muss versu-

120

chen, mich zu bewegen. Es gibt ein ...« Vom Rest kamen nur einzelne Silben bei mir an, dann gar nichts mehr.

Ich rief sie immer wieder und versuchte es an mehreren Stellen im Zimmer, bekam aber keine Verbindung. Ich öffnete die Balkontür und riskierte es, nach draußen zu gehen, um sie vielleicht wiederzubekommen. Ohne Erfolg. *Shelley Talbot.* Sie war freitags zum Stammgast in der Bar geworden, und als ich an sie dachte, ihren Namen in das weiße Rauschen hinein wiederholte, wurde sie mir immer präsenter. Sie pflegte sich über die Musik in der Bar zu beschweren. Volkstümlicher Scheiß, nannte sie sie gutmütig lächelnd. Sie hatte eine Schwäche für lang gereiften Malzwhisky und Verachtung für die Bier trinkenden Großstadtjungs – womit sie wohl die Männer meinte, die in Inverness einen Bürojob hatten. Ihr gefiel besonders ein Foto über der Bar, eine alte Aufnahme von einem Dutzend Angestellter, die sich am Anleger aufgestellt hatten, wo das Seewasser über die erneuerten Stützpfosten leckte. Im Hintergrund schwammen viele Nonnengänse. Ich schätzte, dass die Aufnahme aus den Dreißigerjahren stammte, als das Mackinnon noch eine Jagdhütte war, weshalb die Männer Gewehre über ihren Wolljacken geschultert hatten; dazu trugen sie Knickerbocker, Weste und Schiebermütze. Shelley erzählte mit ansteckender Begeisterung von ihrem Moped; sie verreiste gern. Ohne dass ich sie darauf angesprochen hatte, bekam ich ihre Erinnerungen an eine Reise zur Osterinsel zu hören. Als sie im Porterfell aufhörte, begannen für mich die letzten zwei Wochen meiner Kündigungsfrist vor meiner Abreise nach Chile.

Ja, Shelley Talbot war redselig.

16

Keine Antwort mehr über Funk. In mir stieg heiße Panik auf.

»Das ist ernst. Jai, wir müssen ihr helfen«, sagte ich, ging in Gedanken alle möglichen Pläne durch und verwarf sie wieder. Ich sah auf die Uhr. Viertel nach elf. »Es werden etwa drei Kilometer bis zur Unfallstelle sein.«

»Dafür werden wir eine Ewigkeit brauchen«, meinte er. »Die Verhältnisse da draußen sind brutal. Wie sollen wir den Hang hochkommen? Und wenn wir das geschafft haben, wie bringen wir sie hierher?«

»Sie durch den Schnee ziehen? Keine Ahnung. Hören Sie, das Hotel hat einen großen Vorrat an Outdoor-Klamotten. Wenn wir uns gut ausrüsten, müssten wir klarkommen.«

»Und Shelley könnte uns dann helfen«, meinte Jai, der sich schon weitere Gedanken machte. »Sie ist eine Zeugin. Sie kennt Gaines. Sie hat eine Wahnsinnsstory zu erzählen, jede Wette. Was habt ihr hier an medizinischer Ausrüstung? Schienen? Verbandszeug, Morphium?«

Ich schüttelte den Kopf. »Nur Kleinkram im Erste-Hilfe-Kasten. Zwei Defibrillatoren im Keller. Nichts Größeres.«

Jai rückte seine Yankees-Kappe zurecht, nahm sie ab, strich sich die schwarzen Haare zurück, setzte sie wieder auf. »Sie will Hilfe von dem Cop. Vielleicht sollten wir Gaines da hochschicken, Gaines II, meine ich. Wir könnten hierbleiben, während er die gefährlichen Dinge erledigt.«

»Aber dann sind wir hier allein«, gab ich zu bedenken. »Allein mit Gaines I, wer immer er tatsächlich ist.«

122

»Und ist das schlimmer, als sich mit Gaines II, wer immer er ist, durch den Sturm zu kämpfen?« Jai kaute an seinem Daumen. »Keine Ahnung. Ich denke, wir sollten gehen. Diese Shelley kennt Gaines, nicht wahr? Sie hat den Unfall erlebt. Sie könnte allerhand gesehen haben.«

Es war gut, ihn so hilfsbereit zu sehen. Doch ich war auf der Hut, weil ich immer wieder an die Handyaufnahme in der Bar denken musste. Hatte er die wirklich aus Versehen eingeschaltet? Oder war Jai auf der Jagd nach einer Story? Ich versuchte, die Überlegungen beiseitezuschieben. Shelley Talbot musste in Sicherheit gebracht werden, und wir waren die Einzigen, die das tun konnten. »Und wenn wir versuchen hinzufahren?«, schlug ich vor. Ein wenig Fahrpraxis auf verschneiten Straßen wäre nicht verkehrt. Schließlich würde ich morgen früh den Berg hinunter nach Inverness fahren. »In der Garage stehen zwei hoteleigene SUVs. Schneeketten gibt es auch.«

Jai musterte mich, dann legte er achselzuckend ein Geständnis ab. »Wissen Sie, ich bin kein besonders guter Fahrer. Habe neulich den Mietwagen am Bahnhof in Edinburgh abgeholt und wusste nicht mal, wie man den startet. Ich musste zurück in das Büro gehen und einen Mitarbeiter fragen. Es ist nur ein Kleinwagen, aber das Armaturenbrett sieht aus wie in einem Transatlantikjet.«

»Sie fahren nicht viel?«

»Ich nehme die U-Bahn. Oder ein Taxi.«

»Das haben wir hier oben nicht«, sagte ich.

»Wie sich herausstellte, springt der Motor nur an, wenn man die Kupplung getreten hat. Wer weiß denn so was?«

Mir kam ein düsterer Gedanke. »Moment. Gaines I hat meinen Garagenschlüssel an sich genommen.«

Jai rieb sich mit dem Daumen über die Schneidezähne. »Gibt es einen anderen Weg hinein?«

Ich zuckte mit den Achseln. »Durchs Fenster.«

»Besser als nichts«, meinte er. Vielleicht können wir Gaines II zum Fahren bewegen. Wir müssen ihm sagen, was wir vorhaben. Vor ein paar Minuten war er noch auf meinem Stockwerk unterwegs. Ich hörte ihn an Türen klopfen und habe den Kopf rausgestreckt, um zu fragen, ob ich etwas tun kann.«

»Er hat an Zimmertüren geklopft?« Das verwirrte mich. Ich versuchte, mir einen Reim darauf zu machen, aber vergeblich. War Gaines II auf der Suche nach Alex Coben? Oder wollte er herausfinden, welches Jais Zimmer war?

»Ja, an eine nach der anderen. Ich denke, er sucht nach dem anderen Gast. Alex Coben? Er will wissen, ob sie nicht doch irgendwo im Haus ist.«

»Ich bin mir ziemlich sicher, dass sie nach dem Frühstück wandern gegangen ist«, sagte ich. Es kam mir vor, als würde sich ein Problem aufs andere türmen. »Sie ist nicht zurückgekommen.«

»Das ist schlecht. Sie kann sich verlaufen haben oder erfroren sein. Machte sie den Eindruck, als könnte sie auf sich aufpassen?«

Ich zuckte mit den Achseln. »Durchaus. Sie wirkt ziemlich robust, ein Outdoor-Typ.«

Jai dachte darüber nach. »Der Sturm setzte wann ein? Gegen drei, vier Uhr? Wenn sie weiß, was sie tut, wird sie irgendwo eine Schutzhütte aufgesucht haben.«

Wahrscheinlich hatte er recht. Coben wirkte wie eine erfahrene Wanderin, die sich in schwierigen Situationen zu helfen wusste. Mit muskulösen Armen und Kletterhänden. Da wir gerade über sie sprachen, fiel mir mehr zu ihr ein. Details, die mir nicht präsent gewesen waren, als Gaines I mich danach fragte. »Sie hat ihre Karten studiert. Wir haben darüber geredet.«

Sie hatte gefragt, ob wir Karten in einem größeren Maßstab

hätten als die, die wir an der Rezeption an Gäste ausliehen. Ich hatte die Frage an Mitchell weitergeben müssen. Wie sich herausstellte, konnte man solche beim Vermessungsamt bestellen, aber Alex hatte abgewinkt.

»Sie wollte alle Wege sehen. Die öffentlichen, aber auch andere, die am See entlang und durch den Wald führen.« Sie hatte eine sehr direkte Art, aber das schob ich darauf, dass Englisch nicht ihre Muttersprache war. Ihren Akzent – vielleicht ein polnischer? – konnte ich nicht so recht einordnen.

»Wir haben geologische Karten«, hatte ich ihr angeboten.

»Nicht das, was ich brauche«, hatte sie knapp erwidert.

»Im Kartenraum gibt es eine detaillierte Übersichtskarte«, hatte ich dann gesagt, und sie hatte einige Abschnitte darauf fotografiert. Die Wegerechte interessierten sie wohl, denn hinterher war sie in Leggings und schlammbeschmutzten Joggingschuhen heruntergekommen und war, nachdem sie ihre Handaufnahmen von der Karte studiert hatte, am Rand des Hotelgeländes entlanggejoggt.

»Na, da haben Sie's«, sagte Jai, nachdem ich ihm das erzählt hatte. Er klang optimistisch. »Sie kennt die Umgebung. Ich wette, sie hat es zu dem Pub oben an der Kreuzung geschafft.«

»Zum Clachaig.« Er lag sieben Kilometer in Richtung Fort William, und dort hinauf führten deutlich markierte Wege.

»Genau den. Inzwischen wärmt sie sich die Füße am Kaminfeuer.« Er zog ein düsteres Gesicht. »Die Glückliche.«

Ich hatte mir immer jemanden gewünscht – jemanden mit einer weniger komplizierten Familie, einen Partner, ein eigenes Zuhause, vor allem aber jemanden mit einem normalen Bruder, der zu einem anständigen Mann herangewachsen war. Doch im Augenblick war Jai bei mir. Wenn Alex Coben jetzt oben im Nebenzimmer des Clachaig saß und Rotwein trank, hätte ich fast alles gegeben, um mit ihr zu tauschen.

Wir schlossen zu und schlichen den Personalflur entlang, dann die Personaltreppe hinunter.

Gaines II hielt sich tatsächlich auf Jais Etage auf. Am Ende angekommen, sahen wir ihn bei den Ledersesseln vor Zimmer sechzehn stehen – Alex Cobens Zimmer. Der Vorhang war zur Seite gezogen, und er spähte über den Terrassengarten zum Seeufer, oder vielleicht beobachtete er nur den Sturm.

Er drehte sich um. Im Dunkeln war sein Gesichtsausdruck schwer zu deuten, aber er klang angespannt, verärgert. »Herrgott noch, ich habe gesagt, Sie sollen in Ihren Zimmern bleiben. Wir sind in einer gefährlichen Situation. Ich will nicht, dass Sie mir im Weg sind, wenn ich dem Flüchtigen nachspüre.« Er schnaubte barsch. »Bisher gab es keine Spur von ihm, aber ich muss noch ein Stockwerk absuchen, und das Hotelgelände ist weitläufig.«

»Mit einem langen Uferstreifen«, bekräftigte ich.

Dann berichtete ich von unserem Funkkontakt.

»Wirklich?«, sagte er entgeistert. »Aber das ist gut. Ich hätte das nur nicht erwartet. Wer hat sich gemeldet?«

»Eine Frau, die bei demselben Unfall verletzt wurde wie Sie.«

Er zog den Kopf zurück und sah mich groß an. »Wie bitte?«

Ich wiederholte das. »Die Frau kennt Sie.«

Er atmete hörbar aus. »Woher? Gehört sie zum Gefängnispersonal?«

»Nein. Sie ist von der Transportfirma.«

»Ach so«, sagte er. »Ich habe nicht gesehen, wer den Transporter fuhr. War es Pucketti? Newport?«

»Shelley Talbot.«

»Talbot. Ja. Kommt sie klar?«

»Sie ist verletzt, klang verzweifelt.«

»Die Kälte wird ihr zu schaffen machen«, sagte er. Nach kurzem Nachdenken verzog er das Gesicht. »Sie haben Foley

126

ein Walkie-Talkie gegeben, stimmt das? Er darf auf Shelley nicht aufmerksam werden. Die Ärmste. Was für ein Albtraum für sie. Sie ist eine tüchtige Person. Kommt aus guter Familie. Hat ein Kind im Grundschulalter.« Er seufzte frustriert. »Ich fürchte, ich muss zu ihr und sie herbringen. Solange Foley frei herumläuft, ist sie in Gefahr, besonders, wenn sie etwas gesehen hat …« Er blickte uns beide an. »Ich möchte, dass Sie mitkommen. Das ist zwar ein schwieriger Weg und gefährlich, aber die Alternative wäre, Sie hier zurückzulassen, und dann wären Sie dem Flüchtigen ausgeliefert. Selbst wenn Sie in Ihren Zimmern blieben, wären Sie unter den Umständen nicht sicher.«

Mein Unbehagen war mir bestimmt anzusehen, trotz der Dunkelheit in dem Flur. Mir war deutlicher bewusst als ihm, dass Gaines I bewaffnet über das Gelände streifte. Und dass er wusste, welches mein Zimmer war – vor einer halben Stunde hatte er noch unter meinem Fenster gestanden. *Sagen Sie niemandem, dass Sie mich getroffen haben. Dass Foley nicht weiß, wo ich bin und was ich vorhabe, ist im Moment mein einziger Vorteil.* Aus diesem Blickwinkel betrachtet, erschien die Bitte, ihn zu begleiten, völlig vernünftig. Er tat seine Pflicht, indem er uns schützte. Doch andererseits: Was, wenn er der Lügner war und wir einen manipulativen Mörder auf einem gefährlichen Weg durch die Dunkelheit begleiteten? Würde er die Umstände ausnutzen und uns da draußen allein lassen? Auch unbewaffnet könnte er uns etwas antun … oder Shelley. Der Gedanke an sie brachte Klarheit. Ich war körperlich fit und unverletzt, aber sie steckte da draußen bei Kälte und Sturm fest, dem Tode nah. Sollte ich nicht mein Möglichstes tun, um ihr zu helfen? Hatte mich das Leben mit Cameron nicht dazu bestimmt?

Gaines II sah zu, wie wir überlegten. Ob unabsichtlich oder nicht, er hatte uns in die Enge getrieben. Wir hatten keine Möglichkeit, das allein zu besprechen und zu planen, wie wir es bisher getan hatten. Das Schweigen zog sich in die Länge, während ich die Gegensatzpaare durchging: Schusswaffe, keine Schusswaffe; Telefon, kein Telefon … Gaines I, Gaines II. Psychologen kennen das Problem des falschen Dilemmas, einer stressbedingten falschen Annahme, es gäbe nur zwei einander ausschließende Möglichkeiten. Fiel ich gerade darauf herein? Anstatt in Gegensätzen zu denken, würde es helfen zu überlegen, was die beiden Fremden gemeinsam hatten. Keiner hatte versucht, uns zu töten … bisher, und das hieß, beide fanden uns in irgendeiner Hinsicht nützlich. Inwiefern? Wofür? Beide hatten uns die gleiche Geschichte erzählt, sich beide mit demselben Namen vorgestellt. Beide als potenziellen Gaines anzusehen half mir, meine Nervosität unter dem Deckel zu halten. Die Alternative – einer der beiden war Troy Foley – hätte mich destabilisiert.

Das Schweigen machte Nachdenken unmöglich. »Okay«, sagte ich mit trockener Stimme. »Ich möchte helfen.«

»Mr. Parik?«

Jai zog die Brauen zusammen und nickte.

»So ist es am besten«, sagte Gaines. Er fasste an seine Kopfwunde und zuckte zusammen. »Wir werden eine Weile brauchen, um zu ihr zu gelangen. Dafür müssen wir gut ausgerüstet sein.«

»Wir könnten einen der Hotel-SUVs nehmen«, schlug ich vor. »Foley hat meinen Garagenschlüssel an sich genommen, aber ich habe einen Zündschlüssel.«

»Kommt man noch auf andere Weise hinein außer durch die Tür?«, fragte Gaines.

»An der Rückseite gibt es ein Fenster. Einen Versuch ist es wert. Und wenn das nicht klappt, müssen wir eben zu Fuß gehen. Es ist gut, dass wir zusammen gehen. Von uns dreien kenne ich die Umgebung am besten.«

128

»Ich hatte Mühe, den Weg hierher zu finden«, pflichtete Gaines bei.

»Genau. Aber letzten Sommer bin ich hier jeden Sonntag spazieren gegangen«, sagte ich. »Vom See hoch zur Straße. Der Aufstieg durch den Wald ist steil, aber machbar. Unten haben wir Karten. Die kann ich Ihnen zeigen.«

»Karten?«, sagte er. »Gut. Die muss ich mir ansehen.«

Zu spät dachte ich an das Bootshaus am Ufer. Dass es auf dem Umgebungsplan des Hotels nicht eingezeichnet war, machte es praktisch unsichtbar, zu einem guten Versteck, wie Gaines I herausgestellt hatte. Sobald man in die Wanderführer und amtlichen Karten schaute, fiel es jedoch auf. Ich hatte ihm gerade den Weg geebnet und den einzigen Vorteil, den ich beiden Männern voraushatte, aufgegeben. Der Gedanke machte mir Magenschmerzen.

»Wir werden uns wärmer anziehen müssen«, sagte Gaines. »Basisschicht, Stiefel, Mütze, dicke Jacke. Hat das Hotel einen Vorrat für Gäste?« Ich nickte. »Raffen Sie zusammen, was Sie können. Holen Sie die Karten. Tun Sie es umsichtig, bringen Sie sie zur Rezeption, schließen Sie sich im Büro ein. Ich muss noch eine Etage durchsuchen, aber ich beeile mich.«

Wir ließen ihn allein und gingen die Personaltreppe hinunter. Dabei schlug der Wind gegen die Fenster, und das alte Hotel knackte in den Fugen.

Das Kartenzimmer befand sich in der ehemaligen Speisekammer, einem fensterlosen hohen Raum im Erdgeschoss, und wurde dominiert von der Karte an der Hauptwand, einer topografischen Darstellung der Berge, die bis nach Fort William im Westen reichte – und die Alex Coben fotografiert hatte. Darunter Regale voller Wanderführer. Außerdem lag dort die Winterkleidung, die Gäste kostenlos leihen konnten, jede

129

Menge Wanderschuhe und Stulpen, wasserdichte Kleidungsstücke, zusammengerollte Socken, Kniestrümpfe und Mützen.
Ich untersuchte die Wanderstöcke, die ordentlich aufrecht gela-
gert wurden, die Fotostative und Schneeschaufeln mit flachem,
halbrundem Blatt. Es gab aufgerollte Kletterseile und Kletter-
eisen an Wandhaken über ordentlich in Schachteln gestapelten
Ferngläsern und Büchern über die Tierwelt des Hochlands. Es
gab sogar einen Schrank voll wattierter Jacken und Mäntel, alle
mit eingestickter Nummer, die beim Verleih und der Rück-
gabe notiert wurde. Ich suchte einen Haufen Zeug heraus und
trug ihn ins Foyer, um es dort abzuladen. Gaines II, von der
Durchsuchung zurück, faltete Karten auseinander. Jai stellte die
Kleidung zusammen, und ich ging mit dem Walkie-Talkie an
die Rezeption und schraubte an den Taschenlampen die dicken
Gummikappen ab, um die Batterien auszuwechseln.

Ich versuchte noch einmal, Shelley zu erreichen. »Shelley?
Können Sie mich hören?« Ich wartete und sah nervös auf die
Uhr. Fast Mitternacht. »Shelley? Wir machen uns gleich zu Ih-
nen auf den Weg. Halten Sie durch.«

Ich schwenkte neue helle Lichtkegel über den Teppichboden, dann stellte ich die Taschenlampen auf ihren Schaft, damit
das Licht auf unsere Ausrüstung fiel, versuchte noch einmal,
zu Shelley durchzukommen, und sah Jai zu, der die Mützen
und Stiefel nach Größen sortierte und sich selbst eine gelbe
wattierte Jacke aussuchte. Gaines faltete zwei amtliche Wanderkarten auseinander. Das Mackinnon fiel in die Lücke zwischen
der Loch-Laggan- und der Invergarry-Karte; als gehörten sie
zu keiner der beiden Welten, besetzten das Gefängnis und das
Hotel ein Grenzgebiet dazwischen. Um sich gut zurechtzufin-
den, musste man beide Karten bei sich haben. Ich rief noch
mal über Funk nach Shelley, wartete und versuchte es wieder.
Zehn Minuten vergingen. Ich legte das Gerät hin und stellte

meine Sachen zusammen, wählte Schneestiefel, wasserdichte Hosen und eine Winterjacke. Ich borgte mir ein Paar übergroße Handschuhe in Pink und Blau, suchte mir eine Mütze aus, dann durchquerte ich mit meinen Sachen das Foyer, legte sie neben mich aufeinander und starrte in die Nacht hinaus.

Das Walkie-Talkie knisterte. »Sind Sie noch da?«

»Shelley!« Warme Erleichterung durchlief mich. »Geht es einigermaßen? Wo sind Sie gewesen?«

»Hab versucht rauszukommen«, ächzte sie. »Schlechte Idee. Hab wohl eine Gehirnerschütterung. Und ich blute, muss irgendwo eine Schnittwunde haben.« Ihre Stimme, die nach starken Schmerzen klang, verebbte. »Führerhaus läuft voll«, sagte sie.

»Shelley?« Die anderen standen inzwischen bei mir und hörten zu. »Wir kommen Ihnen zu Hilfe. Halten Sie durch.«

»Ich bin irgendwo auf der Hauptstraße«, hauchte sie. »Nicht weit von der höchsten Stelle weg. Gaines wird wissen, wo. Hoffe, er ist in einem Stück rausgekommen. Scheiße, ist das kalt. Schmerztabletten, Verbandzeug. Ein Whisky wäre jetzt schön …« Sie redete weiter, klang aber undeutlicher, und der Empfang fiel aus.

»Ich muss nur noch mal kurz in die Karten sehen«, sagte Gaines II zu uns. »Vermutlich gibt es eine schnellere Route durch den Wald. Sie beide überlegen, was wir sonst noch brauchen könnten.«

Zurück im Kartenzimmer, traten wir Wanderklamotten beiseite und suchten uns Gurtzeug, Kletterhaken und Seile heraus. Mit Kletterseilen kannte ich mich nicht aus. Die vorhandenen erschienen mir beunruhigend dünn – ich hielt sie für den üblichen Standard – und auch enorm lang, zwölf bis fünfzehn Meter. Ich wickelte zwei auseinander, um sie zu vergleichen, und warf Jai einen bittenden Blick zu.

Er zuckte mit den Achseln. »Meinen Sie wirklich, dass wir die brauchen? Ich bin nicht …«

Das Walkie-Talkie knisterte wieder. Ich ging ein paar Schritte weg und ließ Jai mit den Seilen allein. »Shelley? Alles okay?«

Sie lachte angespannt, es klang nach Schmerzen. »Ich stehe das durch. Brauche nur ein bisschen Gesellschaft. Etwas, worauf ich mich konzentrieren kann.«

»Ich bin da. Hören Sie mir einfach zu. Wir suchen gerade die Ausrüstung zusammen, dann fahren wir los.«

Die Verständigung wurde durch Knacken und Rauschen gestört. Shelleys Stimme verlor sich darin und kam wieder. »Fahren. Sie müssen verrückt sein.«

»Der Wagen bringt uns vielleicht nicht ganz nach oben, aber wir versuchen es. Hören Sie, Shelley, das mag jetzt seltsam klingen, aber könnten Sie mir Gaines beschreiben? Den Polizisten?«

Jai hob eine Seilrolle auf und sah mich fragend an. »Keine Ahnung«, sagte ich zu ihm. »Holen Sie Whisky aus der Bar. Unter der Theke stehen halbe Flaschen.«

»Remie?«, fragte die geisterhafte Funkstimme.

Einen Moment ließ ich mir Zeit, um mich zu wappnen. »Ich höre. Beschreiben Sie ihn.«

»Sie müssen …« Shelley wurde undeutlich. Der Rest war nicht zu verstehen.

»Wiederholen Sie das bitte?«

»… vorsichtig sein. Auf dem Weg hierher, verstehen Sie? Seien Sie auf der Hut.«

»Mach ich. Shelley?« Eine Minute lang stand ich da und überlegte, was sie meinte. »Shelley?«

Gaines II rief aus dem Foyer. »Remie, lassen Sie uns aufbrechen. Wir haben keine Zeit zu verlieren.«

»Sekunde noch!«, rief ich, dann drückte ich auf den Schul-

132

terknopf des Geräts, damit ich meine Beschreibung noch bekäme. »Shelley?« In der folgenden Stille kroch mir etwas Kaltes zwischen die Schulterblätter.

»Remie, wir müssen los!«, rief Gaines. »Was ist denn noch?«

»Moment noch!«, rief ich zurück, drückte mir das Walkie-Talkie ans Ohr und hielt den Atem an. Ich hörte Gaines II herüberkommen.

Plötzlich vibrierte das Gerät unter den Empfangsgeräuschen. »Ist schiefgegangen«, sagte Shelley Talbot.

Bevor ich nachhaken konnte, stand Gaines II am Schreibtisch. »Alles in Ordnung?«

»Sie kommen wieder auf die Beine«, sagte ich ins Funkgerät, dann sprach ich den Officer an. »Es geht ihr nicht allzu gut. Sie klingt, als wäre sie nicht ganz bei sich.«

»Wir sind so weit«, sagte er, während er sich eine schwarze Skijacke überzog. »Gehen wir.«

Jai kam aus der Bar zurück, und wir sammelten uns im Foyer, zogen unsere Reißverschlüsse zu und prüften die Taschenlampen. Ich nahm mir einen Rucksack, Jai reichte mir den Schnaps, eine halbe Flasche Single Malt. Ich wickelte sie in einen Fleecepulli, packte ihn in den Rucksack, clippte die Abdeckung zu und setzte ihn auf.

Beinahe hätte ich noch erfahren, wie der echte Gaines aussah. Der Gedanke war wie ein Messerstich.

17

Wir kämpften uns über den Parkplatz, Gaines vorneweg, ich am Schluss. Der Sturm schottete uns gegeneinander ab, und ich nutzte die Zeit zum Nachdenken und ging die wenigen Gewissheiten durch, die ich hatte. Shelley rang mit dem Tod. Alex Coben war noch nicht zurückgekommen. Und da wir zur Garage gingen, dachte ich zum ersten Mal wieder an den davor zurückgeschobenen Schnee, der mir Rätsel aufgab. Sobald mir eine solide Erklärung dazu einfiel, brach sie bei näherem Hinsehen in sich zusammen. Dass Gaines I meine Schlüssel zur Garage und zur Waffenkammer behalten hatte, wirkte jetzt verdächtig. Andere von den Gewehren fernzuhalten ließ auf die Absicht schließen, uns zu schützen, uns aber den Garagenschlüssel zu nehmen deutete auf die Absicht hin, uns am Verlassen des Hotels zu hindern, uns festzusetzen.

Inzwischen war die scharfe Schneekante vor der Garage sanft gerundet. Gaines II ignorierte das Garagentor und rüttelte am Knauf der Seitentür, fuhr mit den Fingern an der Türzarge entlang, stieß den Atem durch die Zähne aus, dann rüttelte er an den Garagentoren. »Alles abgeschlossen. Sie sprachen von einem Fenster.«

Wir gingen an der Wand entlang zur Rückseite. Im Schutz des Gebäudes hörte ich unsere Sohlen im überfrorenen Schnee knirschen, der sich unter der Dachrinne gesammelt hatte. Der Wind legte sich gerade ein wenig. Über mir in den Kiefern hallte das Gekrächze der Krähenkolonie.

Gaines näherte sich dem kleinen Fenster. Es befand sich

über Kopfhöhe und war gerade groß genug, dass ein schlanker Mensch hindurchpasste. »Miss Yorke«, sagte er, »Sie oder ich passen da durch.«

Wir schätzten einander ab. »Ich werde es versuchen.«

»Wenn Mr. Parik und ich Sie hochheben, glauben Sie, Sie können die Scheibe zerbrechen?« Er reichte mir seine Taschenlampe. Sie lehnten sich gegen die Ziegelwand, verschränkten die Hände, damit ich einen Fuß hineinsetzen konnte, und hievten mich hoch. Zaghaft schlug ich mit dem Schaft der Taschenlampe gegen die Fensterscheibe, aber schließlich schlug ich kräftig zu. Das Glas zerbrach beim dritten Versuch, und mit dem gummiüberzogenen Griff schlug ich ringsherum die spitzen Scherben aus dem Rahmen, beugte mich hinein und öffnete den Riegel. Ich leuchtete an der Innenwand hinunter, bis ich den Eindruck hatte, dass ich mich auf der anderen Seite gefahrlos hinunterlassen konnte, und wand mich durch die Fensteröffnung. Ich kannte die Garage gut. Nachdem ich die Werkbank ertastet hatte, landete ich in der Hocke und klopfte mich ab. Die Lichtschalter befanden sich jeweils an der Wand neben den Schwingtoren. Ich ging also hinüber und schaltete das Licht ein.

Was ich dann sah, verwirrte mich vollends. Ich brauchte eine benommene Sekunde lang, um die neue Entwicklung zu begreifen.

Das Tor hatte innen einen Griff, und noch immer verwirrt öffnete ich es den Elementen. Der Wind hatte sich weiter gelegt. Keine wirbelnden Böen mehr, die Flocken fielen in geisterhaften senkrechten Linien. Die beiden Männer fegten sich den Schnee von den Jacken und schauten ins Innere der Garage, offenbar genauso überrascht wie ich.

»Gehört der zum Hotel?«, fragte Gaines.

»Nein, das ist keiner von unseren.«

135

Wir betrachteten es von der Schwelle aus, ein unbekanntes Fahrzeug, zu dem wir lieber Abstand wahrten. Vor uns stand ein schwarzer SUV, der unter der Deckenlampe glänzte, als wäre er fabrikneu, ein Allradgeländewagen, auf den die Farmer in der Gegend vertrauten. Den Typ hatte ich auf den Hochlandstraßen oft gesehen – meistens schlammverkrustet und mit Mountainbikes beladen – oder abseits der Straße, wo er über Heideland und Feldwege rumpelte. Die großen Räder sorgten für Abstand zum Boden, sodass man ihn gut durch hohen Schnee fahren konnte. Die Fahrertür stand weit offen.

»Kein Nummernschild«, sagte Jai. Der vorgesehene Platz über der vorderen Stoßstange war leer. Zwei Schraublöcher im glänzenden Blech. »Sieht nagelneu aus.«

Gaines II ging langsam und auf Zehenspitzen darauf zu. Was er damit andeutete, gefiel mir nicht, trotzdem folgte ich ihm. Beim Näherkommen sah ich, dass der Wagen gefahren worden war. Die hohen Radläufe waren mit Schlamm und den Spuren von Schmelzwasser überzogen, die Scheinwerfer schmutzig. Das leuchtete ein; jemand musste ihn hergefahren haben. Er konnte nicht vom Himmel gefallen sein. Ich dachte an die Schneekante vor dem Schwingtor und stellte mir vor, wie jemand, der Zugang zu den Garagenschlüsseln hatte, den SUV rückwärts hineinsetzte. Ich sah die getrockneten Reifenspuren. Neben dem SUV standen die beiden Wagen des Hotels, die neben ihrem glänzenden Nachbarn glanzlos und langweilig wirkten, und hinter ihnen die Werkbank unter einer Wand voller Werkzeuge, die an ihren Haken hingen.

Jai umrundete den fremden Wagen und spähte durch die hinteren Fenster in den Fond. »Subaru Forrester«, sagte er.

»Klingelt da was, Miss Yorke?« Gaines stand an der offenen Fahrertür, die ihn klein erscheinen ließ.

Hastig rief ich mir die hektischen Maßnahmen des Nachmittags ins Gedächtnis, versuchte mich zu erinnern, ob ich den SUV hatte ankommen sehen; einen Fahrer, der ein Paket auslieferte oder einen Schlüssel borgte; einen Gast, der einen zusätzlichen Parkplatz verlangte … Doch obwohl ich mir jede Kleinigkeit vor Augen rief, um eine vernünftige Erklärung zu finden, fiel mir nichts Befriedigendes ein. Das war wie ein Puzzle ohne Bild. Lauter Rauschen, kein Empfang.

Dann traf mich die Erkenntnis. Eine Sekunde lang haute es mich um und raubte mir den Atem. Eine Tatsache, die ich nicht anerkennen wollte, hatte mir die ganze Zeit ins Gesicht gestarrt. Oft braucht es einen Auslöser, damit man klar sieht, einen einmaligen Anstoß, der wie ein Stromschlag kommt. Den bekam ich in dem Moment in der Garage.

Ich versetzte mich in Troy Foleys Lage und folgte seinen Überlegungen. Wäre ich ein geflohener Häftling, was würde ich dringend brauchen? Kleidung und eine Waffe. Von einem verletzten Officer aus der Fahrzeugkolonne war beides zu bekommen. Was noch? Unterschlupf. Das Mackinnon bot ihn – aber nur wenn der Unfall zum richtigen Zeitpunkt an der richtigen Stelle passierte: die Lücke zwischen den Landkarten. Zehn Minuten zu früh oder zu spät und man wäre mitten in einer riesigen einsamen Berglandschaft. Und wenn das Timing stimmte, was brauchte er noch? Ein Mittel zum Entkommen. Wie einen gestohlenen SUV mit Allradantrieb, der in der Nähe versteckt wartete. Ein Schwall Kälte fegte durch meinen Körper.

Foley hatte einen Komplizen.

Da er hinten im Gefängnistransporter saß, musste jemand anderer den Unfall herbeiführen. Derselbe musste die Hecktür aufbrechen und ihn herauslassen. War Foley in dem Wagen angekettet? Wahrscheinlich. Und das hieß, der Komplize hatte das Mittel, um ihn loszumachen. Der konnte auch Stunden vor dem Unfall den Subaru in die Hotelgarage gefahren haben.

137

Das bedeutete, die ganze Flucht war durchgeplant gewesen. Foley zettelt im Porterfell eine Prügelei an, in dem Wissen, dass er die letzte Verwarnung bekommen hat. Die Wagenkolonne fährt los ... der Komplize musste vor der Flucht mit Vorbereitungen beschäftigt gewesen sein. Wer immer er war, er brauchte einen sicheren Platz, wo er das tun konnte. Im Mackinnon. Das konnte ich mir nüchtern ausrechnen. Ich war nicht der Komplize. Meine Kollegen waren alle weg, und damit blieben noch zwei Leute übrig. Einer der Hotelgäste war unter falschem Vorwand hier, um Foley bei der Flucht zu helfen. Also entweder Alex Coben, die nach dem Frühstück verschwunden war und ein leeres Zimmer hinterlassen hatte, oder ... Jaival Parik. Der Mann, der gestern Abend die Unterhaltung mit mir mit seinem Handy aufgenommen hatte. Beide Möglichkeiten lösten in mir ein hohles Gefühl aus. Ich holte tief Luft.

»Leer«, sagte Gaines II, der sich gerade aus dem Wageninneren zurückzog und den Rücken streckte. »Der kommt entweder frisch vom Autohändler, oder er ist sehr gründlich gereinigt worden.« Sein nordenglischer Akzent war deutlich zu hören. »Kein Schlüssel natürlich. Ich bezweifle, dass wir auch nur einen Fingerabdruck darin finden werden.«

»Moment«, sagte Jai. Er probierte die Hecktür, fand sie unverschlossen und öffnete sie. »Da steht eine Tasche.«

Gaines sah auf, mit einem Funkeln in den Augen.

»Was hat das zu bedeuten?«, fragte ich. Krächzen wäre treffender ausgedrückt, denn mein Hals war wie zugeschnürt. Es kam mir vor, als atmete ich durch einen Strohhalm.

»Ich weiß es nicht.« Gaines ging am Wagen entlang zu Jai. »Ist Foley zu Fuß hier angekommen?«

»Ja. Zumindest nehme ich das an. Ich habe ihn eigentlich gar nicht ankommen sehen.«

Wir standen nebeneinander am Heck des Wagens. Da stand

eine kleine Reisetasche, schwarz, von der Größe einer Sport-
tasche. Ich konnte sehen, dass etwas darin war.

Mir kam eine Erinnerung, scharf wie Säure.

Wie ich damals mit Cameron den Fond des Lieferwagens säuberte. Zu der Zeit arbeitete er schon für Foleys Bande, auch
wenn ich das da noch nicht wusste. Ich lehrte in Edinburgh
und war nach Hause gefahren, um meiner Mutter zu helfen.
Sie und mein Vater nahmen eine Auszeit voneinander, und sie
war am Boden zerstört. Sie räumte sein Zeug aus, wahrscheinlich weil ihr klar war, dass er nicht wiederkommen würde. Ich
blieb übers Wochenende und munterte sie immer wieder auf.
Wir kauften Dosen-Margaritas im Supermarkt und sahen uns
zusammen Game-Shows an.

Dann rief Cameron an. Ich reagierte inzwischen schon wie
konditioniert, machte hastig Notizen, überredete ihn, mir zu
sagen, wo er gerade war, beruhigte unsere Mutter und gab ihr
eine Beschäftigung – wenn sie zu viel grübelte, wurde sie traurig –, dann machte ich mich mit schwarzem Kaffee hellwach,
lud Wasserflaschen ins Auto und fuhr los, um meinen Bruder
abzuholen. Ich bin mir nicht mehr sicher, ob ich überhaupt
wusste, wo er an jenem Abend war. Er hatte auf der Rückfahrt
von London eine Panne mit seinem Lieferwagen gehabt, hatte
die A1 noch verlassen können und stand irgendwo im Grünen.
Es goss in Strömen. Endlich entdeckte ich den Wagen auf einem Parkplatz. Der weiße Lack war mit Straßenschmutz überzogen, aber ich erkannte das Nummernschild und hielt neben
dem leeren Pick-up eines Farmers, um ihm zu texten. Dann
wartete ich, lauschte dem Regen, der aufs Dach prasselte, fragte
mich, was eigentlich los war. Im schwarzen Parka und drecki-
gen Desert-Boots stieg er aus, kam durch den strömenden Regen herüber und setzte sich neben mich. Er roch nach Energy-

139

drinks und Cannabis. Seine Haare, die er sich wieder wachsen ließ, standen in fettigen Büscheln ab, und seine Finger zuckten, als er sich die Handflächen an seiner Jeans trocknete. Er war gerade neunzehn.

»Hast du alles mitgebracht?«

Ich nickte. »Alles im Kofferraum. Was ist passiert?«

Er krümmte die Finger und fuhr sich damit von der Stirn bis in den Nacken, sodass er auf der Kopfhaut rote Linien hinterließ. »Hatte eine Panne. Musste das Zeug in das andere Fahrzeug packen. Muss den hier jetzt noch säubern und stehen lassen. Wir haben zwei Stunden, bis sie ihn abholen.« Er deutete mit dem Kinn zu dem Lieferwagen, aus dem er ausgestiegen war. »Kannst du mich mitnehmen, wenn wir fertig sind?«

Früher, als er noch dreizehn, vierzehn Jahre alt war, wäre das mein Stichwort gewesen, um auszuflippen. *Ich bin stundenlang gefahren, wo sind wir überhaupt, was hast du in der Gegend zu suchen ...* Doch wir waren über Empörung, Wut und Enttäuschung inzwischen hinaus. Diese Begriffe gehörten zu einem Drehbuch, das wir nicht mehr aufzuführen brauchten, stattdessen spielten wir stillere Rollen, er schroff, aber demütig, ich leise und paranoid. »Was, wenn uns jemand sieht? Was, wenn die Polizei hier vorbeikommt?«

»Fahr dein Auto weiter vor, dicht an die Bäume«, sagte er. »Wenn wir schnell arbeiten, kriegen wir das noch hin.«

»Was wischen wir weg?«

Er sah mich an. »Fingerabdrücke, Fasern.«

An dem Abend bat er mich zum ersten Mal um etwas Großes, und es kam mir bedeutsam vor. Ich wusste, dass etwas Organisiertes dahintersteckte, ein Kuriernetz, geheime Logistik. Ein weiter Weg von einem weißen Lieferwagen und Danny Franks. »Lass uns einfach anfangen«, sagte er. Wir gingen zu dem Wagen, schlossen uns hinten ein, damit es nicht reinregnete, und ich verteilte die Putzmittel. Mit blöden Haushaltshandschuhen schrubbten wir die Blechteile mit Bleiche und Stahlwolle, während der Regen aufs Dach trommelte, dann zogen wir nach vorn, wischten die Sitze und das Armaturenbrett mit Schwämmen und Sprühreiniger ab.

Bei jeder Gelegenheit, die ich bei Cameron bekam – und die wurden immer seltener, zwei Jahre waren seit dem Abend mit der Kamera vergangen –, sprach ich das Thema des Aussteigens wieder an, die Möglichkeit, sich neu zu erfinden. So auch diesmal. »Du musst damit aufhören«, sagte ich. »Wenn du so weitermachst, gibt es nur einen Ort, wo du landen wirst.«

Er hatte die Innenwände abgewischt, zerknirscht und erschöpft. Er antwortete nicht, bis ich ihn anstieß. Schließlich bekam ich zu hören: »Na schön, verdammt noch mal. Hörst du dann endlich auf?«

»Wenn du bei jedem Job nur ein bisschen auf die Seite legen würdest. Versteck es irgendwo. Ich schwöre, das läppert sich zusammen. Und ehe du dich versiehst, hast du eine Menge Geld.« Ich versuchte schon seit einer Weile, ihn dazu zu überreden. Im Jahr zuvor hatte er seine Schulabschlussprüfung wiederholt, aber das College aufgegeben, weil es seiner Arbeit in die Quere gekommen war. Als ich ihn deswegen kritisierte, gestand er, dass die Bezahlung zu gut sei, um darauf zu verzichten, und seitdem predigte ich ihm die Vorzüge des Ansparens. »Nimm dein Geld entgegen und leg nur zehn Prozent beiseite. Du wirst gar nicht merken, dass es fehlt. Niemand braucht davon zu wissen.«

Er blickte von der Arbeit auf. Es hatte aufgehört zu regnen. »Das haben wir doch schon besprochen, Rem.«

»Ja. Und? Hast du schon was auf die Seite gelegt?«

»Quasi«, antwortete er kryptisch.

»Was heißt das?« Ich spürte, das war ein entscheidender Moment, ein potenzieller Wendepunkt, aber inzwischen hatte ich mit vielen problematischen Jugendlichen gearbeitet und wusste, was immer ich erreicht hatte, musste unterstützt und gefestigt werden. Ich durfte ihn nicht weiter drängen. Als er nicht antwortete, sagte ich: »Das ist toll, Cam. Wirklich. Du wirst es nicht bereuen.« Ich versuchte, ihm ein Lächeln abzuschmeicheln, doch er wischte weiter Flächen ab. »Selbst wenn du nur einen kleinen Anfang gemacht hast, wird es sich summieren. Du tust die ersten Schritte, Cam. Ich bin ehrlich stolz auf dich.«

Darauf sah er mich doch an, mit einem komplizierten Ausdruck im Gesicht. Und in dem Moment hörten wir den anderen Wagen kommen. »Scheiße«, zischte er und war so aufrichtig entsetzt, wie ich ihn noch nie erlebt hatte. Ich begriff, dass er meinetwegen Angst hatte. »Die sind früh dran. Lauf zu deinem Wagen. Los.«

Ich rannte durch die Pfützen zu den Bäumen. Ein großer Lkw rauschte durch stehendes Wasser und warf graue Schwingen auf. Hinter ihm bog ein schwarzer Lexus auf den Parkplatz. Mit Herzklopfen beobachtete ich von meinem Wagen aus das Geschehen. Meine Scheinwerfer waren ausgeschaltet, die Windschutzscheibe beschlug allmählich. Ich war froh, dass ich neben dem schmutzigen Pick-up geparkt hatte. Aus dem Lexus stieg jemand aus, eine schlanke Frau mit schweren Stiefeln und einer wattierten Jacke mit hochgezogener Kapuze. Sie sah nicht in meine Richtung. Sie redete mit Cameron, telefonierte kurz, dann öffnete sie die Beifahrertür ihres Wagens und winkte jemanden heraus. Ein Mann stieg aus und ging zu dem Lieferwagen, inspizierte ihn, dann ließ er sich von Cam den Schlüssel geben. Der Lkw fuhr zurück auf die Straße und beschleunigte in die Dunkelheit. Ich sah den Lichtkreis seiner Scheinwerfer kleiner werden. Die Frau stieg in ihr Auto und fuhr ihm hinterher.

142

Cam stand mit hochgezogenen Schultern und durchnässter Jacke auf dem Parkplatz und schlang die Arme um sich. Er sah noch immer aus wie dreizehn. Bei klarem Nachthimmel fuhr ich ihn nach Hause, und die ganze Zeit über beugte er sich so weit zur Windschutzscheibe, wie sein Gurt es zuließ, und betrachtete die Sterne.

Nach langem Schweigen fragte ich: »Woran denkst du?« Ich weiß nicht, was für eine Antwort ich mir erhoffte. Vielleicht etwas wie »an einen Ausweg« oder »daran, etwas beiseitezulegen, wie du vorgeschlagen hast« oder »es tut mir leid«.

Stattdessen sagte er: »Es gibt da draußen ein Radioteleskop mit über sechzig Antennenschüsseln, weißt du. Die Leute reisen aus der ganzen Welt dorthin.«

Ich war verwirrt. Wir waren in der Nähe von Durham. »Wo?«

»In der Atacama-Wüste«, antwortete er.

18

»Fassen Sie die Tasche nicht an«, befahl Gaines II. Er beugte sich darüber, um sie sich genauer anzusehen, und drehte sich wieder zu mir um. »Wer hat Zugang zur Garage?«

Ich schluckte und gab mir Mühe, normal zu atmen. »Ich … das Geländepersonal und ich. Gäste können gegen eine zusätzliche Gebühr hier parken.«

»Könnte der einem Gast gehören? Dieser Alex Coben, die verschwunden ist?«

»Nein. Ihr Auto steht da draußen eingeschneit neben Jais. Dieses habe ich noch nie gesehen. Jemand muss es hier reingefahren haben.«

»Jemand mit einem Garagenschlüssel.«

Jai fummelte an seiner Kappe herum und inspizierte die Rücksitze durch die Fenster. »Warum steht er also hier?«

»Jemand hat ihn zu einem bestimmten Zweck hier abgestellt.« Gaines beugte den Rücken, sein Unbehagen war ihm klar anzusehen. »Vielleicht mit der Absicht, ihn heute Nacht noch zu benutzen. Ich kann mir zwar nicht sicher sein, aber ich denke, von der Tasche geht keine Gefahr aus. Ich werde sie öffnen.«

Jai und ich wichen zurück und sahen zu, wie Gaines einmal durchatmete und sich dann entschlossen in den Kofferraum beugte, um ganz langsam den Reißverschluss zu öffnen. Er wartete kurz ab, dann weitete er vorsichtig die Öffnung und griff hinein. Er zog etwas heraus.

»Kleidung.« Er hielt ein hellgraues fleecegefüttertes Sweatshirt hoch. »Für einen Mann. Größe ...« Er suchte am Halsausschnitt. »Die Schildchen wurden entfernt.« Er faltete es zusammen und legte es zurück. »Jeans. Anscheinend auch warmes Unterzeug. Mütze, Handschuhe. Das ist Kleidung zum Wechseln.«

»Vielleicht für ...«, begann Jai langsam und strich mit einer Hand am Wagendach entlang. »Der Unfall da oben ... war vielleicht kein Zufall.«

Gaines zuckte mit den Achseln. »Schon möglich. Aber ich bin nicht hier, um zu spekulieren. Im Augenblick habe ich zwei Aufgaben: Bürger schützen und Troy Foley schnappen. Deshalb holen wir jetzt Talbot, und das tun wir gemeinsam, weil das sicherer ist. Wie der Unfall zustande gekommen ist, ist nicht meine Sorge. Damit können sich andere befassen.«

Gaines trat zurück, verschränkte die Arme und senkte den Kopf, um nachzudenken. Langsam ging ich zu der offenen Fahrertür und beugte mich in den Wagen, betrachtete das Lenkrad, die neu glänzenden Anzeigen des Armaturenbretts, die Veloursitze. Unter dem Scheibenwischerhebel befand sich ein Startknopf. Irgendwo hatte jemand den Key Fob dazu. Neugierig streckte ich die Hand aus.

»Miss«, schnauzte Gaines II. »Ich muss Sie bitten, keine potenziellen Beweisstücke zu kontaminieren. Fassen Sie nichts an.«

Das Wort Beweisstück löste ein langsames, niederschmetterndes Gefühl aus. Das Hotelgelände wurde zu einem Tatort, ich zu einer Zeugin. In wenigen Stunden wollte ich im Flugzeug sitzen. Ich stellte mir die Wärme und den Stimmenlärm in den Cafés der Abflughalle vor, das gut gelaunte Gelächter in der Warteschlange vor dem Check-in, die Hintergrundmusik. Familien, Handgepäck, Zeitungen und kostenlose Getränke, das Gefühl neuer Möglichkeiten, das Gefühl, allem zu entkommen. Heathrow, Madrid, Santiago. Ich schloss die Augen, rieb

145

sie und drängte die Tränen der Frustration zurück, versuchte, stattdessen an Shelley Talbot zu denken.

Gaines II durchquerte die Garage und bückte sich, um das Tor hochzuschieben. Der Wind wehte durch den Spalt, brachte die Kälte herein und strich mit eisigen Fingern durch meine Haare. Jai ging hinaus in die Dunkelheit, und ich folgte ihm. Draußen hörten wir wieder den Wald ächzen. Diesmal jedoch anders. Zu dem hallenden Knacken kam ein anhaltendes Grollen.

Jai sah mich alarmiert an. »Hört sich so nicht eine Lawine an?«

Ich reckte den Hals und spähte in die tiefe Dunkelheit zwischen den Bäumen. Das Grollen kam von weiter oben am Hang und klang wie Donner. Das Hotel, das am Berghang kauerte, schien im Schatten von Fels und Wald manchmal sicher, vor den Elementen geschützt. Jetzt jedoch nicht. Wenn das eine Lawine war, dann standen wir mitten im Weg; das Gebäude würde von einer herabstürzenden Schneewand erfasst, die abgerissene Fichten mitführte. Wir würden zermalmt werden. Während wir horchten, wurde das Grollen stärker, warf ein Echo gegen die Bergwand und steigerte sich zu einem tiefen Dröhnen. Dann verebbte es und erstarb.

Gaines II kam zu uns, die Wanderkarte auseinandergezogen vor sich, sodass sie sich im Wind blähte. »Die Schneedecke ist instabil«, sagte er. »Wir werden auf keinen Fall zur Straße hochfahren.«

Wie zur Bestätigung ächzte der Schnee, und wir drei blickten den Hang hinauf, um durch die dunklen Baumkronen etwas zu erkennen. »Das gefällt mir nicht«, sagte Jai sichtlich angespannt.

Gaines studierte die Karte. »Wir werden laufen müssen.«

Er hörte von uns keine Einwände. Meine Chancen, mor-

146

gen früh vom Hotel wegzukommen, tendierten gegen null. Ich drängte den Gedanken weg.

»Auf einer Route durch den Wald sind wir immerhin vor dem Wind geschützt«, sagte Gaines II gerade. »Die Zufahrtsstraße liegt zu frei, und sehen Sie: Die letzte Serpentine führt in die falsche Richtung.« Er zeigte auf die Karte. »Da oben müssten wir nach links und die ganze Strecke zurücklaufen. Kilometerweit. Aber wenn wir einen Waldweg finden …« Er hielt inne, um zu den Kiefern zu blicken, die unten an der Zufahrtsstraße begannen und den steilen Hang hinaufwuchsen.

Jai und ich studierten die Karte über den schmalen Schultern des Officers, während er mit einem Finger über die eng gewundenen Höhenlinien strich. Im vergangenen Sommer war ich an meinen freien Tagen die Waldwege gegangen. Die Bäume standen dicht beieinander, sodass es kaum Unterholz gab, und die Wege waren torfig und bröckelig, oft verborgen unter einem dicken Nadelteppich. Der Hang war steil. Nicht senkrecht, aber doch unmöglich zu erklimmen. Daran entlanglaufen war die einzige Möglichkeit, nach oben zu gelangen. Wir müssten den Wegen folgen, die in langen Diagonalen hinaufführten, darauf achten, dass wir die Spitzkehren nicht verfehlten. Das wäre immer noch schneller, als die Straße zu nehmen. »Wenn wir vorsichtig sind«, ich zeigte auf die Karte, »könnten wir diese Route nehmen … und kämen ungefähr hier raus. Dann würden wir an der Bergstraße entlanggehen. Die Unfallstelle muss irgendwo dort sein, nehme ich an.«

Gaines brummte. »Ich glaube auch.« Er sah noch mal zu den Kiefern hoch, dann zeigte er darauf. »Also folgen wir dem ersten Abschnitt der Straße, dann gehen wir da drüben in den Wald. Das spart uns eine Stunde. Aber das wird nicht leicht. Ich bin von der Unfallstelle aus den Hang heruntergekommen. Wäre fast gestürzt. Da gibt es große Felsen.«

Ich nickte. »Überstehendes Gestein«, erklärte ich Jai, »plötzliche Felswände, um die man herumgehen muss.«

Gaines faltete die Karte zusammen. »Gehen wir los.«

Zunächst gingen wir die Straße entlang, achthundert Meter, auf denen man relativ leicht vorankam. An der ersten Kehre blickte ich zum Mackinnon zurück. Der ferne Lichtschein wäre unter anderen Umständen klar zu erkennen gewesen, so jedoch sah man nur den Umriss eines Gebäudes durch den nachlassenden Schneefall. Unten auf dem Parkplatz wurde mein Blick immer angezogen von den Erkerfenstern des Speisesaals, den schwarz-weißen Giebelbrettern und dem efeubewachsenen Glockenturm. Doch von einer erhöhten Stelle aus war das Mackinnon als Ganzes zu sehen, und von hier wirkte es finster und klein, winzig im Vergleich zu den zerklüfteten weißen Ausläufern des Farigaig, weniger ein sicherer Steinbau als vielmehr ein bedeutungsloser Fleck.

Gaines II kämpfte mit der Karte, der Wind zerrte daran, als er noch einmal unsere Position überprüfen wollte. Ich trat zu ihm, und er zog mit dem Finger eine Linie durch das markierte Waldstück zur Straße. »So ungefähr?«

Ich nickte. »Da verlaufen viele Wege kreuz und quer durch den Wald. Jetzt kommt es darauf an, wie viel Schnee zwischen den Bäumen liegt.«

»Es wird dort dunkel sein«, sagte Jai und holte seine Taschenlampe hervor.

Wir schauten auf, sahen die Schwärze und nickten. Am Rand der Straße lag ein fester Schneewall, den der Schneepflug letzte Woche hinterlassen hatte. Wir stiegen mühsam hinüber in die weichere Schneedecke dahinter und stapften zum Waldrand, die Lichtkegel vor uns ins Dunkle gerichtet.

Dann wagten wir uns hinein.

Zwischen den Bäumen war wenig Platz, vielleicht ein Meter. Auch an freien Stellen ging kaum Wind, die Luft wirkte gespenstisch und still. Anfangs folgten wir der Höhenlinie, sodass es leicht voranging. Unter dem Schnee war der Boden mit Kiefernnadeln übersät. Bald jedoch bogen wir nach rechts ab und begannen den steilen Aufstieg. Bei jedem Schritt musste man den Fuß vorsichtig platzieren, um dann langsam bis zum Knie in den knirschenden Schnee zu sinken. Während ich mich den Hang hochstemmte, erlebte ich das seltsame Gefühl, dass mir gleichzeitig die Waden brannten und meine Füße taub waren. Die Steigung war gnadenlos. Bei dem anstrengenden Aufstieg leuchtete ich mit der Taschenlampe über die senkrechten Felsen und fand oben an den Rändern gefrorene Simse, überhängende Schneemassen, die den Eindruck erweckten, man könnte darauf stehen, die aber abbrachen und den Unachtsamen in die Tiefe stürzen ließen. Eine Eule verspottete mich mit ihrem dunklen Ruf, als ich mein jämmerliches Licht schwenkte und den vereisten Schnee und das Gefälle abschätzte. Wir waren schon weit oben. Wenn ich Pech hatte und den Halt verlor, konnte meine schnelle Rutschpartie nur durch den Aufprall gegen einen Baum enden. Meine Leiche würde man erst nach Wochen finden.

Schließlich gelangten wir auf ein Plateau und sammelten uns keuchend und schwitzend. Ringsherum hörten wir die Krähen. Wir waren auf einer Höhe mit den Wipfeln der Kiefern, die unten am Hang im hohen Schnee auf einem Felsen standen. Wir wagten uns nicht bis an den Rand. Der Schnee war ein Durcheinander plumper weißer Brocken, die aussahen, als wären sie aus einer Felswand herausgebrochen. Er war außerdem so tief, dass ich bis zu den Oberschenkeln einsank und mehr watete als stapfte.

»Ich brauche ein paar Minuten«, keuchte Jai. Er hatte sich

die Kapuze tief ins Gesicht gezogen und zugeschnürt, aber ich sah den Schweißfilm auf seiner Haut glänzen.

Unsere Lichtkegel färbten den Wald schmutzig grau, lauter hässliche Baumstämme und wirre Zweige. Der Hang vor uns war so steil, dass wir von einem Baumstamm zum nächsten klettern mussten, vor uns nur Schwärze und ein kaum erkennbarer Pfad.

Wir rasteten. Gaines II fasste sich behutsam an die Stirn, um zu sehen, ob er noch blutete. Er räusperte sich und spuckte in den Schnee. »Ich werde vorangehen und prüfen, ob der Boden trittsicher ist.«

Ich gab mein Okay. Unbeholfen machte er sich daran, die Felsnase zu erklimmen. Ich hörte ihn ächzen, als er sich zwischen den Bäumen hinaufstemmte, und beobachtete den irrlichternden Schein seiner Taschenlampe. Einen Schritt nach dem anderen zogen wir uns an Stämmen den Hang hinauf. Meine Beine brannten von der Anstrengung, und oft verlor ich Gaines II aus den Augen und folgte nur aufmerksam seiner Fußspur, gelenkt von seinem Lichtkegel, der weiter oben hin und her springend in dürre Kiefernzweige schien und den hart errungenen Fortschritt sichtbar machte. Oben auf jenen Hängen waren steile Schneedünen entstanden, einige doppelt so groß wie ich. Die Schneedecke brach unter unseren Stiefeln und rutschte. Einmal hörte ich einen Aufschrei hinter mir und drehte mich um, wobei ich hastig suchend die Taschenlampe schwenkte.

»Schon gut. Schon gut. Nichts passiert«, stammelte Jai ein Stück weiter unten. Ich sah einen gelben Lichtkreis zucken, als er sich aufrichtete. Er klopfte sich ab und winkte mir. »War mein Fehler.«

Ich wartete auf ihn, schüttelte den Schnee von meinen Handschuhen und strich ihn mir vom Kopf. Wir kletterten

150

weiter. Schließlich wurde die Steigung flacher und der Wald lichter. Ich lehnte mich an eine junge Kiefer, deren dünner Stamm genau zwischen meine Schulterblätter passte, und leuchtete um mich. Hier neigten sich die Baumkronen unter dem Wind, und demnach hatten wir den Waldrand erreicht. Es war fast ein Uhr.

Jai kam neben mich, sein Gesicht dampfte im Lichtschein. Er beugte sich nach vorn und stützte die Hände auf die Knie. »Auf keinen Fall können wir da wieder runtersteigen«, sagte er. »Schon gar nicht im Dunkeln.«

»Kein Wunder, dass er abgerutscht ist und seine Waffe verloren hat«, sagte ich keuchend.

»Wo ist er?« Jai hob den Kopf.

Ich leuchtete zwischen gespenstische Bäume und glitzernde Schneewehen. Vielleicht war er schon zur Straße vorgegangen. Eine Fußspur im Schnee bestätigte meine Vermutung. »Geht die Lage erkunden«, sagte ich.

Wir ruhten uns aus. Unsere Atemwolken nebelten in die untersten Zweige. Ein Knacken ließ mich aufhorchen, doch ich schrieb es den schneebeladenen Ästen zu. Dann knackte es erneut, und ich begriff, dass es aus meiner Tasche kam.

Das Walkie-Talkie hatte Empfang.

19

Ich zog das Gerät aus der Jackentasche. »Shelley. Wir sind schon fast an der Straße. Ich glaube, Gaines ist vorgegangen, er müsste gleich bei Ihnen sein. Wie geht es Ihnen? Shelley?«

»Na ja, bin noch da.« Ihre Stimme klang wässrig. »Spüre nicht mehr viel. Außer meinem Bein. Das tut beschissen weh.« Sie lachte kraftlos. »Entschuldigen Sie den Ausdruck.«

»Halten Sie durch.« Ich raffte mich auf und watete weiter. »Noch zwanzig Minuten, dann sind wir bei Ihnen. Können Sie laufen? Notfalls schleppen wir Sie ins Tal.«

»Liege zusammengekrümmt im Nassen. Kann mich nicht bewegen. Keine Ahnung, wie Sie mich hier rausholen wollen. Durch die Windschutzscheibe vielleicht.« Kurzes Schweigen. »Haben Sie Whisky dabei?«

Ich lächelte. »Single Malt.«

»Was gäbe ich nicht für einen letzten …« Der Rest wurde verstümmelt, ihre Stimme verlor sich in Rauschen.

Ihre letzten drei Worte gefielen mir nicht. Deshalb redete ich weiter. »Kann Sie nicht mehr hören, aber ich schätze, Sie schwärmen mir noch was vom Whisky vor. Ich mag den Geschmack, Sally, nur nicht den Kater. Wenn wir wieder im Hotel sind, können Sie unsere besten fassgereiften Malzwhiskys probieren. Denken Sie an einen bestimmten? Shelley?«

»Wir sollten uns beeilen«, warf Jai sanft ein.

»Ich will, dass sie konzentriert bleibt.«

»Ich weiß. Aber wir müssen Gaines einholen.«

»Gehen Sie schon vor, wenn Sie wollen. Nur zwei Minuten

152

noch. Hey, Shelley.« Ich drehte an dem Regler. »Wir kennen uns schon fast zwei Jahre. Stellen Sie sich mal vor. Ihre Zeit im Porterfell vermissen Sie bestimmt nicht, oder?«

Während ich versuchte, mit Shelley Kontakt zu halten, fühlte ich mich plötzlich ein Jahr zurückversetzt. Als ich Cameron zum letzten Mal besuchte, ihn zum letzten Mal lebend sah. Eine Begegnung, die ich mir oft vor Augen rief, obwohl ich damals keinen Grund sah, sie im Gedächtnis zu bewahren. Nichts deutete auf eine bevorstehende Tragödie hin. Nur eines unterschied den Besuch von den vorigen: sein Geständnis mitten in unserer belanglosen Unterhaltung.

Mit dreiundzwanzig veränderte sich Camerons Aussehen. Die jungenhafte Verletzlichkeit, die ich während jener problematischen Teenagerjahre in ihm gesehen hatte, streifte er ab und baute Muskelmasse auf. Wenn er sich nach vorn neigte, fiel auf, wie dick und muskulös seine Arme waren und wie breit und fest seine Schultern. Seine Haare trug er länger, sodass sie sich im Nacken kräuselten. Seine Augen waren dunkler, er trug einen Stoppelbart. Er sah fit aus. Im Gegensatz zu ihm war ich müde und hungrig, denn ich hatte gerade meine Nachtschicht beendet und das Frühstück ausfallen lassen, um ihn zu besuchen. Ich war leicht reizbar, als ich meine Tasche und mein Handy an der Pforte abgab. Shelley und ich hatten uns zwar am Freitagabend noch in der Bar unterhalten, aber innerhalb der Gefängnismauern begegnete sie mir mit ausdruckslosem Gesicht und brachte mich wortlos in den Besucherraum. Es war ein schwül-warmer Tag, und in der Strafanstalt roch es nach verschwitzten Körpern und Langeweile. Mein harter Plastikstuhl, der mir an dem Tag besonders unbequem erschien, knackte, wenn ich die Haltung wechselte. In schmalen Lichtstreifen flimmerte der Staub in der Luft.

Wir redeten über den Englischunterricht, an dem er derzeit teilnahm, und unvermittelt fragte er: »Weißt du noch, wie wir damals auf dem Parkplatz den Lieferwagen gereinigt haben?«

Das war nicht das einzige Mal gewesen, dass ich spätabends über Seitenstraßen oder verlassene Landstraßen gefahren war, um Cam aus einer beängstigenden Klemme zu retten, trotzdem erinnerte ich mich an den Abend glasklar. An die Frau, die ankam, als wir gerade fertig waren; wie Cameron mit ihr redete; an die schweigsame Heimfahrt, bei der er den Sternenhimmel betrachtete. Manchmal wenn ich an diese und zahllose andere Szenen zurückdenke, ist es mir peinlich, dass ich ihm jedes Mal Vorhaltungen machte und ihn drängte, sein Leben zu ändern. Immer dieselbe Leier, derselbe eifrige Ton. Ich ödete mich selbst an mit den immer gleichen Argumenten. Gott weiß, wie das für meinen armen, eingesperrten Bruder gewesen sein muss.

»Wir haben geschrubbt, bis alles glänzte.« Ich brachte ein Lächeln zustande. Hinter meinem linken Auge pochten Kopfschmerzen.

Er lächelte. »Und du hast mich in einem fort belabert, ich soll sparen, weißt du noch?«

»Sparen?«

»Bei jedem Job ein bisschen auf die Seite legen. Es würde sich zusammenläppern.« Er deutete mit seinen schwieligen Fingern Anführungszeichen an.

»Zu der Zeit war ich davon besessen.« Ich lächelte. »Ich weiß, ich hab dich damit genervt. Ich wollte dir nur helfen.«

»Tja, hast du. Du hast mir geholfen.« Und dann wurde er ernst, schob sich auf dem Stuhl nach vorn, neigte sich zu mir und sagte vorsichtig und leise: »Ich hab ein Schließfach.« Es war, als ob sich die Luft veränderte, und gegen meinen Instinkt verkrampfte ich mich und sah mich nach allen Seiten um. Ca-

154

meron räusperte sich, und als ich ihn wieder ansah, schüttelte er kaum merklich den Kopf. »Ein Schließfach«, flüsterte er. »Und in dem Schließfach eine Tasche. Hörst du mir zu? Ich war ein cleverer Junge.« Ich verkniff mir eine Bemerkung dazu. »Smart Storage«, sagte er. »Zweigstelle Aberdeen. Ein kleines Schließfach unter deinem Namen. Mit einer Tasche.«

Mein Puls beschleunigte sich. »Smart Storage«, wiederholte ich. »Okay.«

»Du warst immer gut zu mir«, sagte er. »Falls mal irgendwas passiert, will ich, dass du sie rausholst. Was darin ist, gehört dir.«

»Cameron …«

»Lass uns nicht sentimental werden, Rem. Das sind meine Ersparnisse. Es hat ein elektronisches Schloss. Bereit?« Er wartete, bis ich nickte. »Es ist ein Datum. Ein bedeutsames.« Er nannte mir sechs Ziffern, einen Februartag in zwei Jahren – der für mich keine besondere Bedeutung hatte, soweit ich sehen konnte.

»Hab's mir eingeprägt«, sagte ich. »Aber was bedeutet es?«

Darauf erzählte er mir von Planetenkonjunktionen, von bestimmten Daten, an denen man, zur richtigen Zeit von einem bestimmten Teil der Erde aus betrachtet, zwei oder drei Planeten zusammen am Nachthimmel sehen könne. Das sei etwas Besonderes, das selten vorkommt, sagte er, und in der richtigen Umgebung ein unvergessliches Erlebnis. Er blieb ruhig und wahrte ein neutrales Gesicht, als er weiterredete. »Vergiss das Datum nicht, okay? Das Schließfach ist für die nächsten achtzehn Monate bezahlt. Danach läuft der Mietvertrag aus, und du musst ihn verlängern oder das Fach ausräumen.«

Und das war's; er ging genauso abrupt wie eben zu etwas anderem über. Lächelnd rieb er sich die Hände an seiner Gefängnishose ab und sagte: »*Von Mäusen und Menschen* wurde also nach einem Gedicht von Robbie Burns benannt, ja? Aber die Handlung spielt auf einer Farm. Worum geht es da eigentlich?«

Fünfzehn Minuten später schrillte die Klingel, und mein Besuch war vorbei. Wir standen auf und umarmten uns linkisch. Mit dem Umarmen hatten wir erst angefangen, nachdem er im Gefängnis saß, und ungeübt, wie wir waren, bekamen wir das nie gut hin. Ich sah ihm nach, als der Wärter ihn durch die hintere Tür wegführte, dann holte ich meine Sachen an der Pforte ab und ging zum Auto.

Bei den meisten Besuchen war ich recht stoisch geblieben, aber bei diesem gelang mir das nicht. Er hatte auf mich gehört. Er hatte versucht, sich zu ändern, Ersparnisse anzuhäufen. Er hatte nur zu spät damit angefangen. Ich saß ziemlich lange weinend hinterm Lenkrad. Die Tränen flossen immer wieder. Als ich schließlich zum Mackinnon zurückfuhr, war mein Herz wund, meine Augen verquollen, aber mein Kopf klarer. Zurück in meinem Zimmer, ging ich auf die Webseite von Safe Storage, prägte mir die Adresse ein, speicherte die Telefonnummer und schrieb einen erfundenen Namen in meine Kontakte und dazu den sechsstelligen Code des Schließfachs als Telefonnummer getarnt. Einen Monat später war Cameron tot.

Das Walkie-Talkie zischte. Shelley war wieder da. »Ist schiefgegangen«, sagte sie. Mir war zuerst nicht klar, ob mir das rätselhaft erschien, weil ich in Gedanken gewesen war und den Zusammenhang verpasst hatte oder weil die Erklärung erst noch kommen würde. Ich konzentrierte mich.

»Könnten Sie das noch mal sagen? Shelley?« Ich horchte angestrengt, das Gerät an meine Kapuze gedrückt.

»Hab's vermasselt. Konnte nicht auf der Straße bleiben.«

»Aber das lag am Wetter. Das ist nicht Ihre Schuld. Bei dem Sturm hätte man den Transport verschieben müssen.«

Als sie wieder zu hören war, klang sie viel schwächer. »Muss Ihnen von Ihrem Bruder erzählen«, sagte sie.

Meine Beine verkrampften sich, ich schwankte. »Was meinen Sie, Shelley?«

»Ich war da. An dem Abend, als er umgebracht wurde.«

In meinem Magen öffnete sich ein Abgrund.

Ich war noch dabei, mir ein paar atemlose Worte abzuringen, als sie weiterredete. »Letztes Jahr im Januar. Da war ich noch Wärterin. Die Sache ging im Gemeinschaftsraum los. Ein Bandenkonflikt. Sie haben die Kameras abgedeckt ...« Es knisterte und rauschte, dann war sie wieder zu verstehen. »Ich und drei andere waren da eingeschlossen. Es war ein Blutbad. Cameron wurde erstochen. Hab ihn verbluten sehen. Es tut mir so leid, Remie, konnte nichts tun.«

Ich schaffte es zu einem Baum, glitt daran hinunter in die Hocke, wobei ich mit der Jacke an einem Zweigstummel hängen blieb. »Was noch?«, fragte ich heiser.

»Konnte keinen Sani kriegen. Der Raum war abgeriegelt.« Ich hörte, dass sie sich bewegte. Sie fluchte vor Schmerzen. »Das wollte ich Ihnen schon lange sagen, aber ... hab eine Verschwiegenheitserklärung unterschrieben. Schätze, das spielt jetzt keine Rolle mehr.« Plötzlich war sie nicht mehr zu hören. Ich wartete. Lautes Rauschen wie ein ironischer Applaus, dann nichts mehr.

»Shelley?« Ich fühlte mich leer und gleichzeitig kurz vor einem Wutanfall.

»Remie.« Jai hielt mir eine Hand hin, um mich hochzuziehen. »Wir müssen weiter. Gaines finden.« Dann sah er mein Gesicht und ließ die Hand sinken.

»Shelley«, sagte ich energisch. Ich dachte an die endlosen Befragungen nach Camerons Tod, die schriftlichen Darstellungen, die ich per Post bekommen hatte, die blöden Formulie-

157

rungen darin, wie lapidar sie abblockten, selbst nachdem wir Berufung eingelegt hatten. Wegen mangelnder Beweise könne man keine soliden Schlüsse ziehen, behauptete die Gefängnisleitung. »Shelley, sind Sie noch da? Ich muss es wissen, Shelley. Wer hat Cam getötet?«

Bei ihrem nächsten Satz stockte mir der Atem. »Ich habe es gesehen«, sagte sie.

Mir war heiß unter der Mütze. Meine Haut juckte. »Wer?«, flüsterte ich. Nichts. Ich wartete, blickte zwischen den Bäumen die Straße entlang, sah die Nachtluft zittern, die Schneeflocken kreiseln. Jai wartete ein Stück entfernt.

»Hatte viel Geld verloren«, sagte Shelley leise. »Einen ganzen Batzen. Konnte nicht aufhören. Brauchte einen Ausweg.«

»Halten Sie durch, Shelley«, brachte ich hervor, kurzatmig und mit trockner, heiserer Kehle.

»Ist alles meine Schuld. War egoistisch. Bin den Handel eingegangen.«

Ich wollte das nicht mehr hören, wollte mich der Bedeutung verschließen. Es gibt das Phänomen der verminderten Aufnahmefähigkeit unter Stress: Abnehmende geistige Wachheit führt zu schlechten Entscheidungen, wenn man in Notsituationen handelt. Das tat ich gerade, zog zu schnell die falschen Schlüsse. Ich sah nicht, dass Shelley etwas gestand. Das konnte nicht sein. Andererseits: Jemand musste den Unfall eingefädelt haben. Jemand musste den Geländewagen in die Hotelgarage gestellt haben. Shelley war Stammgast in der Hotelbar, und – dieses Detail fand ich erdrückend – sie hatte den Gefängnistransporter gefahren.

»Was für einen Handel?«, krächzte ich und hielt mir das Walkie-Talkie ans Ohr.

Sie war jetzt sehr ruhig. »Hab meine Seele verkauft.« Sie lachte leise. »Spielt jetzt keine Rolle mehr. Ich bin am Ende.«

»Halten Sie durch«, sagte ich wieder. Schrille Störgeräusche drangen mir ins Ohr, sodass ich gequält aufschrie und das Gerät von mir weghielt. Zögernd hielt ich es mir wieder an die Kapuze und hörte Shelley ein letztes Mal.

Was sie sagte, war klar zu verstehen, ihre Stimme klang noch einmal fest. »Sie sollen wissen, dass Foleys Leute Ihren Bruder umgebracht haben.«

20

Plötzlich brannte in mir eine Leidenschaft, die ich dreizehn Jahre lang in mir getragen hatte. Das war nicht bloß Schmerz oder Trauer – die brannten nicht stark genug, um einen warm zu halten –, sondern etwas, das heiß und wild loderte. Einer der beiden Männer, die sich Gaines nannten, war verantwortlich für den Mord an meinem kleinen Bruder, und ich würde herausfinden, welcher. Dann würde ich mein Möglichstes tun, um ihn zu bestrafen. Ich war entschlossen, Camerons Tod Bedeutung zu verschaffen. Die Gewissheit glühte in mir wie ein Sonnenaufgang, hell und kraftspendend.

Ich stapfte durch den Schnee zum Straßenrand und zu Jai. Vor uns ragte der Farigaig in die Wolken, seine verschneiten Flanken glänzten in der Stille. Der Wind hatte sich gelegt, und die Landschaft lag endlich ruhig da. Ich konnte ihre Adern und Narben erkennen, Bruchsteinmauern und Entwässerungsgräben, die Grashöcker. Wir schauten nach beiden Seiten die Straße hinunter, einen schrumpfenden weißen Streifen, der sich in der verschneiten Landschaft verlor. Die Wettervorhersage war ziemlich gut gewesen. Es war gerade ein Uhr früh, und der Himmel begann aufzuklaren.

Nach anderthalb Kilometern in der übernatürlichen Stille kam ein Auto in Sicht, ein Scheinwerfer, der in den Schnee leuchtete.

Ein einzelner Streifenwagen. Auf dem Dach drehte sich noch die Drehspiegelleuchte und bestrich die Nacht mit ihrem rot-blauen Schein. Als wir näher kamen, wurde der Blechkörper erkennbar, die gestauchte Motorhaube, das blinde Auge des zerstörten Scheinwerfers.

Ich spürte Jais Hand an meinem Arm und lehnte mich dagegen. »Wo ist er?«, fragte er. Ich zuckte mit den Achseln. »Seien Sie vorsichtig«, sagte er.

Wir hielten uns in der Mitte der Straße. In regelmäßigem Abstand spürte ich die Katzenaugen unter meinen Stiefeln, als wir auf den Wagen zugingen. Aus größerer Nähe konnte ich das Ticken des Warnblinkers hören. Hinter der zertrümmerten Windschutzscheibe schien niemand zu sein. Im Innern flimmerte ein Licht und schien auf Sitze und Kopfstützen. Vom Rückspiegel hing ein Rosenkranz. Braver katholischer Junge, dachte ich und bewegte mich nach links. Dadurch sah ich, dass der Kofferraumdeckel offen stand.

Ich ging darauf zu, Jai ebenfalls. Bei jedem Schritt wurde ich langsamer, fühlte mich seltsam losgelöst und schwebend, als gehörten meine Beine zu jemand anderem. Mein Herz klopfte hartnäckig stark und sandte Schwärme grauer Flecken in mein Sichtfeld. Ich näherte mich dem Kofferraum. Da lag etwas Zusammengekrümmtes, das mit Schnee bedeckt war. Jai legte eine Hand an meinen Rücken, und wir blieben stehen, um zu begreifen, was wir sahen. Als er weiterging, blieb ich zurück. Ich verfolgte, wie er zögernd hineinlangte und den Schnee wegstrich, dann trat ich schwankend zu ihm.

In dem Kofferraum lag ein toter Mann.

Es ist eigenartig, wie sich der Verstand manchmal weigert zu erkennen, was er sieht. Ich hatte noch nie eine Leiche gesehen und stellte fest, dass ich den Anblick nicht verarbeitete, so als blickte ich auf ein fremdes Ding, das sich den Naturgesetzen und der Logik widersetzte. Ich konnte keine Gestalt erkennen. Der Tote war bis auf die Unterwäsche entkleidet und

161

lag zusammengekrümmt da. Seine Haut war bläulich verfärbt. In der Stirnmitte war ein Loch mit rotem Rand. Der Mann musste sofort tot gewesen sein. Wenigstens hatte er nicht erfrieren müssen. Er war jung, schlank, durchtrainiert, gut rasiert. Während wir ihn anstarrten, setzten sich feine Schneeflocken auf seine Körperhaare. Ich musste mich gegen den Kotflügel lehnen und mich vornüberbeugen. Hätte ich am Abend etwas gegessen, wäre es mir jetzt hochgekommen, doch so konnte ich nur trocken würgen und richtete mich keuchend wieder auf.

Ein toter Polizist. Troy Foley hatte ihn erschossen und seine Kleidung angezogen.

»Er hat die richtige Größe«, sagte Jai, »aber er ist zu jung. Foley brauchte den Dienstausweis von jemand anderem.«

Mit einer Hand an meiner Schulter lenkte er meine Aufmerksamkeit und zeigte zum seeseitigen Straßenrand. Der Gefängnistransporter und ein Begleitfahrzeug hatten den Schneewall durchbrochen und waren über den Rand gekippt. Ein wildes Muster an Reifenspuren überzog die Straße. Trotz der frischen dünnen Schneeschicht zeigten sie recht deutlich das Geschehen an, und wir näherten uns vorsichtig dem Abhang. Ich hob einen zitternden Arm vor die Augen und spähte hinunter.

»Shelley!«, rief ich.

Der Randstreifen, ein wirres Gestrüpp aus Gräsern und Heidekraut, ging in eine sechs Meter tiefe Böschung über. Die zwei ins Schleudern geratenen Wagen hatten die Pflanzendecke aufgerissen, als sie hinunterstürzten, aber der Sturm war eifrig dabei gewesen, die Wunde zu schließen. Wo der Boden eben wurde, lag ein Gefängnistransporter auf der Seite in einer Pfütze austretender Flüssigkeit, seine beschädigten Leitungen und der aufgerissene Tank bluteten in den Schnee. Die Schiebetür an der Seite stand offen. Der aufgewühlte Boden darunter

war ein torfiger Morast mit einer Fußspur, die darauf schließen
ließ, dass jemand ausgestiegen war. Neben dem Transporter lag
der zweite Streifenwagen – der von Gaines, nahm ich an – auf
dem Dach, halb eingeschlossen von Schneeverwehungen. Vorsichtig trat ich auf den oberen Rand der Böschung, stand bis
zu den Knien im Schnee, wo der kreisende Lichtschein gerade
noch hinreichte, wie ein Wächter an der Grenze zu einem unbekannten Land. Jai streckte einen Arm zu mir hin, und ich
nahm seine Hand. Unten mussten wir durch knietiefen Schnee
waten, um zu den Wagen zu gelangen.

»Shelley!«, rief ich wieder.

Bei dem Transporter angekommen, watete ich an seiner Un-
terseite entlang, folgte den beiden Auspuffrohren zum Motorblock und spürte noch die Restwärme. Der Wagen war alt, das
rostige Fahrgestell von Straßenschmutz überzogen. Ich ging um
die Front herum.

Gaines II kniete im Schnee, mit dem Oberkörper durch
die zertrümmerte Windschutzscheibe gebeugt. Dahinter lag
Shelley schmutzverkrustet und zusammengesackt an der Fahrertür. Gaines zog sich heraus und stand wacklig auf. Er ließ
die Schultern und den Kopf hängen. Ich wusste, was das bedeutete, wollte es aber nicht glauben. »Es tut mir leid«, sagte er.
»Ich habe versucht, sie herauszuziehen, aber sie war zu schwach.
Dachte, es gäbe eine Chance und wir könnten den Rückweg
mit ihr schaffen, wenn wir den Schutz der Bäume erreichen
und wir sie zwischen uns nehmen.« Er klang sehr bewegt und
wirkte ehrlich erschüttert.

Zwei Leichen innerhalb von zehn Minuten. Der umgekippte Transporter hatte die Eisfläche eines Sumpfes durchbrochen, und soweit ich sehen konnte, hatte Shelley aus einer halb
mit schwarzem Schmelzwasser gefüllten Fahrerkabine mit uns
gesprochen. Ihr Gesicht war wachsweiß, ihre Kleidung schlam-

mig und nass. Ihre gefärbten Haare klebten an der Stirn. Sie hatte die Augen geschlossen, und ich konnte die Krähenfüße in ihren Augenwinkeln sehen. Der Anblick erschien mir wie ein Zerrbild.

»Es tut mir leid«, sagte Gaines wieder. Er rieb sich übers Gesicht. »Ich habe es versucht.«

Atemlos drehte ich mich zum Wald hin und versuchte, die kalte Luft einzusaugen, doch meine Lungen waren wie zerrissene Papiertüten. Der entkommene Porterfell-Häftling war mir bisher irgendwie fiktiv erschienen, als eine Figur aus einer gruseligen Geschichte in zwei Versionen. Nachdem ich nun auf der Bergstraße zwei Tote gesehen hatte, ging ein Ruck durch die Nacht. Meine Sicherheit war eine Illusion gewesen, und meine tatsächliche Situation stand mir glasklar und bitter vor Augen. Ich hätte eine letzte, ereignislose Nachtschicht absolvieren sollen, bevor mein neues Leben anfing, eine Chance, sich unwiderruflich zu verändern. Stattdessen kam es zu dieser raschen Eskalation eines sonderbaren Irrsinns – ich saß bei Sturm an einem Berg fest, und einer der beiden Männer, denen ich geholfen hatte, war Troy Foley. Der Mann, der meinen Bruder auf dem Gewissen hatte.

Wie vor den Kopf geschlagen starrte ich auf Shelley Talbots zusammengesackten Körper. Nachdenken kam mir unmöglich vor, aber ich musste es versuchen. Wenn Gaines II Foley war, dann hatte sich die Situation für ihn günstig entwickelt. Die einzige Zeugin seiner Flucht war jetzt tot, denn er hatte es so arrangiert, dass er vor uns bei ihr war und sie töten konnte. War er beim Aufstieg zur Straße deswegen so weit vorausgegangen, um sich die Gelegenheit zu verschaffen? Oder war er nur ein gewöhnlicher Polizist, der einer verletzten Kollegin schnellstmöglich zu Hilfe kommen wollte? Wenn dieser Mann Foley war, dürfte Shelley gewusst haben, dass ihr der Tod bevorstand, sobald sie ihren Gefangenen in einer Polizeiuniform vor der Windschutzscheibe aufragen sah. Hieß das, er würde uns beide jetzt auch umbringen? Oder waren wir für ihn noch in irgendeiner Weise nützlich? Die möglichen Antworten jagten mir Angst ein.

Ich hörte Jai mit Gaines II reden. »Wir müssen gehen. Wir können nicht hierbleiben. Die Wolken verziehen sich, es wird noch kälter werden«, sagte der Officer gerade.

»Können wir Hilfe herrufen? Vielleicht mit einem Funkgerät aus den Streifenwagen?«

Geschockt, wie ich war, bekam ich nur vage mit, dass die beiden zu dem umgekippten Polizeiauto gingen, und blieb bei Shelley, wo ich allmählich vor Angst zu zittern anfing. Es musste hier einen signifikanten Hinweis geben, der mir verriet, welcher der beiden Männer Foley war, doch mir fiel keiner ein. Ich fragte mich, ob ich allein durch genaues Hinsehen feststellen könnte, ob Shelley erwürgt worden war, doch ich konnte mich nicht überwinden, sie anzusehen. Stattdessen rief ich mir noch mal vor Augen, wie Gaines II auf Shelleys ersten Funkruf reagiert hatte. War er erschrocken gewesen? Hatte er Angst vor Entdeckung gehabt? Meines Erachtens war er ruhig und bestimmend gewesen, ein Profi, der schwierige Entscheidungen treffen musste und einfach sein Bestes tat. Doch Troy Foley konnte sich bekanntlich meisterhaft verstellen.

Ich war niedergeschmettert und abgelenkt und bemerkte deshalb nicht, dass Gaines zurückkam. Plötzlich stand er direkt neben mir. »Es tut mir leid. Ich konnte nicht mehr tun«, sagte er, legte eine Hand auf meine Schulter und sah mich traurig an. »Es war richtig, herzukommen. Wir konnten nicht wissen, dass sie zu geschwächt sein würde, um …« Er ließ den Rest des Satzes in der Schwebe und wandte sich dem auf dem Dach liegenden Streifenwagen zu. »In dem ist das Funkgerät kaputt.

Gehen wir zurück zur Straße und sehen in dem anderen nach. Mehr können wir hier nicht tun.«

Er wandte sich zum Gehen. Jai wartete, bis ich mich in Bewegung setzte. Wir hielten Abstand zu dem Officer. Oben auf der Straße beugte sich Gaines in den zweiten Streifenwagen, während ich die von dem Scheinwerfer beleuchtete Szene betrachtete und versuchte zu denken. An den Seiten jagten Schneeflocken durch die Dunkelheit. Zu unserer Linken ragte der Farigaig in steilen verschneiten Felsstufen auf. Gegenüber auf der anderen Straßenseite kalligrafische Umrisse von Bäumen.

Ich hörte Gaines fluchen, als er sich aus dem Auto aufrichtete. »Das Funkgerät ist auch tot. Nützt uns ...« Wie erstarrt hielt er inne und drehte sich dann zum Hang.

Jai ging horchend einen Schritt, den Blick ins Dunkle gerichtet. »Ist das wieder der Schnee?«

Links von uns grollte es. Starr vor Schreck sah ich zu, wie der Farigaig am Rand des Lichtscheins einen Teil seiner Schneedecke abschüttelte. Eine breiter werdende Schneezunge rutschte immer schneller herab und schob einen stiebenden Wellenkamm vor sich her, brach sich an einer aus dem Schnee ragenden Mauerkrone, stürmte breiter werdend auf und formierte sich zu einem Brecher, der noch die Straße überquerte, um endlich langsamer zu werden. Windgesponnene Schneepulverwolken vernebelten die Luft. Das Licht des Scheinwerfers webte Diamanten hinein. Die Böschung schien sich unter dem gleitenden Schnee zu bewegen, bis die letzten Walzen zum Erliegen kamen und das Grollen verstummte.

Wie betäubt starrte ich auf den Hang. Ohne erkennbare Ursache war die Schneedecke abgegangen. Wer konnte sagen, welche Temperaturschwankung oder Vibration das ausgelöst hatte? Es war, als ob ein riesiges geschmeidiges Tier sich vor uns gesetzt hätte und die Straße blockierte. Wir drei verharrten in unserer Position aus Angst, durch eine weitere Bewegung würde der Berg auf uns herabstürzen.

»Scheiße«, zischte Jai.

»Die war relativ klein«, sagte Gaines II und deutete zum Wald, »im Vergleich zu dem, was noch kommen kann. Der Hang zwischen der Straße und dem Hotel ist viel steiler. Da liegt reichlich lockerer Schnee. Es ist ein Wunder, dass wir es nach oben geschafft haben, ohne eine Lawine loszutreten. Wenn da eine größere abgeht, steht das Hotel mitten im Weg.«

Der Schneestaub in der Luft sank allmählich herab. Es war, als würden wir langsam, aber sicher eingepfercht, jeder Ausgang versperrt. Uns blieben nur die paar Quadratkilometer rings um das Hotel. Auf Rettung zu warten erschien immer aussichtsloser. Wir würden einen Weg ins Tal finden müssen, und die Zufahrtsstraße – bei dem Gedanken überkam mich Hoffnungslosigkeit – war weder jetzt noch am nächsten Morgen befahrbar. Möglicherweise war die Bergstraße jenseits der Unfallstelle frei, aber wie sollte ich ohne Fahrzeug dahin gelangen? Ich hatte jahrelang auf die Gelegenheit gewartet, alles hinter mir zu lassen, und jetzt, ein paar Stunden vor dem Flug, war sie ferner denn je. Zum ersten Mal fragte ich mich, ob es von jetzt an nur noch darum ging, zu überleben.

»In fünf Stunden geht die Sonne auf«, sagte Gaines. »Es klart allmählich auf, die Temperatur wird fallen. Auf minus fünf Grad? Zehn?« Er zog seine Mütze ab und strich sich über die Stirn. »Wir könnten in ernster Gefahr sein«, sagte er leise und bedächtig, als überlegte er sich jedes Wort. »Ich muss Sie beide von hier wegschaffen.«

167

21

Die Option, durch den Wald zurückzukehren, war vom Tisch. Stattdessen rutschten und kletterten wir über den Schnee der Lawine, und auf der anderen Seite angekommen, folgten wir mit nervöser Zielstrebigkeit den Katzenaugen der Straße. Nur mit Glück waren wir hier heraufgelangt; da fragte ich mich, wie viel Glück ich noch übrig hatte.

Nichts fügte sich in einen logischen Zusammenhang, und meine Überlegungen verhedderten sich immer wieder. Ich wollte unbedingt mit Jai darüber reden und berührte ihn am Arm. Wir gingen langsamer, bis Gaines II uns fünfzehn Meter voraus war. Wir würden nur einen Moment für uns allein haben und mussten uns so kurz wie möglich fassen.

»Sie glauben, er hat sie umgebracht, stimmt's?«, flüsterte Jai.

Es brach mir von Neuem das Herz, wie Shelley in der Fahrerkabine eingesperrt im eisigen Wasser auf Hilfe gehofft hatte. Als ich seinen Blick erwiderte, flüsterte er: »Aber wenn er Foley wäre, würde er uns auch umbringen wollen. Hätte er das nicht längst getan?«

»Keine Pistole«, erwiderte ich lautlos mit den Lippen. Wir gingen im Gleichschritt, und in der Stille knirschte der Schnee erschreckend laut. Über uns lichteten sich die Wolken immer mehr. Unsere Schritte schreckten am Waldrand ein Tier auf, und es flitzte in die tintenschwarze Dunkelheit. Gaines II ging noch vor uns her, doch das würde nicht lange so bleiben.

»Ein Mörder wie er kann auf viele Arten töten. Er braucht keine Pistole«, stellte Jai klar. »Er hätte uns töten können, hat es aber nicht getan. Das macht ihn zu dem echten Polizisten, oder?«

Ich prüfte seine Argumentation. Übersah er etwas? Was könnte dieser Mann noch von uns wollen?

»Alles in Ordnung?« Gaines war stehen geblieben und drehte sich um. Wir nickten nur, nachdem er unsere heimliche Besprechung verkürzt hatte. Er lächelte. »Gut. Versuchen Sie, optimistisch zu bleiben. Ich bringe Sie da durch.« Er blieb neben uns und sprach leise. »Weil der Schnee so instabil ist, darf ich es nicht riskieren, Sie beide über die Straße von hier wegzubringen. Wir müssen überlegen, welche anderen Wege von hier wegführen. Miss Yorke, Sie kennen die Umgebung. Haben Sie vielleicht eine Idee, die uns weiterhilft?«

Die Gelegenheit, meine Gedanken zu ordnen, war vorbei. Sollte ich ihm verraten, was ich über das Gelände, die Wege am Seeufer, die schadhafte Brücke, das Bootshaus wusste? Oder würde ich damit den entscheidenden Vorteil opfern? Im Stillen fluchend wog ich Vor- und Nachteile ab.

»Miss Yorke?«

»Das Hotel hat ein Boot, mit dem die Gäste Ausflüge unternehmen können«, gestand ich. »Der Grundstückszaun reicht bis ans Ufer, aber da gibt es ein Tor. Dahinter liegt das Bootshaus. Wenn das Eis auf dem Wasser nicht zu dick ist, könnten wir mit dem Boot zur Westspitze des Sees fahren.«

Einmal ausgesprochen, verfestigte sich in mir die Idee, übers Wasser zu entkommen. An der Westspitze gab es einen Anleger, den die Hotelgäste nutzten, um an Land zu gehen, und dort verlief die Straße an einem kiesbestreuten Parkplatz am Ufer vorbei. Von dort führte sie nach Inverness hinunter. Es war möglich – und eine verlockende Überlegung –, dass es nur auf dem oberen Abschnitt der Strecke, wo wir unterwegs waren, so stark geschneit hatte und dass weiter unten die Fahrbahn geräumt und gestreut worden war. Wenn ich das Boot an dem Anleger festmachte, würde ich vielleicht per Anhalter nach Inverness gelangen. Von dort waren es mit dem Zug nach Aberdeen nur zwei Stunden und zwanzig Minuten. Mein Auto war nicht das einzig mögliche Transportmittel, um von hier wegzukommen.

»Beschreiben Sie mir den Weg zum Bootshaus«, sagte Gaines.

Das mochte der Grund sein, warum er mich noch brauchte. Ich musste also besonnen handeln, durfte die Informationen nur nach und nach preisgeben, um nützlich zu bleiben. »Es gibt zwei. Einen längeren, der am Wasser entlanggeht, und einen kürzeren durch den Wald. Auf dem kürzeren müssten wir vorsichtig sein, da gibt es eine Brücke, die trügerisch sein könnte.« Die Barnacle Bridge war alt und morsch und führte über eine der bewaldeten Schluchten, in denen die Gänse schliefen. Die Gischt von den Sturzbächen machte die Holzbalken morsch, und die Brücke befand sich hoch oben über den Felsen. Sie war inzwischen so gefährlich, dass wir sie vor dem Winter gesperrt hatten.

Gaines II nickte. »Also ist das ein möglicher Ausweg …« Er stockte und senkte den Kopf, sodass sein Gesicht unter der Kapuze verborgen war und seine Atemwolke hochstieg, während er über etwas nachdachte. »Haben Sie Foley gegenüber das Boot erwähnt, als er ankam?«

Ich dachte an die Gespräche mit Gaines I zurück. Als wir in die Waffenkammer wollten, hatten wir im Schutz der Garagentür zum See hinübergespäht. »Ja«, sagte ich. »Er fragte mich nach der näheren Umgebung, und ich habe alles Erwähnenswerte genannt. Ich hielt ihn für …«

»Verständlich«, sagte Gaines II nickend. »Hat er sich für das Bootshaus interessiert? Für das Boot sogar? Er würde sein Interesse verschleiert haben.«

Gaines I hatte sich tatsächlich dafür interessiert, er hatte Jai und mich sogar gedrängt, dort hinzugehen, damit wir dort sicher und ihm nicht im Weg wären. Oder damit er wusste, wo er uns finden und beseitigen konnte. Das leuchtete in gewisser Weise ein. Das Wetter hatte seinen Plan, mit dem SUV zu entkommen, vereitelt, folglich musste er nun den Polizisten, der ihm auf den Fersen war, und dann die Zeugen ausschalten und auf andere Weise verschwinden. Vielleicht war er gar nicht über das Hotelgelände gelaufen, um den Zaun zu kontrollieren, vielleicht suchte er das Seeufer nach einer Stelle ab, wo er über das Wasser entkommen könnte. Doch wenn Gaines I Foley wäre, hätte er uns beide getötet, sowie er das Gewehr in der Hand hielt. Warum hatte er es nicht getan? Ich kam immer wieder auf dieselben Fragen zurück.

»Er hat mich zweimal auf das Bootshaus angesprochen«, sagte ich. »Hat es als sicheres Versteck vorgeschlagen.«

Gaines II dachte darüber nach. »Genau deshalb sollten Sie sich von dort fernhalten, bis wir mit ihm fertig geworden sind.«

Wir erreichten die Zufahrtsstraße zum Hotel. Es würde noch mindestens zwanzig Minuten dauern, die Serpentinen hinunterzugehen. Trotz der dicken Handschuhe schmerzten meine Finger vor Kälte, und mit den tauben Füßen tappte ich plump voran, als wäre ich auf fremden Beinen unterwegs. Mir lief die Nase. Das Atmen ging schwer und war unangenehm, weil es sich anfühlte, als saugte ich Eis in meine Lunge. Nach halber Strecke blieb Gaines stehen und horchte auf das Ächzen im Wald. Als er weiterging, fasste Jai mir an die Schultern, und wir konnten kurz miteinander flüstern.

»Wenn wir wieder im Hotel sind, sollten wir uns im Keller einschließen«, zischte er.

»Wenn er nicht schon völlig unter Wasser steht.«

Normalerweise hell erleuchtet, stand das Mackinnon jetzt

wie ein dunkler Schemen mit toten Augen da. Die Flure und Zimmer betrachtete ich inzwischen ganz anders, auf eine düstere Art. Die Bar, der Aufenthaltsraum, die Küche und der langsam volllaufende Keller – sie alle waren nun potenzielle Verstecke.

Jai neigte sich zu mir. »Hören Sie. Ich muss etwas gestehen. Ich war nicht ganz ehrlich zu Ihnen.«

Ich spannte mich innerlich an und wappnete mich auf tauben Füßen schwankend für die kommende Enttäuschung. Doch Jai kam nicht so weit. Gaines II drehte sich nach uns um. Eine Sekunde lang fühlte ich mich ertappt, doch obwohl er unsere Vertraulichkeit registrierte, eilte er weiter, als hätte er nichts bemerkt. »Wir müssen da unten sehr umsichtig sein«, sagte er, »die Taschenlampen ausschalten. Foley kann überall sein, und ich will ihm nicht verraten, wo wir sind. Soweit ich weiß, gibt es einen Bewegungsmelder an der Garage? Um den müssen wir einen weiten Bogen machen.«

Wir gingen weiter. Jai und ich folgten Gaines, der über die Innenkehre der Straße abkürzte, die Böschung aus verschneitem Heidekraut hinunterstieg und es zum Parkplatz schaffte, ohne dass die Garagenlampe aufleuchtete. Dort verliefen allerhand Fußspuren, einige kaum noch erkennbar, andere mit unverändert scharfen Kanten. Wir musterten das Hotelgebäude durch unsere Atemwolken. Ich schaute zum Himmel hoch. Die Wolken lichteten sich weiter, der Mond war nicht zu sehen, aber sein Licht schimmerte durch einen hauchdünnen Fleck helles Grau, der an ihm vorbeizog. Bald würden wir Sterne zwischen den Wolkenstreifen sehen. Ich blickte zu den undurchdringlichen schwarzen Fenstern mit den strengen Brauenwülsten. In keinem bewegte sich etwas. Das Haus wirkte genauso verlassen wie bei unserem Abmarsch.

»Ich kann meine Aufgabe am besten erledigen, wenn ich Sie

beide in Sicherheit weiß«, flüsterte Gaines, während wir wegen der Kälte stampften. »Deshalb begeben Sie sich auf Ihre Zimmer. Sie öffnen niemandem die Tür außer mir. Ist das klar?«

»Was ist mit dem verschollenen Gast?«

»Überlassen Sie das mir«, antwortete er. Wir gingen langsam am Parkplatzrand entlang und hielten auf die Drehtür zu. Gaines blieb dicht bei uns, sodass sich für Jai keine Gelegenheit ergab, sein Geständnis bei mir loszuwerden. Was hatte er sagen wollen? Vor unserem Abmarsch in der Garage hatte ich überlegt, ob er vielleicht den SUV dort abgestellt hatte, ob er vielleicht hier war, um Foley bei der Flucht zu helfen. Inzwischen kannte ich ihn besser und fand das unwahrscheinlich. War es dennoch wahr? War es das, was er mir gestehen wollte?

Wir waren gerade beim Brunnen und der Lärche angelangt, als das Walkie-Talkie ansprang. Es steckte in meiner Jackentasche. Mit steifen Fingern zog ich es heraus. Verstümmelte Silben, dann eine klare Stimme. »Stopp! Bleiben Sie da stehen.«

Gaines II, der zwei Schritte vor uns ging, drehte sich um und starrte mit harten, entschlossenen Augen auf das Gerät in meiner Hand. »Was?«, brachte er hervor.

Mein Herz raste. Mit zitternder Hand hielt ich das Walkie-Talkie hoch, ein widerwilliger Bote. Zu dritt starrten wir auf das kleine gelbe Display. »Keine Bewegung«, sagte es. »Ich habe eine Waffe auf Sie gerichtet.«

Die Stimme sprach mit einem deutlichen Hochlandakzent. Sie gehörte unserem ersten Besucher. Dem Mann, der sich als Don Gaines vorgestellt hatte.

22

Im Verlauf des albtraumhaften Gewaltmarsches durch Dunkelheit und Kälte hatten die zwillingshaften Täuscher mir meinen klaren Verstand vernebelt. Auf wen zeigte das Gewehr? War ich das Ziel? Meine Knie wurden weich. Der simple Akt, mich anders hinzustellen, war schwierig, und ich fiel beinahe hin. Neben mir vollzog Gaines II langsam eine ganze Drehung und spähte in die Umgebung, über die Garage hinter uns, den Waldrand entlang, dann über die Fassade des Mackinnon. Er blieb bemerkenswert ruhig.

Da es kaum noch schneite und der Wind sich gelegt hatte, war das Haus gut zu erkennen. Zur Linken die Tür zur Küche, die großen, von Steinstreben unterteilten Erkerfenster der Erdgeschossräume und vor uns der Glasanbau der Rezeption mit der Drehtür. Im Erdgeschoss schien niemand zu sein, daher hob ich den Blick, prüfte nacheinander die Fenster im ersten Stock, dann die im zweiten und im dritten. Schwarzes Glas, zugezogene Vorhänge, kein Fensterspalt. Darüber der efeubewachsene Glockenturm als stiller Wächter. Das Dach des Hauses, ein Wirrwarr schräger Flächen, Mansardenfenster und Schornsteine, das schwer zu überblicken war. Ich hatte Gaines I den Zugang zum Dach nicht gezeigt, doch er war in meinem Zimmer gewesen und hatte einen Handabdruck an der Flurwand hinterlassen, also wusste er, welche Tür es war. Da oben gab es einen Laufsteg am Ende eines Gerüsts, der kreuz und quer über die flachen Dachpartien führte, sodass man zu den Oberlichtern, Schornsteinen, Rohren und Dachrinnen gelangen konnte. Dort konnte er stehen und zu uns hinunterblicken, ohne aufzufallen.

Gaines II streckte die Hand nach dem Funkgerät aus, und ich gab es ihm. Seine Augen waren schnell, immer in Bewegung und auf das Hotel gerichtet. »Wer ist da?«

Dem folgte ein langes Schweigen. Ich war zittrig, fühlte mich exponiert. Ich bewegte die Füße in den Stiefeln, krümmte die Finger. Wir drei schauten wartend an der Fassade hoch. Unser Atem stieg weiß in die Dunkelheit auf. Über uns hatten sich die Wolken in einen hohen dünnen Dunst aufgelöst. Durch die Zweige der alten Lärche sah ich Sterne leuchten und den Mond als gelblich weißen verschwommenen Fleck.

Das Walkie-Talkie knisterte. »PC 4256 Gaines, Polizei Schottland. Ich habe freies Blickfeld und werde ohne Zögern schießen, wenn Sie etwas Dummes tun. Es ist vorbei, Foley.«

Mein Mund war trocken, ich fühlte mich benommen und schwindlig. Die beiden Fremden standen voreinander, einer davon war der Mörder meines Bruders. Und ich wusste noch immer nicht, wer.

»Mein Gott«, sagte Gaines II mit ausdrucksloser Stimme und suchte mit gierigen Augen die Fenster ab. »Troy Foley. Sie kommen nicht lebend aus der Sache raus. Der Transport hätte vor Stunden in Glenochil sein sollen. Die Kollegen werden sofort, nachdem der Funkkontakt mit unserem Fahrzeug abbrach, Verstärkung losgeschickt haben. Sehen Sie sich um. Bei diesem Schnee würden Sie nicht weit kommen.« Während sein Blick über die Fassade huschte, neigte er den Kopf und redete weiter, diesmal mit mir. »Er ist gerissen und manipulativ, Miss Yorke. Er wird alles tun, um Sie zu überzeugen, dass ich hier der Lügner bin …«

Das Funkgerät piepte, und die Stimme von Gaines I war zu hören. »Herrgott, was für ein Arschloch Sie sind«, sagte sie verärgert. »Ich werde die beiden Zivilisten jetzt bitten, von Ihnen wegzutreten. Remie, Mr. Parik, hören Sie zu. Begeben Sie sich langsam in den Schutz des Baumstamms zu Ihrer Rechten ...«

Gaines II drückte kopfschüttelnd auf den Knopf und unterbrach ihn. »Versuchen Sie nicht, einen Keil zwischen uns zu treiben, Foley. Wenn die beiden weggehen, haben Sie ein freieres Schussfeld.« Er drehte sich zu uns. »Hören Sie nicht auf ihn. Er will jeden von uns treffen können. Es ist einfacher für ihn, uns einzeln auszuschalten. Drei saubere Schüsse ...«

»Ich bin PC Donald Gaines«, widersprach die Stimme. »Das ist genau seine Masche, Remie. Er schlüpft in verschiedene Rollen. Er manipuliert und verwirrt. Erkennen Sie, was er gerade versucht?«

Gaines II brummte frustriert und hob das Walkie-Talkie an den Mund. »Ich versuche hier gar nichts, Foley. Ich tue meine Pflicht als Polizist und beschütze diese Leute. Sie sind der mit der Waffe.«

Das Walkie-Talkie rauschte. »Das stimmt«, sagte die Stimme von Gaines I. »Und deshalb gebe ich die Anweisungen.«

Gaines II spähte noch einmal zur Garage und zu den Kiefern hinüber. Ich fragte mich, wieso. Es war ziemlich klar, dass sein Gegner irgendwo im Hotel war. Er kam wohl zu demselben Schluss, denn er schaute wieder zu den dunklen Fenstern hoch.

»Wenn ich Miss Yorke nicht um den Schlüssel zur Waffenkammer gebeten hätte«, fuhr die Stimme aus dem Funkgerät fort, »dann hätten Sie sich bewaffnet und die beiden Menschen umgebracht, die zu schützen Sie jetzt vorgeben.«

Es erschien mir zu riskant, auch nur den Kopf zu drehen, doch mir gelang ein kurzer Blickkontakt mit Jai. Er stand steif und mit erhobenen Händen da, die Kapuze war ein Stück zurückgeschoben, auf seinen dunklen Haaren sammelten sich

176

Schneeflocken. Er schaute zu den leeren Fenstern, und ich sah ihn mühsam schlucken und dabei das Gesicht verziehen. Was hatte er mir gestehen wollen?

Durch irgendetwas aufgeschreckt stiegen einige Krähen hinter uns aus den Bäumen auf und kreisten über dem dunklen Wald. Inzwischen war der Himmel ganz aufgeklart, und die Sternbilder waren scharf zu erkennen, ein leuchtendes Punktmuster auf schwarzer Seide. Gaines II hob das Walkie-Talkie an seine rissigen Lippen. »Je mehr Sie lügen, desto übler wird es für Sie«, sagte er und suchte ununterbrochen die Fenster ab. »Sie haben keinen Ausweis, Sie tragen gestohlene Kleidung, und Sie sind draußen im Dunkeln herumgeschlichen, während wir versucht haben, die verletzte Fahrerin des Transporters zu retten. Alles deutet in dieselbe Richtung, nicht wahr?«

Die Welt war auf den Platz zwischen dem Brunnen, der alten Lärche und der Drehtür zusammengeschrumpft. Alles andere hüllte sich in Nichtigkeit. Für einen Moment kam es mir vor, als wären wir die einzigen Menschen auf dem Planeten. Bis ich am Blickfeldrand eine Bewegung wahrnahm. Irgendwo hinter einem der Fenster im dritten Stock. Ich hielt den Atem an, suchte die leeren Augen der obersten Etage ab. Ich entdeckte nichts. Hatte ich gerade den Mörder gesehen?

»Auf die Knie, Foley«, verlangte die Stimme aus dem Funkgerät, »oder ich schieße.«

Gaines II verzog das Gesicht, seine Kiefermuskeln arbeiteten heftig, als er die Zähne zusammenbiss. Er warf uns beiden einen entschuldigenden Blick zu. »Mir fällt gerade kein Ausweg ein«, flüsterte er. »Bleiben Sie wachsam. Vertrauen Sie ihm nicht.« Dann hob er die Hände und ging langsam auf die Knie.

»Geben Sie das Funkgerät Miss Yorke«, befahl der erste Gaines.

Gaines II streckte den Arm zu mir aus. Unsere Blicke trafen sich, ich nahm das Gerät. Er sah mich resigniert an. »Tut mir leid, dass ich nicht mehr tun konnte. Seien Sie nur vorsichtig, okay?«

Das dunkle Hotel kam mir vor, als gehörte es zu einer großen Simulation. Ich blinzelte, um klarer zu sehen, die Wahrheit zu erkennen, aber alles, was ich sah, war ein Maskenspiel mit Zeichen. Die Uniformen waren nur Zeichen, die Geschichten der Handelnden und die Handelnden selbst waren Zeichen. Meine Glieder waren taub von der Kälte, gleichzeitig war mir heiß, als hätte ich Fieber, weil ich versuchte, jede Geste und jede Veränderung des Tons zu deuten, jedes Wort abzuwägen, jedes Fenster wegen einer möglichen Bewegung im Auge zu behalten.

Ich begriff, dass die Funkstimme mit mir sprach, hob das Gerät hoch, und meine Antwort blieb mir in der Kehle stecken. »Was?«

»Ich sagte, der kniende Mann soll sein Portemonnaie herausholen.«

Gaines II rief: »Ich habe Miss Yorke meinen Dienstausweis schon gezeigt, Foley!« Er sah zu mir hoch, neigte den Kopf zur Seite und zuckte hilflos mit den Achseln.

Gaines I redete weiter und klang jetzt freundlicher. »Nehmen Sie Ihr Portemonnaie und werfen Sie es Miss Yorke zu. Remie, ich möchte, dass Sie es aufheben.«

Ich drehte mich zu dem Mann neben mir. Der schloss die Augen, kniff die Lippen zusammen und griff in seine Jacke, aus der er das Portemonnaie hervorholte. Er warf es vor meine Füße. Ich versuchte die schwarzen Punkte wegzublinzeln, die sich an meinem Blickfeldrand vermehrten, und ging langsam in die Hocke, konzentrierte mich darauf, den Arm auszustrecken. Ich bekam das Portemonnaie zu fassen, und beim Aufstehen wurde mir so schwindlig, dass ich beinahe umkippte. Jai stieß den angehaltenen Atem aus.

»Der Dienstausweis darin gehört mir«, sagte die Stimme aus dem Walkie-Talkie. »Foley hat ihn mir gestohlen.«

»Blödsinn«, widersprach Gaines II.

Aus dem Gerät knisterte es. »Sie werden einen Führerschein darin finden.«

Ich weckte meine Hände mit einer Reihe schmerzhafter Bewegungen und untersuchte, behindert durch die dicken Handschuhe, den Inhalt der Fächer. Schließlich gelang es mir, den Führerschein herauszuziehen. Das Passfoto war nicht körnig, aber ein darübergelegtes Wasserzeichen machte es schwer, im Mondschein die Gesichtszüge zu erkennen. Weißer Mann, kurzer Bart, zusammengekniffene Augen, kantiges Kinn. Könnte in der Tat Gaines I sein, als er noch jünger war. Aber ebenso gut Gaines II.

»Der Mann neben Ihnen«, sagte die Funkstimme. »Fragen Sie ihn nach seinem Geburtsdatum.«

»Das ist lächerlich«, zischte Gaines II. Er spähte wieder angestrengt in die dunkle Umgebung, warf hastige Blicke zur Garage und zum Waldrand.

»Fragen Sie ihn nach seinem Geburtsdatum.«

Ich wandte mich Gaines II zu. »Nennen Sie es mir einfach.«

»Das ist ein Trick, Remie«, antwortete er ruhig. »Hören Sie nicht auf ihn. Sie auch nicht, Mr. Parik.« Er wagte einen schnellen Blick zu Jai. »Er will einen Keil zwischen uns treiben, damit wir aneinander zweifeln. Das Spiel beherrscht er meisterhaft.« Er biss die Zähne zusammen. »Wenn er geschossen hat, braucht er einen Moment, um nachzuladen. Dann rennen Sie, okay? Gehen in Deckung.«

»Nennen Sie es mir«, flehte ich, »dann ist es bewiesen.«

Er schüttelte langsam den Kopf. Seine Stirnwunde war wieder aufgeplatzt, und er wischte sich fahrig das Blut von den Augen. Am Heben und Senken seiner Brust sah ich, dass sein Puls gestiegen war, und er atmete nur flach.

Das Funkgerät piepte. »Das kann er nicht«, sagte Gaines I. »Weil das nämlich mein Führerschein ist. Weil das meine persönlichen Daten sind. Letzte Chance, Foley. Wie lautet das Geburtsdatum auf dem Führerschein, den Sie gestohlen haben?«

Der Mann, der neben mir kniete, grinste.

Und ich sah, wie sich seine Körperhaltung veränderte. Er ließ die Schultern sinken, hob das Kinn, krümmte sich, als hielte er sich für etwas bereit. »Scheiß drauf«, zischte er mit einer plötzlichen krampfhaften Wut. Dann grinste er höhnisch. Ich wich zitternd einen Schritt zurück. »Scheiß auf alles«, stieß Gaines II mit einer Atemwolke und Speicheltropfen hervor.

Die Maske war gefallen, das Gesicht enthüllt. Endlich Gewissheit. Der Mann auf dem Dach war der Polizist.

Der Mann im Schnee war Troy Foley.

23

Foleys barsche, laute Stimme hallte durch die nächtliche Stille. Ein applaudierendes Flattern mondbeschienener Flügel, als aufgescheuchte Vögel vom Hoteldach aufstiegen. Fünf, sechs Raben flogen auseinander und zogen unseren Blick an.

Wie versteinert starrten wir hinauf. Die Dachkante verschwamm mit einer Silhouette, als in dem v-förmigen Winkel zwischen zwei Dachgauben Kopf und Schultern eines Mannes erschienen. Ich hielt den Atem an. Da oben stand Don Gaines. Der große breitschultrige Officer, der als Erster Einlass verlangt hatte. Mit den Stiefeln an der Dachkante, dem Jagdgewehr unter dem Arm zeichnete er sich gegen den Himmel ab. Mit der freien Hand warf er etwas zu mir hinunter. Ich sah es fallen und im Schnee aufschlagen. Als ich zu der Stelle trat, lag dort ein aufgerolltes Stück Seil.

»Ich möchte, dass Sie ihn fesseln«, rief Gaines und richtete seine Aufmerksamkeit auf seinen Gefangenen. »Hände hinter den Rücken, Foley. Eine falsche Bewegung, und ich schieße.« Er humpelte ein Stück von der Dachkante weg und hob das Gewehr, legte es in die Armbeuge und beobachtete am Lauf entlang, was wir taten.

Ich hob das Seil auf und trat hinter Troy Foley. Der hatte sich nach vorn gebeugt und die Hände auf die Oberschenkel gelegt. Ich sah jetzt eine andere Person in ihm. Ohne die Maske war er misstrauisch und berechnend. »Ihr könnt mich alle mal«, fauchte er immer wieder leise vor sich hin. Ich krümmte ein paarmal die Finger, damit sie warm wurden, und nahm die

181

Seilenden in die Fäuste. Ich prüfte meine Kraft, indem ich das Seil straff zog, locker ließ und wieder straff zog. Stauband.

Von oben hörte ich wieder Don Gaines.

»Troy Foley«, rief er mit bemerkenswert fester Stimme. »Sie sind festgenommen, weil Sie aus rechtmäßigem Gewahrsam geflohen sind. Sie brauchen nichts zu sagen, aber es kann Ihrer Verteidigung schaden, wenn …«

Ich schaute auf das Seil in meinen Händen, dann auf die Gestalt vor mir. Die Stimme auf dem Dach driftete an den Rand meiner Wahrnehmung. Das Seil locker zwischen den Fäusten, trat ich an den Knienden heran. Ich war nahe daran, es ihm wie ein Lätzchen auf die Brust zu hängen. Innerhalb von Sekunden könnte ich eine Schlinge legen und mit aller Kraft zuziehen, so fest wie noch nie. Ich könnte Foley hier und jetzt erdrosseln, und Gaines drei Stockwerke über mir würde erst erkennen, was ich tat, wenn es zu spät wäre. Ich holte Luft und beugte mich über den Knienden.

Ich wollte ihn umbringen.

Don Gaines belehrte ihn weiter vom Dach herunter über seine Rechte. »… Sie bei der Befragung etwas verschweigen, auf das Sie sich später vor Gericht berufen. Was Sie sagen, kann jedoch …«

Erschrocken blickte ich zum Dach hoch, plötzlich hellwach. Don Gaines war mitten im Satz verstummt und drehte den Oberkörper nach hinten. Dort verlangte etwas seine Aufmerksamkeit. Er drehte sich wieder nach vorn und schaute zu uns herab, eine schweigende Silhouette, dann fuhr er mit dem ganzen Körper herum, stellte sich breitbeiniger hin und zielte mit dem Gewehr auf etwas, das sich bei ihm auf dem Dach befand.

Konfrontiert mit dem, was wir nicht sehen konnten, wirkte er einen Moment lang wie erstarrt, dann senkte er die Waffe und hob kapitulierend einen Arm. Er streckte die Hand aus, um jemandem etwas zu geben. Sein Walkie-Talkie.

Dann gab es einen ohrenbetäubenden Knall.

Während der Jagdsaison hatte ich schon Schüsse gehört. An den Hängen des Farigaig und Bray wurden im Herbst und Winter Moorhühner geschossen. Aber ich war noch nie in der Nähe gewesen, wenn ein Gewehr abgefeuert wurde, und jetzt war ich von der Lautstärke völlig überrascht. Mir klingelten die Ohren. Vor Schreck hatte ich mich geduckt und das Seil fallen gelassen.

Gaines knickte mit dem linken Bein ein. Entsetzt sah ich mit an, wie er sich, von der Wucht des Geschosses nach hinten gestoßen, in der Luft drehte, einen Arm ausgestreckt, die Beine steif. Das Gewehr fiel ihm aus der Hand, und für eine Sekunde schien er über uns zu schweben, als sähen wir einen Schwimmer von unten, der in schwarzem Wasser um sich schlug. Dann sah ich ihn fallen. Mit einem grausigen Knirschen schlug er vor dem Hotel auf dem Boden auf. Der Schnee stiebte wie mit weißen Schwingen hoch. Das Gewehr kam neben ihm auf dem Schaft auf und überschlug sich. Jai schrie vor Entsetzen. Ich spürte, wie meine Lungenflügel sich zusammenzogen, und gaffte atemlos auf die zerschlagene Gestalt, die im Schnee vor der Hauswand lag.

Mit den Füßen nach oben, die Beine weit gespreizt, blinzelte Don Gaines ein paarmal, bevor sein Kinn mit erschlafften Muskeln zur Brust sank.

Der Knall des Schusses hallte noch als Echo durch die Bäume und den Hang hinauf. Ich war so geistesgegenwärtig, zum Dach zu blicken, um den Schützen zu entdecken. Nichts. Dann eine huschende Bewegung. Wegen dem, was als Nächstes passierte, sah ich nichts Genaues – aber eine schlanke Silhouette, die sich kurz gegen den Schein der Sterne abhob und

183

rasch verschwand. In mir sackte etwas weg und verflüssigte sich.

Ich war mir ziemlich sicher, wen ich auf dem Dach gesehen hatte.

Die Gestalt war schlank, geschmeidig und stark. Zwar war der Oberkörper in eine wattierte Jacke gehüllt, aber die Kurzhaarfrisur, die schlanken Joggerbeine waren unverkennbar gewesen. Ebenso die starke Klettererhand, die das Gewehr gehalten hatte.

Der Schütze war der vermisste Gast. Alex Coben.

24

Coben, der Gewehrschuss und was danach kam, werden für mich immer ursächlich zusammenhängen. Illusorische Korrelation nennt man das. In meinem Schädel pochte es ungleichmäßig und heftig. Ich war auf den Knien. Was ich für das Echo des Schusses gehalten hatte, entpuppte sich als etwas anderes, etwas Schnelles, Rachgieriges.

Ich schaute durch die Bäume zur Straße und fühlte meinen Körper zerfließen.

Der Berghang bäumte sich auf, erhob sich auf schäumenden Schultern und stürmte zu Tal. Er kam uns holen als riesige, brodelnde Wand. Die Kiefern kippten schnell, eine nach der anderen wie Dominosteine. Stämme brachen ab, zottige Kronen stürzten, überschlugen sich und wurden verschlungen. Die Lawine schob einen Wirbel wachsenden Nebels vor sich her. Das Donnern brachte das Flüssige in meinem Körper zum Vibrieren. Mein Blut war wie elektrisiert. Die Gelenkschmiere summte. Die Lawine bewegte sich wie ein Tier, zerschmetterte Glieder, verstreute Äste, lärmte, ließ die Luft erzittern. Das verdammte Ungeheuer hatte ein Maul. Die weißen Kiefer schlossen sich um das Stallgebäude und verschluckten es im Ganzen. Es begrub mein Auto unter sich. Zwei riesige wachsende Schultern donnerten auf uns zu, schleuderten Bäume und Schneebrocken wie Strandbälle.

Für den Bruchteil einer Sekunde sah ich uns drei vor der herabstürmenden Wand. Troy Foley auf Knien, der langsam aufstand, als löste er sich aus einer Erstarrung; Jai, der auf mich zusprintete. Die Gestalt auf dem Dach stand mit dem Oberkörper halb nach vorn gedreht, das Gewehr locker in der Hand. Kreischend wie ein gejagtes Kind drehte ich mich um und floh, langsam wie durch Kleister. Hinter mir donnerte es immer lauter. Inzwischen rannte ich durch Dunst, die feine Gischt eines Wasserfalls – den vordersten Rand der Schneewoge.

Die Lawine streckte die Fingerspitzen in meine Haare, und ich schrie.

Zehn Schritte später traf sie mich mit Wucht.

Ich wurde mit dem Gesicht voran in den Schnee geworfen, als hätte mich eine Hand zwischen den Schulterblättern gestoßen. Unerträglicher Lärm, das groteske Gebrüll der Lawine. Meine Füße wurden hochgehoben, als eine Schneewalze mich senkrecht kippte. Aus einem verrückten kindlichen Instinkt heraus zog ich die Arme an und ballte die Fäuste. Plötzlich leuchtete eine Erinnerung auf: wie ich Cameron zum Schlittschuhlaufen mitnahm und ihm einschärfte, sich beim Hinfallen mit geschlossenen Fäusten abzufangen. Die Schneewalze riss mich in eine rasende Drehung, warf mich auf den Rücken und rollte mich, bis mir die Sinne schwanden.

Ich muss das Bewusstsein verloren haben.

Als ich zu mir kam, lag ich unter tonnenschwerem Schnee.

Ich wollte die Arme bewegen, doch sie waren an meine Seiten gedrückt. Dann versuchte ich, die Beine zu bewegen. Zu meinem Schrecken steckten sie ebenfalls fest. Ich war eingefroren in einem luftlosen Loch. Meine Lunge fing an zu kribbeln, mein Körper verlangte nach Sauerstoff. Schnee drückte auf mein Gesicht, in meinen Mund. Irgendwie atmete ich ein, und dabei wurde mir schlecht vor Angst. Wenn ich mich nicht beruhigte, würde ich ohnmächtig werden und erfrieren. Meine Brust hob und senkte sich schnell, weil ich keuchte, und ich

186

spürte, dass sich mein Sarg ein klein wenig weitete. In Todesangst hatte mein Körper sich mehr Raum verschafft.

Mein Denken wurde klarer. Ich hob eine Schulter an und drückte sie gegen den schweren Schnee, dann ein Knie. Ich achtete darauf, ruhiger und gleichmäßig zu atmen, und dachte: Heathrow, Madrid, Santiago. Dann drückte ich erneut, vergrößerte nach und nach den Raum. Ich stellte fest, dass ich den Kopf drehen, in dem Hohlraum neben meiner Schulter Luft holen konnte, und setzte das vorsichtige Zappeln fort. Es war kraftraubend; Ersticken in Zeitlupe; ächzen, treten, ruckeln. *Darf jetzt nicht sterben, nicht nach all dem.* Ich wiederholte mein Mantra: *Heathrow, Madrid, Santiago.* Einige Zeit später konnte ich mich auf die Seite drehen und drückte die linke Schulter gegen den Schnee über mir. Das Dach wich zurück. Wieder auf dem Rücken, boxte ich mit den Fäusten dagegen, schlug auf die Wände meiner Amnionhöhle ein.

Mein linker Fuß brach als Erstes durch. Ich hatte in die falsche Richtung gegraben. Ich musste mich neu orientieren, ein linkisches Neugeborenes, musste mich erinnern, wie man sich auf alle viere erhob. Ich brach mit dem ganzen Körper durch die Schneedecke und erblickte Sterne. Sie erinnerten mich an Cameron, und ich war so dankbar, so erleichtert, meinem eisigen Sarg entkommen zu sein, dass ich anfing zu weinen. Lange, heisere Schluchzer, die wehtaten. Ich versuchte aufzustehen, gab auf und legte mich auf den Rücken, während die Tränen weiterflossen. Die Welt stabilisierte sich. Mein Magen wallte auf. Ich musste mich auf den Bauch drehen und mich übergeben. Das Schwindelgefühl ließ nicht nach. Ich lag eine Weile – ich weiß nicht, wie lange – in dem kalten Wind, wurde von Schneeflocken geküsst und spuckte Erbrochenes aus.

Schließlich schaffte ich es auf Hände und Knie und bekam einen klaren Blick.

Ich lag auf meiner Taschenlampe. Ich zog sie aus dem Schnee, wischte die Glasscheibe ab und schaltete sie ein. Ich war gute zehn Meter weit auf den Rasen unterhalb des Wendekreises am Hoteleingang geschoben worden. Ein großer Teil des Hotels war unter einer neuen Landschaft begraben, die sich in steilwandigen Blöcken daran hochgeschoben hatte. Wind rollte an den Seiten herab und wirbelte Schnee auf. Irgendwo oben im Wald war ein leises Grollen zu hören, das seltsame Ächzen rutschenden Schnees.

Ich stemmte mich hastig hoch. Sterne explodierten in meinem Kopf, und die seeseitige Hauswand – der Teil des Hotels, der nicht unter Schnee begraben war – neigte sich wie ein Betrunkener, während ich taumelnd aufstand. Ich schwenkte meinen Lichtkegel über die zischende weiße Tundra der neuen Welt und wollte schon nach Überlebenden rufen, als mir der Gedanke kam, dass der Schall den nächsten Schneerutsch auslösen könnte, und mir die Worte auf der Zunge gefroren. Stattdessen trat ich Schnee über mein Erbrochenes und versuchte zu gehen. Ich musste immer wieder anhalten und mich ausruhen, denn ein greller Schmerz stach im Kopf, wenn ich mich bewegte.

Die kindliche Desorientierung, die man erlebt, wenn man in einer neuen Welt zu sich gekommen ist, ist schwer zu beschreiben. Der Wendekreis und der Brunnen – dort hatten wir gestanden – waren verschwunden. Und die alte Lärche lag am Boden. Sie war in den Anbau der Rezeption gestürzt, hatte einen Stahlträger gefällt und die Glaswände zertrümmert. Ihre gestutzte Krone lag zur Hälfte im Foyer. Ich bewegte mich behutsam vorwärts. Den Baum dort liegen zu sehen wie ein erlegtes Tier wirkte verwirrend. Ich strich mit einer Hand über seine Flanke und spürte bei jedem Schritt die Glasscherben im Schnee. Ich hatte immer geglaubt, dass Sicherheitsglas in ungefährliche kleine Stücke zersplittert, doch die Glasfront des Mackinnon war in bösartige spitze Scherben zerbrochen, die die Flächen drinnen und draußen bedeckten. Die Drehtür war teilweise zusammengedrückt. Bei dem baumgroßen Loch in der Front würde es jedoch nicht schwierig sein, ins Haus zu gelangen. Die zottigen Äste der Lärche hatten ihre abgestorbenen Nadeln über den glasbedeckten Boden geworfen.

Ich kehrte um und nahm das übrige Lawinenfeld in Augenschein. Der Parkplatz, die Garage und die Zufahrtsstraße waren darunter verschwunden. Der arme Don Gaines hatte ein schnelles Begräbnis bekommen. Er hatte mir geholfen, die ganze Zeit über versucht, mich zu schützen und den Flüchtigen aufzuspüren. Und er war so nahe daran gewesen, in jenen letzten Augenblicken … Ich fühlte mich elend, als ich auf die meterhohe Schneeschicht schaute, unter der er lag und die sich hinter dem umgestürzten Baum zu einer Wand aufgetürmt hatte.

Sobald ich die Augen schloss, sah ich Don Gaines vom Dach fallen. Was verriet mir das Geschehen am Brunnen? Hatte ich mich geirrt, oder hatte ich Alex Coben da oben bei ihm gesehen? Ja, ich hatte sie gesehen. *Wo ist sie die ganze Zeit gewesen? Und wer ist sie, verdammt noch mal?* Auf jeden Fall Foleys Komplizin. Sie hatte den Subaru irgendwann am Tag zuvor in der Garage geparkt, dann ihr Zimmer geräumt und nach dem Frühstück das Haus verlassen. Doch sie war nicht wandern gegangen, hatte nicht gemütlich oben im Clachaig gesessen, wie wir spekuliert hatten. Sie musste sich in der Nähe verborgen gehalten haben. In der Garage. Sie dürfte gesehen haben, wie wir dort einbrachen – ich hatte mich direkt vor ihrer Nase durch das Fenster gezwängt. Und die Tür des Wagens hatte noch offen gestanden; sie hatte sie offen gelassen, als sie in Deckung huschte. Foley, der uns den Gaines vorspielte, musste mächtig nervös gewesen sein, während er angesichts des Subaru und der für ihn bestimmten Kleidung überrascht tat. Noch etwas wurde mir klar: Sie hatte sich für Landkarten interessiert, weil sie ahnte, dass sie wegen des Wetters eine neue Fluchtroute brauchen würden. Und das Fernrohr: Sie hatte es vor das Fenster mit Blick auf den See gestellt, so als hätte sie damit ganz unschuldig Vögel beobachtet. Doch es war das Fenster an der anderen Hausseite, das offen gestanden hatte, weil nämlich von dort aus das Gefängnis zu sehen war. Zweifellos hatte sie beobachtet, wann der Gewaltausbruch losging, und dann wie geplant gehandelt. Sie musste sich Zugang zur Waffenkammer verschafft und sich ein Gewehr genommen haben. Zur Garage und zur Waffenkammer … sie musste von irgendwem einen zweiten Satz Schlüssel bekommen haben, mit denen sie in jeden Raum des Hotels eindringen konnte. Vielleicht hatte sie Jagd auf Gaines gemacht, den echten Gaines, während wir unterwegs waren, um Shelley zu retten. Dann hatte sie das Licht unserer Taschenlampen bemerkt, das sich langsam die Serpentinenstraße hinabbewegte.

All das bedeutete, dass ich mit Troy Foley zusammen durch den Wald zur Bergstraße hochgestiegen war. Er hatte meinen Bruder ermordet, war aus dem Gefängnis ausgebrochen und hatte Shelley Talbot umgebracht, nachdem er erfahren hatte, dass sie noch lebte, eine Zeugin seiner Flucht. Und ich hatte ihm geholfen. Mit brennendem Zorn und Schuldgefühlen kletterte ich über die Lärche. Zuerst Cameron und jetzt Shelley.

Das Schuldgefühl des Überlebenden schob ich beiseite, um mich zu konzentrieren, und nahm die neue Schneelandschaft und ihre Grenzen in Augenschein. Eine davon befand sich zu meiner Rechten an der Hauswand. Der Schnee war wie eine Woge daran hochgeschäumt und auf Höhe der Fenster im ersten Stock erstarrt. Hinter mir lag der gefällte Baum und zu meiner Linken eine weiche Grenze, der dunkle Wald. Riesige graue zusammengefallene Schneezungen verschwanden zwischen den Baumstämmen. Vorsichtig betrat ich das Lawinenfeld. Irgendwo darunter lag Troy Foley. Diese tausend Quadratmeter instabilen Schnees, zweifellos durchsetzt mit Hohlräumen und Felsbrocken, an der Oberfläche von Furchen und Kämmen durchzogen, waren nicht nur Gaines' Grab, sondern auch Foleys. Hoffentlich hatte er die gleiche panische Angst, lebendig begraben zu werden, das gleiche tiefe Entsetzen erlebt wie ich, bevor er langsam der Kälte erlag. Ich wollte, dass er litt.

Und Jai lag ebenfalls unter dem Schnee, sein Geheimnis, das er mir hatte gestehen wollen, war mit ihm begraben. Eines war jetzt klar: Coben war Foleys Komplizin und Jai somit nur ein Mann, der zum Wandern ins Hochland gekommen war. Ein anständiger Mann, vollkommen unbeteiligt. Ich überlegte, wer wo gestanden hatte, als der Schuss fiel und die Lawine herunterkam, und ob er überlebt haben könnte. Ich fing an zu graben, ohne jegliches Zeitgefühl. Ich kniete im Schnee und grub und schaufelte mit den Armen, stand auf und klopfte ihn zwischen meinen Beinen weg. Es ging langsam voran, schneller, wenn ich auf einen Hohlraum traf. Vielleicht war Jai noch am Leben und wühlte sich durch eine Reihe solcher Schneekammern. Anzeichen eines psychischen Schocks bei Katastrophenhelfern kann Hektik bis hin zur Fluchtreaktion sein, und ich denke, in dem Zustand befand ich mich während der ersten Zeit nach der Lawine. Ich schlug in rasender Verzweiflung auf den Schnee ein, um Jai zu finden.

Ich kam zur Vernunft, weil ich etwas hörte.

Ich wischte mir übers Gesicht und horchte. Drei dumpfe metallische Töne. Dann war es wieder still. Ich griff nach meiner Taschenlampe und leuchtete zu der Lärche hinüber. An meinen Armen richteten sich die Härchen auf. Die Geräuschquelle lag ganz in der Nähe. Ich rückte zehn Schritte am Rand des Lawinenfelds entlang, und da kam es wieder. Drei metallische Töne. Stille. Dann wieder. Diesmal war ich mir sicher; da schlug etwas auf einen hohlen Metallkörper. Lauschend stand ich da und hörte nur das Ächzen des sich setzenden Schnees. Lange Minuten vergingen, ohne dass es wieder auftrat. Dann hörte ich es erneut. Diesmal blickte ich in die richtige Richtung. Hinter der Lärche ragte der gebogene Pfahl der Laterne, die den Wendekreis und den Eingang beschienen hatte, aus dem Schnee, eine von denen, die Gaines gleich nach seiner Ankunft ausschalten wollte. Er vibrierte beim letzten Ton, sodass ein wenig Schnee von dem Schirm über der Glühbirne fiel. Ich schwenkte den Lichtkegel dorthin. Die Schneeschicht war dort drei Meter dick.

Darunter lag jemand und schlug gegen den Pfahl.

Ich wälzte mich unelegant über den Baumstamm und hinüber zu dem Pfahl, beugte mich unter meine Atemwolken und begann, mit den Armen zu schaufeln. Ich tat es mit Argwohn und versuchte, mich genau zu erinnern, wer wo gewesen war, als die Lawine über uns kam. Das ist wahrscheinlich Jai, dachte ich, aber es war ebenso gut möglich, dass ich Foley ausgrub. Vielleicht griff er mich an, sobald ich ihn befreite. Ich musste also vorsichtig sein.

Ich legte ein Stück des Laternenpfahls frei. Keuchend grub und schaufelte ich Schnee beiseite. Wieder anderthalb Meter geschafft. Ich stemmte große Stücke aus der festen Schneeschicht. Endlich brach ich zu einem Hohlraum durch. Darin bewegte sich jemand. Ich sah eine gelbe Jacke und grub weiter.

Es war Jai. Nur halb bei Sinnen, schlug er mit seiner Taschenlampe gegen den Laternenpfahl. Ich riss das Loch weiter auf und zog ihn an einem Arm, schleifte ihn heraus an die Nachtluft.

25

Durch die Gegenwart eines Überlebenden fühlte ich mich bestätigt. Ich war nicht dabei, den Verstand zu verlieren. Meine Sinne schärften sich, und dabei kommunizierten erwachende Schmerzrezeptoren ein heulendes Bombardement an Informationen: Platzwunden, Prellungen, Zerrungen, Taubheit bis auf die Knochen.

»Jai«, flüsterte ich, als das nachließ. »Sie haben es überstanden. Ich hab Sie.« Er blinzelte mit blutunterlaufenen Augen, reagierte aber nicht weiter. Eine Gesichtshälfte war aufgeschürft, seine Lippen blau, er blutete aus dem Mund und zitterte am ganzen Leib von der Kälte und dem Schock. Ich strich ihm die Haare von den Schürfwunden weg. »Sie sind am Leben«, flüsterte ich. Instinktiv schob ich einen Arm unter seine Schulter und wollte ihn auf meinen Schoß ziehen, doch er war zu schlaff und rutschte mir weg, sodass ich mich damit begnügte, ihn auf den Rücken zu legen. Er blinzelte mit tränenden Augen. »Hey, Jai. Kommen Sie. Sie sind in Sicherheit. Ich bin's, Remie.«

Auf meinen Namen reagierte er, und sein Blick wurde scharf. Als er mich sah, erschrak er und krächzte: »Er könnte noch leben. Er war neben mir, als wir losrannten.«

Ich sah ihn tief durchatmen, dann schaute ich über das Lawinenfeld, und meine Kopfhaut zog sich zusammen bei dem Gedanken, dass hinter uns eine Hand durch die Schneedecke stoßen könnte oder Coben irgendwo ihren Boss freischaufelte. Doch da war nichts dergleichen. »Wir müssen nach drinnen«, sagte ich. »Die Kälte wird uns noch umbringen.« Er nickte und schlang die Arme um sich. Ich half ihm hoch. Bei einem langen, bebenden Atemzug wischte er sich mit dem Handrücken übers Gesicht, riss blinzelnd seine geröteten Augen auf und biss die Zähne zusammen.

Ich ließ ihm einen Moment Zeit. »Haben Sie Schmerzen? Sich etwas gebrochen?«

Er verzog das Gesicht. »Mein linker Arm tut ziemlich weh.« Er richtete sich gerade auf und prüfte seine Schulter, dann seufzte er.

Wir lehnten uns an die umgerissene Lärche und ließen uns daran hinabsinken, sodass wir nebeneinandersaßen. Meine Oberschenkel waren taub, meine Finger geschwollen. Von der Anstrengung fühlte ich mich nasskalt und zitterte. Jai klopfte sich den Schnee von der Jacke, schöpfte ihn aus dem Nacken und den Ärmelsäumen hervor. Wir standen unter Schock und warteten darauf, dass die Welt wieder ins Lot kam, aber wir blieben nicht lange sitzen. Das durften wir nicht. Meine Angst trieb mich hoch, und beim Aufstehen jaulte ich vor Schmerzen.

Als sie nachließen, drängte ich: »Wir müssen jetzt reingehen.«

Jai stand mühsam auf und folgte mir. Ich sah, wie er auf das Hotel starrte und zu begreifen versuchte, was er sah. Verständnislos blickte er auf die verbogenen Rahmen der Drehtür, das Loch in der Glasfront, dann, an den Baumstamm gelehnt, nahm er den Berg von Schnee in sich auf, das Ende des Lawinenfelds, das sich zu einem eleganten Überhang hochgeschoben hatte. Weiter oben sah es sicher aus wie eine gesprengte Mondlandschaft. Hinter uns erschien die Welt noch relativ normal. Der See war noch da, eingeschlossen in seinem grauen Eissarg. Das war einerseits beruhigend, andererseits beängstigend, und ich konnte mich auf keins davon festlegen. Jai brauchte einen

Moment länger, um sein Gleichgewicht wiederzufinden, dann stiegen wir gebeugt und steif wie Greise über den Baumstamm und stapften auf das zertrümmerte Foyer zu.

Ich spähte in den dunklen Raum, glaubte in jedem Winkel Cobens Silhouette zu sehen. Das Display meiner Uhr war gesprungen und beschlagen, die Uhrzeit nicht ablesbar. Ich griff nach meinem Handy. Wie lange war ich bewusstlos gewesen? Wie lange hatte ich nach Jai gegraben? Coben hatte sich während der ganzen Zeit – ich schätzte sie auf eine Stunde – frei umherbewegen können. Sie dürfte nach Foley gesucht haben. Oder hatte für uns Fallen aufgestellt. In meiner Fantasie sah ich ihre schlanke dunkle Gestalt bewaffnet und wild entschlossen durchs Haus laufen und bekam eine Gänsehaut. Ob sie nun drinnen war oder nicht, wir mussten uns aufwärmen. Jai schlug eine spitze Glasscherbe aus dem Rahmen und schob einen Vorhang aus Zweigen beiseite, sodass wir vorankonnten. Wir spähten aufmerksam nach allen Seiten, während wir geduckt über Glassplitter durch das halbdunkle Foyer gingen.

»Jai«, flüsterte ich, als wir uns aufrichteten. »Haben Sie gesehen, wer Gaines erschossen hat?«

Er schüttelte den Kopf. »Jemand auf dem Dach, glaube ich.«

Ich erzählte ihm von Coben. Er erstarrte. »Der andere Gast? Scheiße. Sie ist seine Komplizin? Und bewaffnet?« Er drehte sich um und spähte durch die Lärchenzweige in die Nacht hinaus. »Glauben Sie, sie ist da draußen? Oder hier drinnen?«

»Hab sie nicht gesehen. Aber wahrscheinlich hat sie nach ihrem Boss gegraben.«

Jai bedeckte sich mit zitternder Hand die Augen. »Scheiße«, zischte er. Sein Atem ging schnell, und er sah mich mulmig an. »Wir sind noch lange nicht aus der Sache raus.«

»Das glaube ich auch nicht.« Ich brauchte unbedingt einen Plan, aber meine Gedanken überschlugen sich, und wenn ich mich auf einen konzentrieren wollte, gelang das nur langsam und mit Mühe.

Dann ging draußen etwas vor. Ich wusste zwar nicht, was, aber mir wurde schlagartig heiß. Jai sah mich hinausspähen und kniff die Augen zusammen. Ich hatte einen schwachen Lichtschein auf dem zerbrochenen Glas bemerkt. Nicht den reglosen Schein einer Straßenlampe, sondern einen, der sich am Boden hin und her bewegte. Von einer Taschenlampe.

»Das ist sie«, sagte ich. »Sie sucht nach Foley.«

»Oder nach uns. Wir müssen uns verstecken.« Jai sprach die Erschöpfung aus dem Gesicht. Wenn es ihm ging wie mir, spürte er sie bis in die Knochen. Er fasste an seine Taschen, fand das Funkgerät und zog es hervor. »Funktioniert noch«, flüsterte er mit Blick auf die Anzeige. »Versuchen wir, Hilfe zu rufen. Der Sturm ist vorbei. Es könnte klappen.«

»Am besten auf dem Dach«, sagte ich. »Da, wo Gaines war.«

Wir gingen von der Baumkrone weg zu dem bläulich angestrahlten Rezeptionspult hinüber. Ich hob meinen Hockeyschläger auf und nahm ihn in die tauben Hände, dann lief ich an dem Anstreicherwagen vorbei den Hauptflur hinunter zum Aufzug. Es war so still, dass ich die Standuhr ticken hörte. Ich fragte mich, was ein Beobachter bei unserem Anblick denken würde: zwei Erschöpfte voller Blutergüsse und Schürfwunden, die in nassen Klamotten zitternd nebeneinanderstanden und flüsterten.

»Ich lag falsch«, räumte Jai ein. »Das tut mir leid. Ich dachte, Gaines eins wäre Foley.«

»Gaines zwei hätte jeden getäuscht. Wir hätten es nicht wissen können«, flüsterte ich.

Er fasste sich an die Stirn und starrte auf den Boden. »Wir haben ihm alles gegeben, was er brauchte, um zu Shelley zu gelangen und sie umzubringen. Wir haben ihm von dem Funkkontakt erzählt, ihn mit einer Karte und Wandersachen versorgt. Und er hat uns liebend gern mitgenommen, damit wir uns nicht mit dem echten Polizisten zusammentun und abhauen können.«

Die Reue schmerzte. »Ich habe sie immer weiter zum Reden animiert«, keuchte ich, »und ihm dadurch ermöglicht, als Erster am Unfallort zu sein.«

»Das konnten Sie nicht ahnen. Wenn ich sie nicht über Funk gehört hätte …«

»Das ist nicht Ihre Schuld, Jai. Wir wurden manipuliert. Das ist Foleys Masche.« Allmählich fühlte ich mich sicherer. »Hören Sie. Foley hat Shelley getötet, nicht wir. Er hat den jungen Polizisten umgebracht, den wir im Kofferraum gefunden haben …« Ich schluckte schwer. »Und meinen Bruder.«

Die Psychologie hat sich mit dem Thema Rache wenig befasst. Meine Kollegen in Edinburgh würden argumentieren, sie sei ein gesellschaftliches Phänomen, eine Sache der Anthropologen, und vielleicht hätte ich früher einmal zugestimmt. Doch seit dem Abend, als ich Danny Franks' Hand mit meinem Hockeyschläger zertrümmerte, brannte etwas in mir – es war mehr als ein Vergeltungsimpuls, es war eine flammende Begierde, das Verlangen nach Gerechtigkeit. Psychologen mögen anderer Meinung sein, es für simplen Schmerz oder Trauer oder Scham halten. Aber das glaube ich nicht. Begierden halten sich hartnäckiger, und meine neue war auf einen Abschluss erpicht, auf Rache. Sie hatte angefangen zu brennen, als ich bei dem steilen Aufstieg zur Straße von Shelley Talbot erfuhr, dass Foleys Leute meinen Bruder umgebracht hatten. Und jetzt, nachdem Gaines tot und Foley entlarvt war, brannte sie noch heißer.

Doch da war noch etwas in mir, das mit gleicher Beharrlichkeit sein Recht verlangte. Ich holte mein Handy hervor. Es war fünf vor drei. In acht Stunden wollte ich in Aberdeen meinen

197

Elf-Uhr-Flug kriegen. Ich hatte es mir und Cameron versprochen. Gegen Mittag in Madrid, dann weiter nach Santiago. Ich wollte nicht auf dem Polizeirevier in der Burnett Road sitzen und endlos Fragen beantworten, meine Aussagen niederschreiben und jeden grauenvollen Moment noch einmal durchleben. Und das hieß, ich musste umsichtig vorgehen. Während Jai unsere Retter mit freudiger Erleichterung empfangen würde, müsste ich auf der Hut bleiben. Mir überlegen, wie ich abhauen könnte.

Der Lampenschein in der Dunkelheit draußen war verschwunden, aber ich glaubte Coben zu spüren, die am Rand des Lawinenfelds entlangschlich und überlegte, wie sie Foley ausgraben könnte. Wir fuhren in den dritten Stock hoch. Inzwischen hatte Adrenalin meine Sinne geschärft, sodass mir das schwache Licht hart und hell erschien, als ich Jai die Tür zum Dach zeigte. Wir drückten sie mit der Schulter auf, was mühsam war, weil sich der Schnee dahinter zusammenschob, und schlossen sie wieder. Die Nacht kam mir lebendig vor, als wir die Metallstufen zum Dach hochstiegen, so als wäre die Luft nach der Lawine aufgeladen. Sie roch anders, nach frischem Holz und Regen, und das erinnerte mich seltsamerweise an frisch umgegrabene Erde. Oben angelangt, atmete ich tief ein und fragte mich, ob aufgewühlter Schnee Minerale oder andere Substanzen freisetzte. Dabei fielen mir noch andere Veränderungen auf. Es herrschte eine dumpfe Stille, die Dunkelheit war ein dick wattiertes Nichts durchsetzt von Krähenrufen. Wir standen unter einem Baldachin voller Sterne. Und wenn ich den Berghang hochschaute, erschien die Welt zerbrochen und neu erschaffen. Der Farigaig hatte achselzuckend seine Last abgeworfen, und im Mondschein konnte ich ein riesiges spitzes Dreieck ausmachen. In der klaffenden Schneise schien der Mond auf steile Teppiche von Heidekraut, die nur leicht mit Schnee bestäubt waren.

Weiter unten konnte ich der Spur der Verwüstung folgen. Die Zufahrtsstraße war an manchen Stellen zu sehen, aber der Hang oberhalb des Hotels bestand vor allem aus klumpigem Schnee. Und die Lawine war über die Garage und den Parkplatz hinweggegangen, der aus unserem Blickwinkel nicht zu sehen war.

Auf dem Dach gab es einen Laufgang mit Geländer. Jai lehnte sich dagegen und befasste sich mit dem Walkie-Talkie. Er dämpfte seine Stimme, vielleicht wegen der seltsamen Atmosphäre. »Hallo? Das ist ein Notruf. Wir brauchen Hilfe. Ich wiederhole, das ist ein Notruf.«

Der Sturm war vorbei, der Nachthimmel klar. Wir würden kilometerweit senden können. Ich lauschte und bildete mir ein, ich könnte Coben unten im Schnee graben hören. Der Wald ächzte und knackte, solange die Welt in ihrer neuen Gestalt zur Ruhe kam. Mein Puls hatte sich gerade ein wenig beruhigt, als mir Jais unausgesprochenes Geständnis einfiel.

Von seinen Atemwolken eingehüllt, versuchte er es weiter mit dem Funkgerät. »Kann mich jemand hören? Das ist ein Notruf.« Der Lautsprecher gab einen dumpfen Ton von sich, dann Rauschen. Nichts. Er probierte es wieder, wiederholte seine Bitte, wechselte den Kanal. Minutenlang der monotone Wechsel von Piepen und Rauschen. Ich sah Figuren in den Sternen und hörte Camerons Stimme, der mir die Sternbilder zeigte. Dann endlich erhob sich ein Geist aus dem weißen Rauschen und redete. Einen Moment lang glaubte ich, es sei Cam. Erleichterung durchströmte mich, als ich aufmerksam und erregt horchte, um etwas zu verstehen.

»Hallo?«, sagte Jai gespannt. »Ich kann Sie nicht gut hören. Das ist ein Notruf. Können Sie Hilfe schicken? Sie müssen Hilfe schicken.«

Wieder nur Störgeräusche. Dann eine ferne Stimme in nüchternem Ton. »Nennen Sie bitte Ihre Position.«

Es war die Stimme einer Frau, die sich nach ruhiger Autorität anhörte. Nach einer Polizistin. Das bedeutete Inverness. Die Erkenntnis löste bei mir zwei starke Empfindungen aus: freudige Erregung, weil ich von dem Hotel wegkommen würde, und kühle Gewissheit, dass ich weg sein musste, bevor die Hilfe eintraf. Ich wollte unbedingt am richtigen Tag in Santiago sein. Ich hatte es Cameron versprochen. Mein persönlicher Countdown lief.

»Ich bin ein Zivilist«, sagte Jai. »Ich bin im Mackinnon Hotel. Wir brauchen Hilfe.«

Mehr Störgeräusche. Dann eine Antwort. »Die Verbindung fällt immer wieder aus. Bitte halten Sie …« Wieder Stille. Dann: »Drücken Sie fest auf den Schulterknopf und sprechen Sie deutlich. Ich wiederhole: Ist das ein Hilferuf?«

Jai seufzte und sah mich mit großen Augen dankbar an. Ich nahm ihm das Gerät ab. »Ja. Ja! Hilferuf«, sagte ich.

»Um was für einen Notfall handelt es sich, bitte?«

»Hier ist ein bewaffneter Mann«, sagte ich. »Er ist gefährlich.«

»Bestätige, bewaffneter Mann. Werde …« Ich biss mir auf die Unterlippe, als die Verbindung zusammenbrach und das Gerät still blieb. Diesmal fiel sie länger aus, und es piepte, bevor wieder etwas durchkam. »… weitere Einheiten. Bitte nennen Sie mir Ihren Standort.«

»Mackinnon Hotel. Können Sie mich hören? Wir sind im Mackinnon Hotel.«

Jai neigte sich zu mir, sodass wir uns Schulter an Schulter über das Funkgerät beugten. Einmal dachte ich, ich würde die Stimme noch mal hören, doch es kam nichts mehr durch außer dem Piepen. Wir warteten noch ein paar Minuten. Ich versuchte es erneut, wiederholte unsere Bitte und den Standort.

Dann plötzlich ein Zischen und eine Stimme: »Wiederhole: Bitte nennen Sie mir Ihren Standort.«

»Mackinnon Hotel!« Ich sagte das mehrmals hintereinander, während hinter meinen Augen Spannungskopfschmerzen einsetzten. Wieder minutenlang Stille. Die Frustration wuchs.

Jai lehnte sich gegen das Geländer und sah gequält aus. Er öffnete den Mund, um etwas zu sagen, aber es kam kein Wort heraus. Stattdessen drehte er den Kopf und horchte. »Was war das?«

Ich hielt ebenfalls inne und horchte. Unsere Atemwolken verflüchtigten sich langsam. Etwas bewegte sich ganz in der Nähe. Zu spät begriff ich, dass Coben auch ein Walkie-Talkie hatte. Sie konnte uns hören.

Wir drehten uns gleichzeitig zur Dachtür um. Die ruckelte in ihrem Rahmen. Jemand drückte dagegen, um sie zu öffnen.

26

Die Angst saß mir als Druck im Kreuz, als ich mich auf rutschenden Sohlen umdrehte. Meine Muskeln verkrampften sich, und mein Herz machte einen erschreckenden Satz, den ich bis in die Fingerspitzen spürte. Ich steckte das Walkie-Talkie ein, ergriff meinen Hockeyschläger und zog mich weiter von der Dachtür zurück. Wir waren eingepfercht zwischen Dachschrägen. Der Stahlgitterboden des Laufgangs lag erhöht, sodass nur eine dünne Schneeschicht darauf lag. Ich konnte Sohlenabdrücke darin erkennen. Gaines war erst vor einer Stunde hier gewesen. Gaines und Coben. Vor uns bog der Laufgang im rechten Winkel nach rechts ab.

»Wohin führt der, Remie?«, zischte Jai und blickte abwechselnd zu der Tür am Fuß der Treppe und der Abzweigung. Er wirkte verhärmt und hohlwangig. Ich bedeutete ihm mitzukommen, ohne zu wissen, was ich tun würde. Unsere frischen Fußspuren waren wie Wegweiser. Ich war noch nie auf dem Dach gewesen und hatte keine Ahnung, wohin ich mich wenden sollte. Unter uns befand sich der Flur des obersten Stocks – wer sich dort aufhielt, würde unsere Schritte auf dem Metallgitter hallen hören. Rechts von uns führte eine schräge Dachfläche zu einem Schornstein hoch. Ich drehte mich von der Treppe weg und schlich den erhöhten Laufgang entlang, der nur sechzig Zentimeter breit war. Die Dachziegel rechts und links waren vereist. Von der Dachtür waren inzwischen dumpfe Schläge zu hören.

»Die Fußspuren, Remie. Scheiße.«

202

Ich hielt inne, starrte darauf und überlegte. Wir könnten sie mit dem Sohlenrand verwischen, aber das machte ein Geräusch auf dem Gitter, und es wäre trotzdem zu erkennen, dass wir dort entlanggelaufen waren. »Nicht zu ändern«, flüsterte ich und drehte mich wieder um. »Coben war schon hier oben. Sie kennt sich auf dem Dach besser aus als wir.«

Jai folgte mir schnaufend. Wir bogen nach rechts ab. Wieder ein Abschnitt zwischen schrägen Dachflächen. Schon verlor ich das Gefühl dafür, über welchem Gebäudeteil wir uns befanden. Voraus knickte der Laufgang erneut nach rechts ab und führte um den Schornstein herum. Wir schlichen weiter und drehten uns wieder um. Nun waren wir auf der anderen Seite der Dachinsel, verborgen durch den gemauerten Schornstein. Ich ging in die Hocke und wartete.

Das Leben mit Cameron hatte mich gelehrt, dass die simple Entscheidung zwischen Flucht und Kampf Unsinn war. Das wurde mir gerade wieder scharf bewusst. Von der Dachtür kam ein dumpfer Schlag und lautes Knirschen – jemand schob den dichten Schnee, der sich davor verfestigt hatte, mit jedem Stoß ein wenig zurück. Mich durchfuhr eine so starke Angst, dass ich mich nicht bewegen konnte. Wie erstarrt hockte ich auf hölzernen Beinen. Mein Herz schlug gegen meine Brust, als wollte es raus. Ich starrte durch Tränen auf meine Stiefelspitzen. Ein Urinstinkt riet mir, mich totzustellen. Ich musste mich gegen den starken Drang wehren, mich zusammenzukrümmen und die Augen zuzukneifen. Dann merkte ich plötzlich, dass es an der Dachtür still war. Wie lange schon, wusste ich nicht.

Jai hatte sich zaghaft ein Stück weit aufgerichtet. Er rüttelte mich sanft an der Schulter. »Denke, wir sind wieder sicher«, flüsterte er.

Wir schlichen den Weg zurück, den wir gekommen waren. An der letzten Biegung blieb ich stehen, den Hockeyschläger in meinen heißen Fäusten, und lugte mit einer schnellen Bewegung um die Ecke. Der Laufgang war leer. Ich zitterte vor Erleichterung. Meine Nerven lagen blank. Ich bog um die Ecke und schlich langsam zum Geländer, bis ich einen freien Blick auf die Dachtür hatte. Sie stand eine Handbreit offen. Im Flur dahinter war es dunkel. Ich verharrte wie ein Tier vor einer Falle, bis Jai zu mir trat.

Wir flüsterten kaum hörbar, sodass wir auf die Lippenbewegungen achten mussten, um zu verstehen, was der andere sagte. »Wo sind sie?«, fragte ich.

Jai folgte meinem Blick. Alles, was uns in unserer winzigen verlorenen Welt bedrohte, schien sich in dem schwarzen Spalt zwischen Tür und Rahmen zusammenzuballen. Er beobachtete, dann drehte er den Kopf zu mir und sagte lautlos: »Vielleicht lauern sie da.«

Ich schauderte. Ein schrecklicher Gedanke. Ein Hinterhalt, ein Schuss in den Kopf, und die letzten Zeugen von Foleys Flucht wären ausgelöscht. Mit blau gefrorener Haut, starr und blicklos läge ich auf dem Teppich im dritten Stock, bis Hilfe käme. Hilfe. Ich wurde etwas klarer im Kopf. Vor ein paar Minuten noch hatten wir über Funk mit jemandem gesprochen. Aber hatte die Frau den Namen des Hotels verstanden? Wenn ja, würde jetzt auf dem Revier in Inverness jemand ein Rettungsteam zusammenstellen. Ich stellte mir vor, wie wir auf dem Dach ausharrten, bis wir die blinkenden Lichter über die Bergstraßen kommen sahen, doch im Grunde hatte ich keine Hoffnung. Die Route war blockiert, wenigstens noch bis zum Morgen. Ich dachte an Santiago, an die Atacama-Wüste und mein Versprechen. Ich durfte nicht hier sein, wenn die Polizei eintraf.

Jai stupste mich an. »Gibt es noch einen anderen Weg vom Dach ins Haus?«, fragte er lautlos. *Nur den, den der arme Gaines genommen hat.* Ich schüttelte den Kopf. Wir starrten noch eine

Weile auf den Türspalt. Ringsherum verteilten sich Krähen auf den abgebrochenen Bäumen. Der Wind trug Echos und den Geruch von Kiefernharz heran. »Was tun wir jetzt?«, flüsterte Jai. »Warten?«

Wir zogen uns ganz langsam ein Stück zurück und steckten die Köpfe zusammen, damit wir hörbar flüstern konnten. »Es könnte Stunden dauern, bis Hilfe kommt, wenn überhaupt«, sagte ich hinter meiner Atemwolke.

»Könnten wir die Nacht hier oben überstehen?«

Ich blickte zu den Sternen hoch, hörte Cameron in sanftem Ton ihre Namen nennen und drehte den Kopf wieder zu Jai. »Die Temperatur wird weiter fallen. Wir müssen zurück ins Haus.«

»Und was dann? Fliehen wir über den See?«

»Konzentrieren wir uns erst mal darauf, vom Dach runterzukommen.«

Dann hörten wir etwas von unten. Ein lautes Geräusch, gedämpft durch die Entfernung. Scheppern. Die Richtung, aus der es kam, ließ mich an die Küche denken. Es schepperte erneut. Wir blickten über das Dach, warteten. Mehr kam nicht. Jai wechselte das Standbein. »Sind die das?«

Ich stellte mir Foley und Coben vor, wie sie Messerschubladen herauszogen und auf den Stahlflächen auskippten. Gemüsemesser und Wiegemesser, fingerlange Klingen in schützenden Scheiden, schwere Fleischerbeile mit Holzgriff. Hatten sie vor, uns zu zerstückeln? Ich wollte schlucken, aber meine Kehle verweigerte sich. »Hört sich an, als wäre das weit unten«, flüsterte ich. »Sie haben uns hier oben gelassen …« Warum?, wollte ich fragen, aber ich verkniff es mir.

Nach der Lawine war ich vor Angst und Verwirrung benebelt gewesen, doch allmählich dachte ich klarer. Oben auf der Zufahrtsstraße hatte Jai mir etwas gestehen wollen, das er seit

205

seiner Ankunft im Hotel verheimlicht hatte. Tja, ich hatte auch ein Geheimnis. Das Schließfach meines Bruders. Das Schließfach war die Antwort auf eine Frage, die ich mir seit einer Weile stellte: Warum hatte Foley uns nicht umgebracht, als er die Gelegenheit dazu hatte? Jai hatte schon darauf hingewiesen, dass Foley dazu keine Schusswaffe brauchte. Er hätte uns zum Schweigen bringen können, wann immer er wollte. Doch er hatte uns am Leben gelassen – *mich* am Leben gelassen. Hatte er mich bisher verschont, weil er von Camerons Tasche und dem Schließfach wusste? Das war eine Möglichkeit, die allerhand Fragen aufwarf. Wenn das zutraf, gäbe mir das eine gewisse Macht und ein Druckmittel in die Hand. Ich bräuchte nur Zeit, um mir zu überlegen, wie ich es gegen die beiden einsetzen sollte.

»Remie? Alles in Ordnung?«, fragte Jai. Er trat behutsam von einem Bein aufs andere, was mir verriet, dass er schmerzhaft taube Füße hatte. »Wir können nicht ewig abwarten. Es dauert noch zwei Stunden, bis es hell wird.« Ich dachte an die Dachtür und den Flur dahinter, wo vielleicht jemand mit entsichertem Gewehr lauerte. Doch wenn da zwei Leute in der Küche gescheppert hatten, war es bloß unsere Angst, die uns hier festhielt. Ohne bewusste Entscheidung schlich ich zum Geländer zurück und spähte in den dunklen Türspalt.

»Ich denke, wir müssen zurück nach drinnen«, sagte ich. »Kommen Sie.«

Langsam stieg ich die Stufen hinunter, den Blick auf den Türspalt gerichtet. Jai folgte mir. Jeder Schritt war eine Mutprobe. Meine Fußballen brannten sprungbereit. Vor der Tür angekommen, versuchte ich, die schwarzen Punkte vor meinen Augen wegzublinzeln.

Zweimal zögerte ich, dann zog ich die Tür auf, hob meinen Schläger und trat in den Flur.

27

Der Flur war leer, aber nicht ganz dunkel.

Die Tür zu meinem Zimmer stand einen Spalt weit offen, und von drinnen fiel Licht in einem breiter werdenden Streifen auf den Teppich. Mit angehaltenem Atem sah ich dorthin und fühlte eine unerwartete Kraft in mir. Jemand war in meinem Zimmer. Ich ging ein paar Schritte darauf zu, leicht geduckt und angespannt, den Schläger in beiden Händen, bereit, zuzuschlagen. Dann fiel mein Blick auf den Türrahmen. Das Holz neben dem Schloss war gesplittert. Die Tür war aufgebrochen worden.

Ich schob sie behutsam auf. Mein Herz klopfte laut und schnell.

Im Zimmer war niemand, es wirkte unverändert. Mit Ausnahme meiner Koffer auf dem Bett. Sie waren ausgekippt worden, meine Sachen durchwühlt. Der Anblick schnürte mir die Kehle zusammen. Ich schwankte auf weichen Knien und starrte stumm auf das Durcheinander. Meine Augen füllten sich mit Tränen. Ich schlich zum Bett, um die Sache einzuschätzen.

Jai blieb auf der Schwelle stehen. »Was fehlt?«, zischte er und schaute hastig hinter sich in den Flur.

In meiner Brust tat sich ein schwarzes Loch auf. Ich fasste zwischen die Kleidungsstücke und Bücher, riss mich zusammen, um nicht zu weinen, aber die Tränen liefen trotzdem, heiße Tränen der Enttäuschung. »Tausend Euro«, sagte ich. Meine Stimme schnappte über. Ich fühlte mich misshandelt, beschämt. »Und mein Pass.« Ich strich mir über den Kopf, völlig aufgewühlt und überrumpelt. »Mein Pass.«

»Scheiße«, zischte Jai.

Als Camerons Berufung gescheitert war, war ich von meiner Verzweiflung wie betäubt gewesen. Ich frage mich noch immer, wie ich die Nachtschicht durchstehen konnte, nachdem ich es erfahren hatte. Ich musste meine Aufgaben rein mechanisch erledigt haben, taub und blind für meine Umgebung, bis die Sonne erstaunlicherweise wieder aufging und ich mich in mein Zimmer schleppte, um mich geschlagen ins Bett zu legen. Jetzt fühlte ich jedoch etwas anderes, einen scharfen, schmerzhaften Zorn. Ich wischte mir die Tränen mit den Handrücken ab. Beide Männer hatten darauf bestanden, mein Zimmer zu betreten, beide hatten die schäbige Einrichtung, die bescheidene Habe auf dem Bett gesehen, beide hatten festgestellt, dass ich am nächsten Tag abreisen wollte, also hatten beide gewusst, dass mein Pass im Gepäck lag. Doch nicht Gaines hatte ihn mir weggenommen, sondern Troy Foley. Entweder er selbst oder Alex Coben.

In Gedanken ging ich die Abläufe des Abends durch und erinnerte mich, wann ich zuletzt hier oben gewesen war: Shelley Talbot am Funkgerät; Foley, der uns nach unten schickte und sagte, er müsse noch eine Etage durchsuchen; ich und Jai nach unten in den Kartenraum, wo wir den Rettungsversuch vorbereiteten. In dieser Zeit musste Foley in mein Zimmer eingebrochen sein und meinen Pass und mein Geld gestohlen haben.

Also hatte ich recht. Foley brauchte mich lebendig, weil er von Camerons Tasche wusste. Das bedeutete, die Ereignisse des Abends waren keine Zufälle – sie waren genauestens durchgeplant und organisiert gewesen, weil ich hier war. Und dadurch stellte sich eine noch größere Frage: Was befand sich in Ca-

208

merons Tasche, das unser Besucher so dringend haben wollte? Die Ersparnisse meines Bruders waren sicherlich nichts im Vergleich zu Foleys jährlichem Umsatz. Auf meiner Nachttischuhr war es fünf vor vier. Nach Aberdeen brauchte man zweieinhalb Stunden, bei diesem Wetter länger. Die Zeit lief mir davon. Ich wischte mir mit den Ärmeln die Augen, was meinen Lidstrich sicher verschmierte, holte tief Luft und beruhigte mich.

Jai schaute völlig verdutzt. »Welches Interesse können sie daran haben? Brauchen die Sie noch, etwa weil Sie den Weg zum Bootshaus kennen?« Er zog die Brauen hoch. »Ich verstehe das nicht.«

Ich behielt meine Gedanken für mich. Selbst wenn ich darüber hätte reden wollen – sie durchsprechen, bis ich eine Version des Abends konstruiert hätte, die Sinn ergab –, dazu hätte ich nicht mehr die Kraft gehabt. Jai dachte weiter laut nach. »Der See ist trügerisch, nicht wahr? Das Eis, die Strömungen. Vielleicht brauchen sie Sie als Führerin. Wie auch immer, Remie, die Wahrheit ist, sie brauchen Sie, aber nicht mich. Ich bin ein toter Mann. Wir müssen jetzt abhauen, bevor Coben uns in die Falle lockt.«

Ich versuchte nachzudenken. Mir war klar, warum sie meinen Pass gestohlen hatten, und mit der Gewissheit wuchs auch mein Tatendrang. Foley und Coben zählten darauf, dass ich vor Schreck hilflos war. Womit sie ganz bestimmt nicht rechneten, war Mut, Hinterlist oder Aggression. Wenn ich mich an ihnen rächen oder ihnen zumindest entkommen wollte, dann musste ich gerissener sein als sie. Jai würde das nicht verstehen. »Ich bleibe hier«, sagte ich. »Ich brauche meinen Pass.«

»Wegen der Reise nach Santiago? Verdammt, Sie träumen wohl. Sie werden den nächsten Monat in einem Befragungsraum verbringen.« Ich schwieg, und sein Gesicht wurde lang,

209

als er meine Entschlossenheit sah. »Sie sind verrückt. Das sind Mörder. Verbrecher.«

In gewisser Weise gab ich ihm recht. Aber ich hatte mich schon entschlossen. »Einer der beiden hat ihn. Ich muss sie finden.«

Jai sah mich groß an. »Das ist Irrsinn. Hören Sie sich mal zu!«, sagte er. Sein Ton wurde schroffer, sein Blick prüfend. »Niemand würde dafür sein Leben riskieren. Es sei denn, Sie sind auf der Flucht.«

Ich wahrte einen höflichen Ton. In dem Moment in meinem Einzelzimmer fühlte ich mich, als ob ich meine neue, zukünftige Person hervorkehrte. »Santiago ist für mich ein Neuanfang«, sagte ich.

Seine Miene hellte sich auf. »Sie wandern aus. Das ist Ihr kleines Geheimnis.«

Ich lächelte ihn bitter an. »Sehr gut. Nun lassen Sie mich raten, welches Ihr Geheimnis ist. Was war es, das Sie mir auf dem Rückweg sagen wollten? Ich war nicht ganz ehrlich zu Ihnen? Fragen über Porterfell, die Aufnahme unserer Gespräche mit Ihrem Handy … Sie sind Journalist, stimmt's? Das wollten Sie mir beichten.«

Auch er äußerte sich ruhig. »Ich hätte Sie um Erlaubnis gebeten, wenn ich vorgehabt hätte, die Aufnahme zu verwenden.« Er setzte sich auf mein Bett, stützte die Unterarme auf die Knie und betrachtete seine Hände. »Ich wollte es Ihnen sagen, Remie, aber bei solchen Storys ist es immer besser, um Verzeihung zu bitten anstatt um Erlaubnis.« Ich hielt seinen Blick fest. Er sah als Erster weg. »Als ich sagte, ich sei Rundfunktechniker, habe ich die Wahrheit gesagt. Aber nicht die ganze. Sehen Sie, ich bin Podcast-Journalist, okay? Ich produziere eine investigative Dokumentationsreihe. *A Question of Guilt.*«

Jais seltsame Launen, die mich genervt hatten, sein Interesse an dem Gefängnis, sein Riecher für eine Story und seine leichte, vertrauenerweckende Art, mit der er die Leute dazu brachte, sich zu öffnen – all das ergab jetzt auf einmal einen Zusammenhang. »Und wann wollten Sie mir das sagen?«

Er zuckte mit den Achseln. »Anfangs überhaupt nicht. Ich bekomme ehrliche Reaktionen und wahre Storys nur, wenn ich mich nicht als Journalist zu erkennen gebe. Aber wie auch immer, es spielt keine Rolle. Gaines kreuzte auf, und ich musste eine Entscheidung treffen. Ich habe entschieden, den Mund zu halten, okay? Ich wusste, ich würde auf diese Weise besseres Material bekommen.«

»Du lieber Himmel, Jai.«

»Wie gesagt, Verzeihung anstatt Erlaubnis. Dann kreuzte der zweite Gaines auf und komplizierte die Dinge. Danach fand ich nicht mehr den passenden Moment, um Ihnen reinen Wein einzuschenken. Aber das hatte ich fest vor. Bestimmt.«

Ich bezwang meinen Ärger. Wir hatten beide ein Geheimnis gehabt. Er hatte seins zumindest gestanden. Ich dagegen war nicht in der Position, um ihm von der Tasche in dem Schließfach zu erzählen, erst recht nicht, da er investigativ arbeitete. »Ihr Podcast«, sagte ich. »Sie bringen also eine Doku über Troy Foley?«

Er nickte. »Wir recherchieren zu Waffenschmuggel zwischen den USA und Großbritannien, genauer gesagt Foleys Organisation – ein Deep Dive zum Thema Verteilung und Einsatz von Schusswaffen in unserem Land. Die britischen Medien stürzen sich vor allem auf Straftaten mit Messern, aber Straftaten mit Schusswaffen sind in den letzten fünf Jahren signifikant gestiegen, und wir wollen erzählen, warum. Wir betrachten die amerikanischen Versuche, den globalen Waffenhandel zu monopolisieren, republikanische Waffenbefürworter, Lockerung von Bestimmungen und dergleichen. Die jüngsten Importe scheinen von Georgia und Florida auszugehen. Wir waren bei den Waffenmessen, um zu sehen, wie es da zugeht, und die sind gesetzesfreie Zonen. Niemand hält die Seriennummer fest. Gebrauchte Waffen werden getauscht wie Baseballkarten. Amerikanische Banden bringen sie in Klimageräten, alten Autos und anderem durch den britischen Zoll. Dann holen Foleys Leute sie ab und liefern sie zu den grafschaftsübergreifenden Banden.«

Ich dachte an die Nacht, in der Cameron und ich bei prasselndem Regen den Lieferwagen schrubbten. Ich kannte die Antwort und fragte trotzdem. »Und warum interessieren Sie sich für mich?«

»Ihr Bruder gehörte zu Foleys Organisation. Ich will wissen, wie es war, für Foley zu arbeiten, und Sie sind für mich die beste Quelle für Informationen aus erster Hand.« Er rieb sich über die Knie. »Und Sie sind eine glaubwürdige Zeugin. Psychologiedozentin an der Uni Edinburgh, Erfahrung mit problematischen Jugendlichen, haben sich intensiv für Camerons Berufungsverfahren eingesetzt.«

Mir wurde schlecht. Er hatte sich gut über mich informiert.

»Sehen Sie, es ist unsere Aufgabe, zu berichten, was die gewöhnlichen Medien nicht bringen. Verbrechen mit Schusswaffen steigen in fünf Jahren um fast dreißig Prozent – das sind fast zehntausend Fälle allein im letzten Jahr. Und wo bleibt die Empörung, Remie? Wo bleiben die Enthüllungsberichte, die ordentlichen, altmodischen Reportagen? Die Mainstream-Medien wollen das Thema nicht anfassen, aber die Öffentlichkeit muss von dieser Sache erfahren. Die Leute müssen wissen, dass unsere Grenzen durchlässig sind, dass unser Grenzschutz unterfinanziert ist und zu wenig Personal hat, dass die Kriminalpolizei völlig überlastet ist. Das ist eine entscheidende Investigation.« Er verzog das Gesicht. »Es mag krass klingen, aber da das mein Job ist, muss ich das sagen. Kein anderer wird diese Story erzählen, also muss ich es tun. Wenn ich dafür zu heimtückischen Mitteln greifen muss, dann bin ich dazu bereit. Ein Gespräch mit Ihnen würde eine Menge Fragen klären.«

28

Ich gab Jai mit deutlichen Worten zu verstehen, dass er mich am Arsch lecken konnte.

Bei meinem heftigen Ton zuckte er zusammen und räusperte sich. »Hören Sie. Ich bin hierhergekommen, um meine Pflicht zu tun, genau wie Sie. Nur dass die Dinge jetzt eine ziemliche Wendung genommen haben. Aufruhr im Gefängnis. Foley fängt eine Prügelei an, und – ich vermute es nur, aber wir haben ein Rechercheteam darauf angesetzt – es ist sein drittes Mal, sodass er verlegt wird. Aber er hat drinnen einen Komplizen: die Serco-Fahrerin Shelley Talbot.«

Ich hätte nicht sagen können, warum ich ihm weiter zuhörte. Jaival Parik betrieb genauso ein Doppelspiel wie Foley und Coben, und seine Manipulation war nicht dadurch gerechtfertigt, dass er für die Aufdeckung der Wahrheit kämpfte, obwohl er das zweifellos so sah. Ich versuchte, meine hochkochende Wut zu unterdrücken, indem ich an Chile dachte. An die Fahrt von Santiago in die Atacama-Wüste. An den Nachthimmel. Bis dahin waren es nur noch ein paar Stunden, aber mir war klar, dass ich es allein nicht schaffen würde. Ich brauchte einen Verbündeten.

Vielleicht war der Investigativ-Journalist mit einer Mission meine einzige Chance. »Ich hatte schon den Eindruck, dass Shelley mir da draußen am Funkgerät ein Geständnis macht«, sagte ich. »Sie erwähnte einen Handel, den sie eingegangen ist. Es klang ganz so, als hätte sie Geld dafür genommen, dass sie Foley bei der Flucht half.«

Jais Gesichtsausdruck wurde weicher, weil ich mich koope-rativ zeigte. »Ja, das passt. Er hat ein Netz von Sympathisan-ten, Männer und Frauen an entscheidenden Stellen, die groß-zügig bestochen werden, damit sie ihn mit Informationen ver-sorgen. Im Moment glaube ich, dass sie die zweite Komplizin war. Sie half beim Ausbruch, Coben bereitete die weitere Flucht vor.«

»Der SUV in der Garage«, sagte ich und setzte mich neben ihn.

»Genau. Aber das Wetter hat die Lage kompliziert. Shelley hätte den Transporter an den Straßenrand lenken und Foley be-freien sollen. Er wollte die beiden Polizisten töten und dann sie. Doch Shelley hat einen Unfall gebaut, und in dem Chaos …«

»… hat Foley nicht mehr alles im Griff«, sagte ich. »Er hält Shelley für tot, ebenso Gaines. Er steht unter Druck, muss im-provisieren, also nimmt er sich Gaines' Pistole und Dienstaus-weis, erschießt den jungen Polizisten, zieht sich dessen Uniform an und macht sich auf zum Hotel.«

»Richtig. Aber der Abstieg durch den Wald wird zum Alb-traum. Er verliert die Waffe, verirrt sich. Kommt spät bei uns an und ist gezwungen, die Rolle des verzweifelten Cops zu spie-len.«

Ich nahm den Faden auf. »Dann meldet sich Shelley über Funk, und er erfährt, dass sie den Unfall überlebt hat.«

Jai sah mich trübe an. »Weil wir es ihm verraten haben.«

Das Schuldgefühl war wieder da, intensiv und widerlich. Zaghaft legte ich eine Hand auf seine Schulter, die sich beim Atmen hob und senkte. Einen Moment später erwiderte er die Geste und legte einen Arm über meinen, sodass wir dasaßen wie zwei Teenager im Kino. Während wir schwiegen, fragte ich mich, was passiert wäre, wenn Shelley keine Funkverbindung bekommen hätte. Wäre es dann anders gekommen? Oder wenn

215

ich bei unserem Aufstieg zur Bergstraße bei Foley geblieben wäre?

»Das ist nicht Ihre Schuld«, sagte ich.

Er nickte. »Er hat uns getäuscht.«

»Das hat er. Arme Shelley.« Ich klopfte ihm auf den Rücken und beugte mich nach vorn, sodass er den Arm wegnahm. Unser Moment der Nähe war vorbei, und ich stand mit schmerzenden Beinen auf. »Aber wir sind noch da, Jai.«

»Ja. Sie haben recht.« Er sah sich blinzelnd um wie ein Mann, der erwacht. »Wir können von Glück reden, dass wir noch am Leben sind. Wenn er an der Unfallstelle eine Schusswaffe gefunden hätte, hätte er uns gleich da oben erschossen.«

Eine Schusswaffe. Die Schmerzen in meinen Beinen ließen nach, und die Überlegungen kamen wie von selbst. Ich würde Coben und Foley suchen und mich schützen müssen, weshalb ich eine Waffe brauchte. Es gab einen Raum voller Gewehre, der jetzt unter einem Haufen Schnee begraben war, aber vor einem Jahr, nach Camerons Tod, hatte ich aus Angst dort ein Gewehr gestohlen und versteckt. Mein Vergehen von damals verschaffte mir jetzt einen Vorteil. Wenn ich Jai dazu bringen könnte, das Hotelgelände zu verlassen, würde ich mit dem Rest allein fertig werden.

»Bevor wir abhauen«, sagte ich und nahm meinen Hockeyschläger, »muss ich noch etwas holen.«

Jai atmete auf. Ich merkte ihm an, wie erleichtert er war. »Okay«, sagte er. »Ich auch. Notizen und Aufnahmen, die ich noch brauche. Dann verschwinden wir, ja?«

Ich musste ihn enttäuschen, wollte das aber behutsam tun, und deshalb nickte ich nur und begann, das Wichtigste aus meinen zwei Koffern in einen Rucksack zu packen.

In Jais Zimmer schloss ich die Tür hinter uns ab und schaltete die Schminkspiegelleuchte über dem Schreibtisch ein. Das genügte, um etwas sehen zu können. Es war eines der Luxuszimmer und doppelt so groß wie meins. Er hatte seine persönlichen Dinge auf dem Nussbaumschreibtisch verteilt, öffnete einen Koffer und kippte den Inhalt auf den cremefarbenen Teppich, zog einen Signalverstärker aus der TV-Buchse und warf seine benutzten Handtücher ins Bad.

Das Bett war übersät mit Unterlagen: handschriftliche Notizen und Skizzen, Listen mit Daten und Uhrzeiten, Schaubilder mit einander zugeordneten Namen. »Was ist das?«

Jai ordnete sie und packte sie ein. »Meine Unterlagen.«

»Lassen Sie mich sehen.«

Achselzuckend überließ er mir den Stapel. Oben in der Darstellung des Beziehungsgeflechts stand der Name Foley. Darunter drei Namen mit ihren Positionen, die auf die Befehlskette schließen ließen. Hendrick stand in der Mitte direkt unter Foley – offenbar sein Stellvertreter. Ich las die beiden Namen daneben und rechnete mit Coben. Stattdessen las ich Diaz und Hammer. Ich überflog die breiter werdende Liste: Schalansky, Ford, Petrescu. »Mein Team hat sie zusammengepuzzelt«, sagte Jai. »Aus Zeitungsartikeln, Verhaftungsprotokollen, Personen von besonderem Interesse, Darknet-Foren. Es sieht ganz so aus, als wäre Foleys Organisation größer als allgemein vermutet.« Ich nickte und suchte nach Yorke, während Jai weiterredete. »Soweit wir ermitteln konnten, läuft die Operation noch. Verstehen Sie jetzt, dass das von öffentlichem Interesse ist? Viele dieser langjährigen Bandenmitglieder sind noch auf freiem Fuß. Foley wurde daher ersetzt, und es gibt jetzt andere bedeutende Akteure. Die rot unterstrichenen sind die, die bei dem Undercovereinsatz verhaftet wurden, der auch zur Festnahme Ihres Bruders führte – Foley ist hier, es gibt andere hier und hier. Aber einige scheinen ganz verschwunden zu sein, wahrscheinlich getötet bei Auseinandersetzungen, von denen wir nicht wissen. Hendrick – der Kerl, der ihn vertritt, wer immer er ist – ist von der Bildfläche verschwunden, wurde zuletzt vor zwei Jahren erwähnt. Liegt vermutlich tot in einem Graben.« Er bewegte den Finger über das Blatt und zeigte. »Das Problem sind die angenommenen Namen. Diese Kerle können sich innerhalb einer Woche eine neue Identität und neue Ausweisdokumente verschaffen. Viele von denen dürften zwei oder drei verschiedene Pässe besitzen, verschiedene Namen benutzen, je nachdem, welche Aufgabe sie gerade erledigen oder mit welchem Lieferanten sie zu tun haben. Und sie teilen sich untereinander die Identitäten, verwenden sie und geben sie an einen anderen weiter.«

»Coben taucht hier nicht auf«, stellte ich fest.

»Das wird nicht ihr wirklicher Name sein. Die meisten, die hier stehen, dürften Decknamen sein.«

»Und Cameron?«

Jai zuckte mit den Achseln. »Hab es noch nicht geschafft, vollständige Akten zu finden.«

»Er muss irgendwo sein.«

»Vermutlich ja. Es gibt eine Reihe von Namen, die wir noch nicht zuordnen konnten. Vielleicht haben die Kuriere ein anderes Kommunikationssystem. Vielleicht ist die Bandenmitgliedschaft in den unteren Rängen ungewisser. Die Fluktuation muss hoch sein, die Rollen kurzlebig.« Er faltete die Unterlagen zusammen. »Das ist alles, was wir bisher haben. Tut mir leid, dass ich nicht mehr weiß.«

Er suchte aus seinem Schrank eine schwarze Schultertasche heraus, öffnete sie auf dem Bett, klappte den Laptop zu, den er aufgeladen hatte, zog den Stecker heraus, wickelte das Kabel um seine Finger und warf es in die Tasche, wobei er wegen des schmerzenden Arms das Gesicht verzog. Dann sammelte er zwei Handys und ihre Ladekabel ein. Nachdem das getan war, bückte er sich und holte unter dem Bett einen roten Metallkasten von der Größe eines dicken Taschenbuchs hervor und klappte ihn auf. Audiogeräte: an der Rückseite Ausgangsbuchsen, vorne Regler, ein Kopfhörereingang, eine Reihe von Schaltern und ein Lautstärkeregler, ein Mikrofon mit aufgewickeltem Kabel. Und da hatte ich mir die halbe Nacht lang einreden wollen, dass er unsere Unterhaltung nur versehentlich aufgenommen hatte. Er war ein Ein-Mann-Aufnahmestudio.

Er packte seine Unterlagen auf das Equipment und hängte sich die Schultertasche um. »Fertig.«

Ich zog meinen Schlüsselbund aus der Tasche und suchte die für das Tor und das Bootshaus heraus. »Hören Sie, Jai«, sagte ich und wappnete mich. »Gehen Sie zurück in mein Zimmer und verlassen Sie das Haus von dort über die Feuertreppe. Folgen Sie dem Seeufer bis zum Zaun und warten Sie auf mich im Bootshaus. Da sind Sie in Sicherheit.«

»Aber … ich dachte, Sie kommen mit.«

»Nein«, sagte ich geduldig. »Ich muss hier noch etwas erledigen.«

Jai zog die Brauen zusammen. »Remie.« Er flüsterte wieder. »Ich habe lange und gründlich recherchiert. Das sind verdammt grausame Leute, rücksichtslose Gewalttäter. Die haben keine Skrupel, die werden Sie umbringen. Aber das wissen Sie. Sie wissen das genau. Hören Sie auf zu mauern. Was wartet in Chile auf Sie, das es wert wäre, Ihr Leben zu riskieren?«

Jetzt konnte ich den Journalisten in ihm sehen, der eine Story witterte, und der gefiel mir nicht. Ich hatte meine Gründe, und die gingen nur mich etwas an. »Gehen Sie einfach, Jai.«

Er straffte die Schultern. »Das werde ich nicht tun«, sagte er.

Mit jedem Wort wuchs seine Entschlossenheit. »Ob es Ihnen passt oder nicht, Sie sind Teil dieser Story, Remie. Wenn ich jetzt gehe, werde ich sie nicht vollständig erzählen können.«

Ich nahm meinen Schläger und bedachte ihn mit einem hoffentlich maßvollen, entschlossenen Blick. »Wie Sie wollen. Vorher müssen wir etwas holen, das wir brauchen werden«, sagte ich. »Und das befindet sich im Keller.«

Wir gingen hinaus, er zog die Tür hinter uns zu und zuckte wegen des lauten Klickgeräuschs zusammen, dann nickte er wortlos. Ich ging so leise wie möglich voran. An der Treppe blieben wir stehen, zögerten voller Angst, an das Geländer zu treten. Schließlich näherte ich mich. Zitternd vor lauter Behutsamkeit setzte ich lautlos die Füße auf und beugte mich über das Geländer, um einen Eindruck von dem nächsttieferen Flur zu bekommen. Wenn ich Foley wäre, dachte ich, bräuchte ich nur abzuwarten. Man muss nicht auf die Pirsch gehen, wenn die Beute von selbst zu einem kommt. Da unten war nichts zu sehen. Ich dachte an den Aufzug und verwarf die Möglichkeit. Ich drehte mich zu Jai um. Er atmete durch die Lippen. In seinen Stirnfalten glänzte Schweiß. Er nickte mir kurz zu.

Der Teppich war dick genug, um den Trittschall zu dämpfen, doch das Holz darunter knarrte, sodass ich ganz am Rand und langsam hinunterstieg. Vor der Treppenkehre hielt ich an und spähte. Leer. Aber Unordnung. Ich bückte mich, um weiter in den Erdgeschossflur hineinsehen zu können, und bekam einen Blick auf die Staublaken und Farbeimer. Niemand zu sehen. Ich spähte noch einmal, und dabei bemerkte ich die Veränderungen. Ein Farbeimer war aufgehebelt worden. Ich sah die flüssige Farbe glänzen. Telefonzellenrot. Ein Pinsel steckte in dem Eimer. Jai wartete neben mir, und wir blickten die Treppe hinunter auf die Wand gegenüber.

Da war eine Botschaft hingeschmiert.

29

Wir müssen tauschen, stand da. Von den gepinselten Buchstaben rannen noch Farbtropfen herunter.

Unter den Wörtern zeigte ein verschwenderisch blutender Pfeil zur Küche und zur Bar. Angesichts der plumpen Aufstriche, die in schauriger Weise kindlich wirkten, wurde mir kalt. Die drei Wörter bestätigten die Option, die ich schon erwog, seit ich den Diebstahl meines Passes bemerkt hatte. Tauschen. Die hatten etwas, das ich wollte, ich hatte etwas, das die wollten. Nämlich Camerons Tasche. Also, was hatte er darin aufbewahrt? Ich wich einen Schritt zurück und gab Jai einen Schubs. Wir stiegen ein paar Stufen hinauf, und ich lehnte mich an die Wand, um nachzudenken. Mein Puls wummerte in meinen Ohren.

Jai lehnte sich neben mich und starrte unregelmäßig atmend auf den Teppich zwischen seinen Füßen. Ich drehte den Kopf zu ihm, als er sich mit dem Jackenärmel die Stirn wischte. Er flüsterte so leise, wie es eben ging. »Was heißt das?« Ich zuckte mit den Achseln, und er sah mich böse an. »Was haben Sie, das die wollen?«

»Wahrscheinlich geht es um das Boot«, sagte ich möglichst souverän. »Hören Sie. Die Tür zum Keller ist gleich links. Wissen Sie noch?« Er nickte heftig blinzelnd. »Was ich brauche, ist da unten«, flüsterte ich. »Ich gehe allein runter. Das ist meine Angelegenheit.«

»Nein«, hauchte er. »Ich komme mit.«

Ich nickte dankbar.

Wir gingen die Stufen einzeln hinunter, setzten beide Füße darauf und warteten angespannt, bevor wir auf die nächste traten. Unten streckte ich hastig den Kopf vor und spähte nach rechts und links in den Flur. Er lag dunkel da. Aus der Bar kam Licht. Davon abgesehen war nichts zu bemerken. Ich zögerte an der untersten Stufe, den Hockeyschläger schlagbereit erhoben. *Wir müssen tauschen.* Die Botschaft verlängerte sich durch die Gravitation nach unten. Ein e sah aus wie ein nasses, halb geöffnetes Maul.

Es gab vieles, was ich in dem Moment nicht tun wollte, aber auf Platz eins stand »dem blutenden Pfeil folgen«.

Gleich links neben der Treppe befand sich die Kellertür. Ich schob den Schlüssel ins Schloss, drehte ganz langsam den Knauf und zog sie auf. Bevor wir den Keller betraten, spähte ich ein letztes Mal den Flur hinunter zu dem Lichtfleck, der aus der Bar kam. Ich würde dort hineingehen müssen. Doch zuerst in den Keller. Ich achtete darauf, dass die Tür ganz geschlossen war, bevor ich Jai die Taschenlampe einschalten ließ, und schloss hinter mir wieder zu. Das war gut so, denn wenn ich vorher gesehen hätte, wie hoch das Wasser stand, hätte mich der Mut verlassen. Nur wir beide und der Lichtkegel einer Taschenlampe da unten in dem überfluteten Keller, dazu die muffige Dunkelheit, die mein Erlebnis unter der Schneeschicht wieder hervorholte. Jai richtete das Licht nach unten, und es tanzte auf einer tintenschwarzen Wasserfläche. Das Wasser hatte die Mitte der groben Holztreppe erreicht. Ich stieg rückwärts hinein. Es stieg in meinen Hosenbeinen hinauf bis knapp unter die Knie. Da fühlte es sich an wie eine Zwinge, kalt wie Eisen im Winter. Es entrang Jai einen langen Zischlaut, als er mir folgte.

»Die Botschaft«, sagte er. »Die hat nichts mit dem Boot zu tun, Remie. Was meint Foley?«

Die Dunkelheit war eine plätschernde Echokammer. Das

Wasser lief an den Wänden herab. Irgendwo hörte ich ein undichtes Rohr tropfen. Jai war schlau, aber wenn ich ihm alles gestand, würde ich sein Vertrauen verlieren. Was uns einzig zusammenhielt, war die wenn auch zweifelhafte Gewissheit, dass wir einander verstanden. Doch so wie er mir etwas verschwiegen hatte, würde auch ich ihm gewisse Dinge verschweigen, zu seinem Besten. »Hören Sie«, sagte ich. »Die Wege am Seeufer sind unsere einzige Möglichkeit, von hier wegzukommen. Es gibt zwei, einen oberen und einen unteren. Der obere ist tückisch. Da gibt es drei Holzbrücken über Felsschluchten, einen Abschnitt am Steilhang, wo der Weg schlüpfrig und steil ist, bis er zum Wasser hinunterführt. Aber auch der untere ist gefährlich. Der See ist fast bis zur Mitte gefroren, und weil es geschneit hat, lässt sich nicht erkennen, wo das Ufer aufhört und das Eis anfängt. Beide Wege enden an einem hohen Zaun mit verschlossenem Tor, und ich habe als Einzige einen Schlüssel dazu.« All das war wahr. Das Nächste sehr wahrscheinlich nicht, aber ich sagte es trotzdem. »Sie brauchen einen Führer. Coben hat Wanderkarten, aber sie kennt die Route nicht annähernd so gut wie ich. Und dann wäre da noch das Boot.«

Jai gab mir die Taschenlampe, während er mir zuhörte. Sein Gesicht wurde von der Dunkelheit verschluckt, sodass ich nicht mehr sehen konnte, was in ihm vorging. »Das bedeutet, die beiden werden Sie umbringen, sobald sie Sie nicht mehr brauchen«, sagte er.

»Und deshalb sind wir hier«, erwiderte ich und leuchtete zu dem Durchgang hinüber. Ich sah etwas Blaugraues im Wasser treiben. »Hier unten befindet sich etwas, das mir einen entscheidenden Vorteil verschafft.« Das Wasser strömte um uns herum, während wir am Büro des Geländepersonals und am Heizungsraum vorbeiwateten. Ich leuchtete zum Heizkessel hi-

223

nüber. Er stand im Wasser, umgeben von schaukelndem Treibgut.

Als ich zur nächsten Tür leuchtete, drehte ich mich zu Jai um. »Da drinnen ist es.«

Ich musste mich gegen die Tür stemmen, um sie aufzudrücken. Das Wasser wirbelte und schwappte mir um die Beine, als ich in den Raum watete. Es gab einige von solchen Lagerräumen, Aktenfriedhöfe aus den vielen Jahren vor der Computerarchivierung. Eingestaubte Aktenschränke standen Rücken an Rücken aufgereiht, dazwischen Gänge wie in einer Bibliothek. Einen Schrank hatte das Wasser angehoben, sodass er auf dem Rücken schwamm. Es sah aus, als wäre ein ganzer Jahrgang alter Hängeordner explodiert. Zusammenklebende Papierbögen legten sich an meine Beine. Es tropfte und hallte wie in einer Tropfsteinhöhle. Ich watete auf die hintere Ecke zu, wo die Schränke gegen eine Reihe wacklig an der Wand befestigter Regale geschoben waren, von denen die meisten leer standen. Ich legte die Taschenlampe ab, sodass das Licht dorthin schien, wo ich es brauchte, langte mit dem Arm hinter die Schränke und schob die alten feuchten Aktenkästen beiseite, die ich damals dort hingestellt hatte. Ich griff in die Lücke und hoffte, es möge nicht feucht geworden sein, denn davon hing ab, ob wir mit dem Leben davonkämen. Jai verfolgte die ganze Zeit gespannt, was ich tat, aber sein Gesichtsausdruck änderte sich, sobald ich das in ein Staublaken eingewickelte Gewehr zum Vorschein brachte.

»Wow«, hauchte er. »Wie lange hat das da gelegen?«

Ich wickelte es aus, warf das Tuch beiseite und steckte mir eine Handvoll Patronen ein. Ich war enorm erleichtert, denn es war trocken und sah noch genauso aus wie damals. Gaines hatte mir gezeigt, wie man ein Gewehr entsichert, und mehr Erfahrung hatte ich mit Waffen nicht. In der ersten Zeit nach

Camerons Tod lag das Gewehr in meinem Zimmer, wo ich übte, es zu halten und damit zu zielen. Doch das war inzwischen ein Jahr her, und jetzt fühlte es sich unvertraut an, unnatürlich glatt und schwer. Mit einiger Mühe klappte ich es auf und sah nach, wie weit es geladen war. Die zwei Patronen vom vergangenen Jahr steckten noch drin. Ich bewegte den Sicherungshebel hin und her. Jai beobachtete mich genau. Er brauchte nicht mal zu fragen.

»Ich kann das erklären«, sagte ich. »Nachdem mein Bruder getötet worden war, bekam ich Angst. Ich dachte, ich brauche Schutz. Aber Sie werden vielleicht bemerkt haben, dass Polizisten Frauen nicht sehr ernst nehmen, besonders nicht solche, die Angst haben. Ich hatte keinen konkreten Anhaltspunkt für eine Bedrohung, aber ich lag nachts wach. Ich dachte, ich verliere den Verstand. Während der Nachtschichten hörte ich Geräusche, dachte, da ist jemand draußen in der Dunkelheit. Paranoide Ängste.« Ich hob linkisch das Gewehr. »Darum habe ich das aus der Waffenkammer mitgenommen. Habe es eine Weile bei mir gehabt für den Fall, dass es jemand auf mich abgesehen hat.«

»Sie meinen Foleys Leute?« Jai redete halb zu sich selbst. »Warum? Hat Ihr Bruder Ihnen etwas anvertraut? Details über die Organisation? Denn wenn das der Fall ist, Remie …«

»Ich half gerade bei seiner Berufung, und andere aus der Bande fanden es bestimmt nicht gut, dass er freikommen könnte«, log ich. »Das Gewehr lag unter meinem Bett, aber dann stresste mich der Gedanke, was ich tun würde, wenn sie mich in ein anderes Zimmer verlegen oder wenn es jemand findet. Darum habe ich es schließlich hier versteckt. Hatte immer vor, es zurückzubringen, aber …«

»Können Sie damit umgehen?«

Ich schüttelte den Kopf. »Sie?«

Er zuckte mit den Achseln. »War mal auf einem Schieß-stand.« Er wischte sich die Handflächen an den Hosentaschen ab und kaute auf der Unterlippe. »Hier unten ist es furchtbar«, sagte er, »aber ich will auch nicht wieder nach oben gehen.«

»Sie müssen dem Pfeil nicht folgen«, sagte ich. »Nur ich.«

»Wir haben zwei Vorteile auf unserer Seite«, flüsterte ich, als wir vor der Treppe ankamen. »Er wird nicht damit rechnen, dass wir zu zweit kommen. Und er hat keine Ahnung, dass wir bewaffnet sind.« Ich gab Jai das Gewehr. Er nahm es wider-strebend, untersuchte es, als sähe er es zum ersten Mal. »Entsi-chern Sie es, folgen Sie mir den Flur entlang zur Bar, aber mit Abstand, warten Sie an der Tür, sodass er Sie nicht sieht. Seien Sie schussbereit.« Jai hörte mir zu, und zugleich sprach die Art, wie er ins Leere blickte, von einem inneren Dialog. Ich glaube nicht, dass er etwas sah. »Wahrscheinlich wird es nicht so weit kommen, aber wenn ich plötzlich laut rede, egal, was ich sage, dann ist das Ihr Signal. Okay? Kriegen Sie das hin?«

Er blinzelte und drehte den Kopf zu mir. »Ja«, flüsterte er. »Ich folge Ihnen. Warte an der Tür. Wenn Sie lauter reden, heißt das, es wird übel. Ich …« Seine Stimme schnappte über, er versuchte zu schlucken. »Ich versuche, auf ihn zu schießen.« Er schluckte noch mal an dem trockenen Kloß in seiner Kehle. »Das ist verrückt«, krächzte er.

Dazu konnte ich nur nicken.

Zurück im Erdgeschoss, blickten wir wieder auf die hingepin-selte Botschaft, die mir zunehmend psychopathisch erschien. Als ich den Flur hinunter zu dem Lichtstreifen sah, der durch die Lücke zwischen den Türflügeln drang, saß mir die Angst im Hals. Jai hielt unbeholfen das Gewehr, während wir mit nassen patschenden Schuhen und quälend langsam auf die Bar zugingen. Sich dem Licht zu nähern fühlte sich an, als stiege ich in die Hölle hinab.

Als wir näher gekommen waren, sah ich, dass die Küchentür offen stand. Coben mochte da drinnen lauern. Vielleicht tappten wir geradewegs in eine Falle. Ich wartete mit hämmerndem Puls. Wenn man die Schwingtür weit genug aufstieß, wurde sie von unebenen Bodenfliesen gebremst und blieb stecken. Drinnen brannte Licht, und ich konnte einen Teil der Küche sehen. Lauter ausgekippte Schubladen, Utensilien durcheinander auf der Arbeitsfläche. Den Lärm hatten wir auf dem Dach gehört; ich hatte ihn richtig gedeutet – klirrende Messerklingen. Eigentlich standen auf den Zubereitungstischen überall Messer griffbereit, aber jetzt waren alle Messerblöcke leer. Ich stellte mir vor, wie Foley und Coben sie durchgingen und abschätzten, mit welchem sich ihre Feinde am effektivsten zerstückeln ließen. Ich ging einen Schritt weiter und spähte hinein. Die Kühlschränke standen offen, die Lebensmittel lagen auf dem Boden.

Es schien niemand im Raum zu sein.

Ich sah Jai an, deutete mit dem Kopf zur Bar und versuchte, ihn mit einem zuversichtlichen Blick zu beruhigen. Er schlich zu seinem Posten an der Doppeltür, stellte sich mit dem Rücken an die Wand und hielt das Gewehr locker vor der Brust.

Ich sah auf die Uhr, zwanzig vor fünf, ging an ihm vorbei, stieß den Türflügel auf und betrat die Bar.

Troy Foley saß an einem Tisch und verzehrte einhändig ein Hähnchen, das zwischen lauter zerknüllten Servietten auf Alufolie vor ihm lag. Da er nicht mehr den anständigen Gaines zu spielen brauchte, lümmelte er auf dem Stuhl und zerzupfte das Fleisch mit den schmierigen Fingern seiner gesunden Hand. Sein linker Arm befand sich unter der Polizeijacke, der Ärmel hing leer herab. Er hatte ein Jagdgewehr mit dem Lauf nach oben an den Tisch gelehnt und ihm gegenüber den Stuhl vom Tisch abgerückt. Ich machte ein paar zögernde Schritte darauf zu und beschwor dabei meine Beine, normal zu gehen. Foleys Gesicht hatte einiges abbekommen. An der linken Wange und dem Kinn war nur rohes Fleisch zu sehen, das Ohr von getrocknetem Blut überzogen, der Hemdkragen blutdurchtränkt. Wenn er blinzelte, bewegte sich ein Lid kaum.

Er deutete brummend auf den Stuhl ihm gegenüber. Da ich mich wegen meines Rucksacks nicht gut anlehnen konnte, setzte ich mich nach vorn geneigt hin. Durch seine offene Jacke sah ich, dass sein linker Arm in einem steifen Verband steckte. So etwas konnte man nicht allein bewerkstelligen. Coben war allerdings nirgends zu sehen. Ich hatte erwartet, sie zusammen anzutreffen. Ich dachte an Jai, und meine Angst wuchs.

Foleys Augen folgten meinem Blick, als ich suchend durch die Bar schaute. Er räusperte sich und redete dann mit einem gemeinen Lächeln. »Keine Sorge wegen Ihres vermissten Gastes«, sagte er. Sein Akzent war jetzt ausgeprägter als bisher. »Sie gehört zu mir.«

»Sie haben meinen Bruder ermordet«, sagte ich. Das hatte ich noch nie laut ausgesprochen, und die Worte kamen schlecht artikuliert. Es fiel mir schwer, gedämpft zu sprechen, aber laut werden durfte ich noch nicht. »Vor einem Jahr bei dem Aufruhr haben Sie ihn umgebracht.«

Foley hatte ein Glas mit Whisky vor sich stehen. Er trank einen Schluck, wobei er mich über das Glas hinweg beobachtete, schloss kurz die Augen, als ihm der Alkohol in der Kehle brannte, und räusperte sich wieder. »Vor ein paar Jahren haben Sie einen meiner Fahrer außer Gefecht gesetzt. Franks hieß er. Haben ihm die Hand zertrümmert, wenn ich mich richtig erinnere.« Er deutete mit dem Kinn auf meinen Hockeyschläger.

»In den falschen Händen sind die tödlich. Am Ende musste der arme Junge verschwinden.« Ich hoffte, das hieß nicht, wonach es sich anhörte. Foley leckte sich über die oberen Zähne. Seine schleppende Sprechweise machte mich wütend. »Die Ironie daran ist, dass ich ihn ersetzen und Ihren Bruder dafür befördern musste. Was daraus folgte, ist in meinen Augen genauso sehr Ihre wie meine Schuld.« Der Hieb saß und trieb mir den Atem aus der Lunge. Er log. Das konnte nur gelogen sein. Ich dachte an Jai, der mit schussbereitem Gewehr an der Tür wartete. Ich brauchte nur die Stimme zu heben, und er würde hereinschwenken und schießen. Ich müsste mich ducken und in Deckung gehen.

Behalte den Schläger in den Händen, sagte ich mir. Lass ihn nicht los.

»Ja, ich musste wegen Danny Franks etwas unternehmen«, fuhr Foley fort. »Und dann musste ich wegen Cameron Yorke etwas unternehmen, und die Gemeinsamkeit zwischen den beiden Fällen«, er klaubte Fleisch von dem Hähnchen und kaute, »sind Sie. Vielleicht könnten die Dinge anders liegen, wenn Sie nicht so hartnäckig für die Freilassung Ihres Bruders gekämpft hätten. Wenn Sie ihn nicht ermutigt hätten, Pläne zu machen, könnte die Lage jetzt anders sein. Seine Ambitionen wurden gefährlich.« Er zuckte mit einer Schulter ein stummes »Was hätte ich tun sollen?«, trank einen Schluck und redete mit vollem Mund weiter. »Wenn für jemanden Berufung eingelegt wird, werden die Mitangeklagten von ihren Anwälten darüber informiert. Daher wusste ich ziemlich schnell, dass Sie etwas vorhaben. Ich durfte nicht zulassen, dass Cameron wegen eines ungerechten Urteils oder wegen neuer Beweise oder dergleichen rauskommt. Das durfte nicht passieren.«

Mir wurde bewusst, dass meine Arme zitterten und ich mich auf den Schläger stützte. Ich hatte Cameron den Aufstieg in Foleys Organisation geebnet, hatte die Voraussetzungen für seine Ermordung geschaffen. Das alles war meine Schuld. Wenn ich mich nur rausgehalten hätte … aber das konnte ich nie. Ich hatte meine Teenagerzeit und meine Zwanzigerjahre geopfert, um Cam zu begreifen. Hatte meine Eltern bemitleidet für ihren Widerwillen, sich in ihn einzufühlen, hatte darauf beharrt, die Sache durchgezogen.

Aber nein. Foley manipulierte mich schon wieder. Er versuchte, mir die Kraft zu nehmen. Ich straffte die Schultern und redete weiter in normaler Lautstärke. »Was wollen Sie?«

Er wischte sich mit einer fettigen Serviette über den Mund. »Das wissen Sie, Remie.«

In der Tat, aber ich würde nicht diejenige sein, die das aussprach. »Klären Sie mich auf.«

Foley knüllte die Serviette zusammen, dann schloss er sorgfältig die Alufolie über dem Hähnchen. Ich sah zu, wie er seltsam penibel seinen Essplatz sauber wischte, das Hähnchen wegschob und die rechte Hand flach auf den Tisch legte. »Das war eine lange, beschissene Nacht, also komme ich jetzt auf den Punkt. Cameron hat uns beklaut.« Er trank von dem Whisky und saugte an seinen Zähnen. »Nun haben Sie etwas, das mir gehört, und das will ich zurück.«

30

Das ließ ich erst mal sacken. Zwar hatte ich etwas in der Art schon ein Jahr lang vermutet, aber erst nachdem mein Pass weg war, konnte ich mir sicher sein. Dass ich das Gewehr gestohlen und versteckt hatte, hatte nichts mit der Berufung zu tun, auch wenn das für Jai plausibel geklungen hatte. Sondern ich hatte Angst gehabt, weil ich die Einzige war, die wusste, wo sich eine gewisse Tasche befand.

Der Gedanke war mir zum ersten Mal in den Tagen nach meinem letzten Besuch im Porterfell gekommen. Camerons letzte Bemerkung zu der Sache ging mir durch den Sinn. *Falls mal irgendwas passiert, will ich, dass du sie rausholst. Was darin ist, gehört dir.* Zu der Zeit dachte ich mir nicht viel dabei, aber nach seinem Tod bekamen diese Worte eine neue Tragweite. Sie klangen, als hätte er geahnt oder sogar erwartet, dass ihn jemand umbringen würde. Am Tag danach, mitten in meiner ruhigen Nachtschicht, als ich allein an der Rezeption saß, dachte ich immer wieder über unser Gespräch nach. Möglichkeiten drängten sich auf, und mit ihnen kam die Bedrohung.

Was, wenn mein Bruder gar nicht über bescheidene Ersparnisse gesprochen hatte? Vielleicht hatte er nichts von seinem Verdienst beiseitegelegt, sondern stattdessen einen beträchtlichen Diebstahl begangen. Vielleicht hatte er tatsächlich Ambitionen gehabt, die für Foley gefährlich wurden. Und wenn es so gewesen war, hatte Foley vielleicht herausgefunden, was mein Bruder vorhatte. Man stelle sich seinen Zorn vor, als er es entdeckte: zuerst, dass seiner Organisation ein Haufen Geld abhandengekommen war, und dann, dass zufällig ein verurteilter Komplize Berufung einlegen wollte. Cameron Yorke wollte mit Troy Foleys Geld seine Freiheit genießen? Das konnte nicht geduldet werden. Und genauso wenig konnte geduldet werden, dass das Geld seiner Schwester zugutekäme. Der Schwester, die gerade eine Reise nach Chile plante, nach Aussage der Informantin Shelley Talbot. Shelley. Eine Frau, die auftreten konnte, als ob sie gern plauderte, während sie in Wirklichkeit dafür bezahlt wurde, zuzuhören. Shelley hatte viel Zeit in der Bar verbracht und mir meine Geschichte entlockt. Und irgendwie musste sie Foley alles hinterbracht haben.

Endlich Klarheit. Es hatte tatsächlich seinen Grund, warum er für seinen Ausbruch diesen Februarabend gewählt hatte. Und warum der Unfallort so nah beim Mackinnon Hotel lag. Dieser Grund war ich.

»Ich weiß nicht, was Sie meinen«, sagte ich. Es nützte nichts, das zu behaupten, und das war mir klar.

»Lassen Sie mich eines klarstellen«, sagte mein Gegenüber. »Kurz bevor ich Ihren Bruder umbringen ließ, berichtete mir ein hilfreicher Gefängniswärter von einem Gespräch, das er mitangehört hatte. Von jenem Gespräch, bei dem Cameron Yorke seiner Schwester, die ihn regelmäßig besuchen kam, von Ersparnissen und einem Schließfach erzählt hatte. Natürlich interessierte mich das, und ich stattete dem jungen Cameron einen Besuch ab, sprach eine Drohung aus. Und während unserer Unterhaltung wurde klar, dass der Junge genau wusste, worauf ich aus war. Bald war ihm klar, dass er sowieso ein toter Mann war, und da war nichts mehr aus ihm rauszukriegen. Er muss seine Schwester sehr geliebt haben, hm?« Eine unerträgliche Trauer drückte mich nieder. Ich wischte mir die Augen, Foley redete weiter. »Ich weiß also, dass Sie von dem Schließfach wissen, und ich weiß, dass darin eine Tasche steht, die mir gehört.

232

Und ich weiß auch, dass Sie über alles Nötige verfügen, um die Tasche an sich zu bringen.«

Ich versuchte, nicht an Camerons letzte verzweifelte Augenblicke zu denken, in denen er versuchte, mich zu schützen. Zum Trauern würde ich später noch Zeit haben. Im Moment musste ich mich zusammenreißen und diesen Mann irgendwie überlisten. »Und wenn Sie Ihr Geld bekommen?«

Er klopfte sich an die Brusttasche seiner Jacke. »Tja, dann bekommen Sie Ihren Pass zurück«, sagte er, »und sind frei. Ich nehme an, an Ihrem großen Schlüsselbund hängt einer, der das Schließfach öffnen kann. Geben Sie ihn her.«

Ich schluckte mühsam. »So einfach ist die Sache nicht. Das Schließfach hat ein elektronisches Schloss, für das man einen sechsstelligen Code braucht.« Foleys Miene wurde hart. Nach zwei Jahren hinter Gittern hatte er ein bisschen den Anschluss verloren. »Ich werde Ihnen den Code nennen«, sagte ich. »Mir ist die Tasche egal. Ich will nur meinen Flug erwischen.«

Foley grinste. »Sie erwarten, dass ich Ihnen traue?«

»Ich schwöre, ich gebe Ihnen den Code. Den richtigen Code.«

»Nein, tun Sie nicht«, sagte er. »Sie nennen mir einen falschen, und bis ich das bemerke, sind Sie über alle Berge. Ich habe Ihrem Bruder nicht getraut, und Ihnen traue ich auch nicht. Anscheinend müssen wir zusammen zu dem Schließfach gehen.«

Mein Magen schlingerte. *Auf keinen Fall.* Ganz langsam ließ ich mich gegen die Stuhllehne sinken und auf der Sitzfläche nach vorn gleiten. Ich gab mir den Anschein, als wäre ich erschöpft. Jai brauchte eine freie Schusslinie, und so würde ich vielleicht auch Foleys Gewehr von seiner Hand wegtreten können. Das würde mir wertvolle Sekunden verschaffen. »Nicht wenn ich Sie vorher töte«, sagte ich.

233

»Wie bitte?«, sagte Foley eisig und spannte sich an.

Das war's. »Sie haben mich gehört, Foley«, rief ich hasserfüllt.

Es war laut und deutlich gewesen. Ich wartete auf den Schuss. Ich hoffte, wenigstens Jais Stimme zu hören.

Nichts passierte. Außer dass Foley aufstand. Geschmeidig wie ein Raubtier beugte er sich über den Tisch und schlug mir ins Gesicht. Für einen Mann, der die gleiche Statur hatte wie ich, konnte er gemein zuschlagen. Ich kippte mit dem Stuhl nach hinten um, rollte von meinem Rucksack herunter und lag mit flammender Wange und Schwindel im Kopf auf der Seite. Foley war schon im nächsten Moment bei mir und beugte sich über mich. Sein Gesicht war derart verzerrt, dass er kaum wiederzuerkennen war. Die animalische Wut und die blutige Wunde machten aus dem Mann ein Monster. Er fuhr mir an die Kehle und drückte zu. Durch den plötzlichen starken Schmerz war ich wie gelähmt. Mein Puls schlug hinter meinen Augen, wo übelkeitserregende Blitze zuckten. Meine Luftröhre verengte sich. Foley stank nach Schweiß und Blut und Verzweiflung. Ein unnachgiebiges Eisenband schnürte mir die Luft ab. Ich riss die Arme hoch und stieß die Fingernägel in etwas Weiches – hoffentlich sein Gesicht. Dabei saugte ich zitternd ein bisschen Luft ein.

Dann ließ er mich los und richtete sich auf.

Mir gelang ein röchelnder Atemzug. Er brannte, als ob ich Glassplitter einatmete. Meine Jacke war nass von dem Whisky des Monsters, der Geruch irgendwie abstoßend. Ich schob mich mit einem Stiefelabsatz von der Stelle weg. Meine Augen schwammen in Tränen.

Foleys verschwommene Gestalt war einen Schritt zurückgetreten. Er hielt mein Walkie-Talkie in der Hand. »Wenn ich Sie nicht lebendig bräuchte«, sagte er, »hätte ich das Leben aus Ihnen rausgequetscht, dummes Miststück.« Er drückte das Gerät so an seine Brust, dass er mit den Fingern den Lautstärkeregler drehen konnte, dann schaute er auf die Anzeige. Zufrieden sprach er ins Mikrofon. »Ich bin's. Wie sieht's aus?«

Er bewegte sich durch mein verschwommenes Blickfeld, während ich auf dem Rücken lag und versuchte, mit brennender Kehle wieder normal zu atmen. Irgendwo redete Foley in das Walkie-Talkie, aber ich konnte nicht verstehen, was er sagte. Wo war Jai? Was sollte ich jetzt tun? Während ich nach Luft rang, blinzelte ich die Tränen weg, um mehr zu erkennen. Der Teppichboden. Mein Hockeyschläger mit dem abgeknibbelten Silikonband. Atme! Der umgekippte Stuhl und dahinter die vertrauten Formen der Theke, die ich in den letzten anderthalb Jahren an sechs Tagen pro Woche bedient hatte. Die Decke sah ich auch allmählich scharf. Rauchglaslampen an der Wand neben den sepiagetönten Fotografien aus der Geschichte des Hotels. Das Foto, das Shelley Talbot angeblich so schön gefunden hatte. Der Barhocker, wo sie gehockt hatte, wenn sie mich reden ließ, um es an Foley weiterzutragen, wo ich ihr auf den Leim ging. Auf demselben Barhocker hatte Jai zu Beginn des Abends gesessen. Coben muss ihn haben, dachte ich bei sehr kurzen, flachen Atemzügen. Das hieß, sie hatte jetzt das Gewehr, und was wir an Vorteilen gehabt hatten, war verloren. Sie musste es sein, mit der Foley gerade sprach. Ich hatte den vagen Eindruck, dass er Anweisungen gab. Die beiden würden mich mitnehmen. Und da man über die Straße nicht von hier wegkommen konnte, würden wir am See entlang zum Bootshaus gehen.

Dort war ich oft spazieren gegangen. Im Sommer war der untere Weg, der an den Buchten und Stränden entlangführte, grün und glitzernd, friedlich bei Sonnenuntergang, aber tagsüber überlaufen von vielen Hotelgästen, Vogelbeobachtern und

Wanderern. In den warmen Monaten, wenn die Bäche, die den See speisten, am wenigsten Wasser führten, sprangen Kinder über die Trittsteine an den Mündungen. Das war ein ebener Weg zum Bootshaus, der ein wenig länger war, da er den Buchten und Landzungen des Ufers folgte. Der obere Weg jedoch zweigte hinter dem Terrassengarten nach links ab und führte durch den Wald. Er war kürzer, aber tückisch. Die Barnacle Bridge hatte ich Foley gegenüber erwähnt. Jetzt konnte ich nur hoffen, dass ihm das entfallen war.

Er beugte sich über mich. Ich zuckte zusammen und zog den Kopf ein.

»Sie werden mich zum Boot bringen«, sagte er.

Ich musste mich auf den Schläger stützen, um aufzustehen.

31

Er wartete, während ich die Falttür entriegelte, dann gingen wir hinaus in die Dunkelheit. Den Hockeyschläger in der Hand ging ich voran zwischen den Terrassentischen hindurch und in den tieferen Schnee auf dem Rasen. Mein Hals schmerzte, mein Blickfeld wölbte sich beunruhigend. Beim Gehen stützte ich mich auf den Schläger, und als wir die freie Fläche überquerten, schaute ich noch einmal zum Mackinnon zurück. Ich hatte das starke Gefühl, nicht mehr zurückzukehren. Das Haus, das anderthalb Jahre lang mein Zuhause gewesen war, starrte unversöhnlich zurück, mitgenommen, aber ungerührt, bei offener Terrassentür und brennendem Licht. Kurz stellte ich mir vor, wie die Szenerie auf den Polizisten wirken würde, der am nächsten Tag mit seinem Ermittlungsteam vom Revier in Inverness dort einträfe: die umgeknickte Lärche und das zerstörte Foyer, die verwaiste Rezeption, die rätselhafte Botschaft an der Flurwand, der überflutete Keller, die verwüstete Küche, die leere Bar mit offener Terrassentür. Mein Zimmer mit den zurückgelassenen Koffern.

Foley richtete mit einem Ruck das Gewehr auf mich. »Vorwärts.«

Der Schnee vor mir war aufgewühlt von Fußspuren, die eine diagonale Linie zum Seeufer zogen. Sie waren frisch. Also waren Coben und Jai vor uns hier entlanggelaufen. Aber nicht unbedingt zusammen, sagte ich mir, vielleicht mit zeitlichem Abstand. Vielleicht war Jai gestört worden, als er vor der Bar auf sein Signal wartete, und hatte sich hastig zurückgezogen. Er wusste, mit wem wir es zu tun hatten, und war ein vorsichtiger Mensch. Es bestand die geringe Chance, dass er nach draußen geflohen war. Das hieß, er könnte am Weg zum See zwischen den Bäumen lauern, um mich zu befreien.

In zwei Minuten würden wir die Gabelung erreichen. Sobald wir hinter dem Hotelgarten die Stufen hinuntergegangen wären, würde ich eine Entscheidung fällen müssen, von der vielleicht mein Überleben abhing. Die Route am Ufer entlang oder die obere durch den Wald. Ich hatte die Taubheit in Händen und Füßen gerade verloren, da fand ich die Aussicht, bei Minusgraden mit nasser Hose und nassen Schuhen zum See hinunterzugehen und dem Uferverlauf zu folgen, äußerst abschreckend. Die Gefahren hatte ich Jai detailliert aufgezählt. Im Winter waren die Mündungen der Bäche oft überflutet und dürften nun gefroren sein. Ich wollte nicht mit gefühllosen Füßen über trügerische Eisflächen tappen, zumal man nie wusste, wo der Boden aufhörte und das Gewässer anfing.

Die Route durch den Wald behagte mir mehr. Ich fing an, ein bestimmtes Szenario zu entwickeln, das nur auf dem oberen Weg möglich wäre. Dieser zweigte nach links ab und stieg in den Wald hoch. Weiter oben am Hang des Farigaigs floss das Wasser in schäumenden Sturzbächen herab, und am Rand der Schluchten war der Boden tückisch, besonders im Winter, wenn er durchtränkt war. Man musste mehrere Holzbrücken überqueren, bevor sich der Weg zum Zaun und dem Bootshaus hinunterschlängelte.

Die wären eine gute Stelle, um Foley anzugreifen. Und vermutlich meine letzte Gelegenheit.

Kurz vor der Gabelung schätzte ich das Gefälle falsch ein und verlor das Gleichgewicht.

Mein linker Fuß verdrehte sich, und mein Schläger rutschte

unter mir weg. Ich stürzte in den Schnee. Beim Aufprall blieb mir die Luft weg, und ich lag einen Moment lang stöhnend auf dem Rücken, über mir der bestirnte Nachthimmel, unter mir der Schneeteppich. Foley stützte sich gebeugt auf ein Knie, da seine Verletzungen sich auch bemerkbar machten, und betrachtete mich finster. Ich versuchte, mit meiner brennenden, gequetschten Kehle zu schlucken, und merkte, dass sich bei mir die Resignation des Besiegten einschlich. Ich könnte einfach liegen bleiben, dachte ich, die Augen zumachen und langsam sterben.

»Aufstehen«, brummte Foley und gestikulierte mit dem Gewehrlauf.

Heftig zitternd streckte ich den Arm aus. »Helfen Sie mir hoch«, krächzte ich.

Er wich einen Schritt zurück und rückte das Gewehr zurecht, indem er den Schaft mit dem Unterarm an seine Hüfte drückte. Den Lauf hielt er dabei auf mich gerichtet und den Zeigefinger um den Abzug gekrümmt. »Aufstehen«, befahl er.

Ich setzte den Schläger auf, drehte mich auf die Seite und zog mich daran hoch, bis ich schwankend aufrecht stand. Wir stapften durch den hohen Schnee bis zur Weggabelung. Der Mond schien auf aufgewühlten Schnee, die Fußspur von zwei Leuten, die zum Seeufer hinuntergegangen waren. Coben und Jai. Getrennt voneinander oder zusammen? Ich klammerte mich an die Möglichkeit, dass Jai geflüchtet war, dass er irgendwo unverletzt wartete, um mir zu helfen.

Zur Brücke ging es nach links. Wenn ich Foley den Waldweg entlangführte, würde unberührter Schnee vor uns liegen. Und das hieße, dass Jai nicht vor mir und ich auf mich allein gestellt wäre. Foley hatte die Spur auch gesehen. Also Jai folgen oder den Weg zur Brücke einschlagen? Es gab nur eine Antwort. Ich wandte mich Foley zu. »Der Weg durch den Wald ist der schnellere«, sagte ich.

Wir gingen in den Wald.

Dicht gewachsene Fichten, Kiefern und Lärchen standen dort, sodass auf dem Weg weniger Schnee lag, aber sie hielten auch das Mondlicht ab, und die dunklen Schatten waren verwirrend, sodass wir genau aufpassen mussten, wohin wir traten. Links des Weges führte der Waldhang steil bergan, rechts steil bergab. Die Zweige bewegten sich raschelnd im Wind, die Äste knackten. Unsere Stiefel warfen Schneeklumpen auf. Eulen schrien, und Krähen krächzten. Ich hörte den nächsten Bach in seiner Schlucht rauschen und die Gänse schnattern. Ich hatte sie oft und zu allen Nachtzeiten über das Hotel fliegen hören, und es hielten sich immer viele an der Barnacle Bridge auf.

Bald kamen wir zu der Stelle, wo am Weg nackter, bereifter Fels haushoch aufragte, und als wir daran vorbei waren, drang gerade so viel Mondlicht durch die Bäume, dass man das Wasser in der tiefen schwarzen Felsrinne herabstürzen und unten zwischen Geröllblöcken aufprallen sah. Vor uns lag die Barnacle Bridge. Wir näherten uns. Die nistenden Gänse raschelten in der Dunkelheit. Das Wasser toste, und die Luft war feucht von Gischt. Ich zeigte mit dem Hockeyschläger. »Passen Sie auf, wo Sie hintreten«, sagte ich laut, damit er mich bei dem Tosen verstand.

Foley trat näher an die Brücke. Man hörte Flügel schlagen, und drei Gänse schwangen sich in die Luft. Seinem Gesichtsausdruck nach behagte ihm die Sache nicht. Einen schrecklichen Moment lang fürchtete ich, er könnte sich weigern, weiterzugehen. Doch dann nickte er, und wir setzten den Weg fort. Meine Waden verkrampften sich vor lauter Anspannung, als ich die Brücke betrat. Die entscheidende Stelle. Vögel säumten die steilen Ränder der Schlucht, einige schliefen, andere schlugen mit den Flügeln und stolzierten umher. Auf nassen Holzbohlen überquerten wir das schäumende Wasser und die nass glänzenden Felsbrocken in der Tiefe. Das Geländer war bedeckt von Vogelkot und halb gefrorenem Wasser. In der Mitte der Brücke rutschte ich aus und schlug bei meinem Versuch, mich abzufangen, hart gegen die Brüstung. Gänse stoben auf und zogen aufgeregt schnatternd mit hektischen Flügelschlägen dicht über mich hinweg. Ich duckte mich hastig, und während ich die Arme schützend über den Kopf hob, drehte ich mich um, sah Foley einen Arm vors Gesicht reißen und rutschend aus dem Gleichgewicht geraten.

Das war mein Moment, und mein Körper ließ es mich wissen, indem er in wilder Angst pulsierte. Mit voller Wucht warf ich mich auf ihn, sodass er gegen das Geländer prallte, und stieß seine Hüfte mit aller Kraft dagegen. Das Gewehr schlingerte in seiner Hand. Flügelschläge und Geschnatter. Ich stemmte mein ganzes Gewicht gegen seinen verletzten Arm, sodass er vor Schmerz aufschrie, und hob ihn dabei an. Schon weit nach hinten gebeugt, versuchte er, den Gewehrlauf auf mich zu richten, doch ich drückte so fest ich konnte mit beiden Händen seine Schultern zurück.

Seine Füße hoben sich vom Boden, und er kippte über das Geländer, brüllend vor Wut und Entsetzen und mit weit aufgerissenen Augen. Das Letzte, was ich sah, waren entblößte Zähne, ein rudernder Arm, der vergeblich Halt suchte, das Gewehr, das seiner Hand entglitt. Ich hatte ihn mit solcher Wucht gehoben, dass ich beinahe selbst hinüberfiel. Mit dem Bauch auf dem Handlauf drohte ich, kopfüber zu kippen, doch irgendwie gelang es mir, mich abzufangen, obwohl meine Hände auf dem glitschigen Belag rutschten. Ich sah Foley fallen wie einen dreizackigen Stern. Mit gespreizten Beinen, einen ausgestreckten Arm auf mich gerichtet, sah er voller Entsetzen dem Moment des Aufschlags entgegen, dann fiel er aus dem Mondlicht ins Dunkle der Schlucht. Unten schäumte der Gebirgsbach über eisige Geröllblöcke. Ich sah Foley mit zurückgebeugtem Kopf aufschlagen. Der Aufprall war nicht zu hören. Das Tosen des Wassers und das Geschnatter der Gänse, die sich wieder niederließen, überdeckten das Geräusch, und außerdem hörte ich den Puls in meinen Ohren und mein angestrengtes Keuchen.

Ich hatte es geschafft. Weinend vor Erleichterung blickte ich in den Abgrund und wartete eine ganze Weile, ob sich etwas bewegte. Gänse kreisten über der Brücke und ließen sich nieder. Gischt benetzte mein Gesicht und meine Haare, und ich musste immer wieder meinen nassen Pony aus der Stirn streichen.

Bald konnte ich nicht mehr unterscheiden, welche Umrisse zu den Felsblöcken und welche zu Foley gehörten.

32

Sobald ich mich gefasst hatte, hob ich meinen Schläger auf und überquerte die Brücke. Dahinter verließ ich den Weg und stieg durch nassen Farn am Rand der Schlucht hinunter. Ich musste mir meinen Pass holen.

Durch den schlüpfrigen Untergrund kam ich nur langsam und mühevoll voran. Die Kälte setzte mir unerbittlich zu. Endlich kam eine Stelle, wo ich leichter an den Bach herankäme. Weiter unten war ein gangbarer Weg zwischen den Geröllblöcken zu erkennen. Zu Anfang stützte ich mich wieder auf den Schläger, aber es ging so steil bergab, dass ich auf allen vieren rückwärts hinunterstieg, bis ich rutschend unten angekommen war. Mit angehaltenem Atem watete ich ins Wasser und zwischen den Steinen durch, bis ich oben die Brücke sehen konnte. Ich schätzte ab, wo Foley übers Geländer gekippt war und wo er aufgekommen sein musste, und entdeckte ihn. Beim Anblick der dunklen Gestalt bekam ich Angst. Vorsichtig suchte ich mir einen Weg dorthin. Meine Füße schmerzten in dem eisigen Wasser. Auf den Schläger gestützt stemmte ich mich gegen die Strömung und beugte mich über ihn.

Er war vom Wasser bewegt worden. Er war auf dem Rücken aufgeschlagen, aber jetzt lag er auf einem rundgewaschenen Stein mit dem Gesicht nach unten und den Beinen im Wasser. Die Strömung zog an seinen Stiefeln. Kein Gewehr zu sehen. Es musste irgendwo im Wasser liegen. Ich zog an seiner Schulter und schaffte es, ihn auf die Seite zu drehen. Seine Augen waren geschlossen, seine Haut nass und bleich, der Mund leicht geöffnet. Der verbundene Arm hing vor seinem Oberkörper herab.

Ein Lid zuckte, und mit einem Schreckensschrei ließ ich ihn los.

Foleys zerschmetterter Körper sackte zurück. Er war noch am Leben. Ich stolperte, brach durch das Eis auf einem Tümpel zwischen den Steinen und fing mich ab. Der Stress setzte Adrenalin frei. Ich nahm den Hockeyschläger in beide Hände und schwang ihn im Bogen zur Schulter hoch. Unwillkürlich dachte ich an den Abend, an dem ich Danny Franks die Hand zertrümmert hatte, an sein weißes Gesicht und seinen offenen Mund, an sein Schmerzgeheul. Wenn ich das damals nicht getan hätte, wäre jetzt vielleicht alles anders. Da stand ich nun, zehn Jahre später, und musste es wieder·tun. Ich zögerte. Doch das durfte ich nicht, und darum dachte ich an meinen Flug. Heathrow, Madrid, Santiago. Ich lenkte meine Energie in meine Arme und führte einen harten Schlag gegen Foleys Kopf, die Stelle hinter dem Ohr. Mein alter Schläger zerfiel in zwei glatte Teile. Ich ließ den Griff ins Wasser fallen und trat das untere Stück hinterher.

Foley rührte sich nicht noch mal. Ein wenig Blut tropfte auf den Stein und glitt an einem Eiszapfen entlang ins Wasser. Ich tastete mit klammen Fingern in die Außentasche seiner Jacke. Kein Pass. Klar, er hatte die Innentasche gemeint, als er in der Bar an seine Brust fasste. Natürlich. In der Innentasche war der Pass viel sicherer. Ich zog den Reißverschluss auf und breitete sie auseinander. Zwei Innentaschen. Meine Hände zitterten, während ich in beide hineingriff. Leer. Heiße Panik durchfuhr mich. Das Atmen wurde schwierig. Ich suchte in der stichfesten Weste. Hundert blöde kleine Taschen, aber alle leer. Ich zog ihm die Jacke aus, warf sie beiseite und tastete seine Hosentaschen ab, fasste hinein, um die Schlüssel zum Tor und zum

244

Bootshaus an mich zu bringen, fand auch das Walkie-Talkie, steckte es ein und suchte weiter. Ich stieß auf ein nasses Bündel Geldscheine, meine tausend Euro. Sonst nichts. Ich fluchte und drängte die Tränen zurück. Hatte er ihn weggeworfen? Oder vielleicht hatte er ihn gar nicht? Ich war gezwungen, über die hinteren Hosentaschen zu streichen, Weinend zählte ich meine Atemzüge, um nicht zu kotzen. O Gott, wo? Wo ist er?

Der Pass war nicht da.

Ich musste etwas übersehen haben. Bei der Dunkelheit und der Gischt und dem lauten Tosen war es unmöglich, sich zu konzentrieren. Ich hob seine Beine aus dem Wasser und schnürte seine Stiefel auf. Es sähe dem Scheißkerl ähnlich, wenn er den Pass an einer ungewöhnlichen Stelle versteckt hätte. Ich stellte die Stiefel auf einen flachen Stein, öffnete seinen Gürtel, zog ihm die Hose aus und faltete sie sorgfältig zusammen, sodass aus den Taschen nichts herausfallen konnte. Die Jacke hatte ich beiseitegeworfen, darum watete ich zum Ufer, wo sie lag, und fand unterwegs das Gewehr. Es sah unbeschädigt aus. Ich nahm es an mich, faltete die Jacke zusammen, legte beides auf die Hose. Ich zog dem toten Mann die Weste aus, wollte danach das Hemd aufknöpfen, aber das war mit meinen tauben Fingern nicht zu machen, und deshalb riss ich es auf und zerrte es von seinen Armen. Ich klaubte seine Kleidungsstücke zusammen, während mein Magen zappelte wie ein Fisch, nahm das Gewehr und kletterte zwischen den Felsbrocken am Rand der Schlucht hoch. Rhythmisch fluchend schlug ich mich durch den Farnstreifen zurück in den Wald.

Unten im Bach lag der Mörder meines Bruders tot in Unterwäsche da, und ich empfand nichts als Abscheu. Oben zwischen den Bäumen war es Gott sei Dank still und die Luft vergleichsweise trocken. Ich lehnte das Gewehr an einen Baum, kniete mich vor die Kleidungsstücke und begann noch mal von vorn. Die zweite Durchsuchung von Foleys Sachen war der elendste Moment in meinem Leben. Stiefel, Hose, Weste, Hemd und Jacke – ein verzweifelter zweiter Versuch, der nichts erbrachte. Benommen tat ich es ein drittes Mal und hoffte inständig, ich hätte das Versteck übersehen. Dann überließ ich mich den Tränen und überlegte aufzugeben.

Bis ich das Funkgerät in meiner Jackentasche zirpen hörte. Jai. An den hatte ich nicht mehr gedacht. Ich zog das Gerät aus der Tasche. Hoffnung flammte auf. Wenn wir zu zweit suchen würden ...

»Hendrick?«, sagte das Gerät. »Verdammt, wo bist du?«

Ich weiß nicht, wie lange ich auf die kleine gelbe Anzeige starrte. Das war eine Frauenstimme. Die von Alex Coben. Sie sprach jemanden an, von dem ich nichts wusste. Waren hier noch mehr von Foleys Leuten unterwegs? Ich spähte ringsherum in den Wald. Unmöglich. Ich wischte mir übers Gesicht. Diese Nacht war voller Überraschungen. Wer zum Henker ...?

»Hendrick, hast du sie? Kommen.«

Mit angehaltenem Atem starrte ich auf den Lautsprecher. Mit »sie« war ich gemeint. Aber wieso Hendrick? Bei dem Namen klingelte etwas, irgendwo im Hinterkopf. Dann fiel es mir ein. Jais Notizen, das Blatt mit den Namen, die durch Linien miteinander verbunden waren, Foley an oberster Stelle und darunter, direkt darunter, Hendrick, sein Stellvertreter, zusammen mit zwei anderen. Aber das ergab keinen Sinn. Was hatte Jai gesagt? *Hendrick ist von der Bildfläche verschwunden. Wurde seit zwei Jahren nicht mehr erwähnt. Liegt vermutlich tot in einem Graben.* Also war dieser Mann wieder da? Nach langer Zeit wieder aufgetaucht? Dann rüttelte mich eine Frage auf. Oder war Hendrick gerade frisch aus dem Knast gekommen? Mir fiel ein, was Jai erklärt hatte, während er seine Audiogeräte zusammenpackte. *Das Problem sind die angenommenen Namen.*

Viele von denen dürften zwei oder drei verschiedene Pässe besitzen, verschiedene Namen benutzen, je nachdem welche Aufgabe sie gerade erledigen ... Ich schluckte schwer, während mir die nächste seiner Bemerkungen einfiel. *Und sie teilen sich untereinander die Identitäten, verwenden sie und geben sie an einen anderen weiter.*

Ich schloss die Augen und versuchte zu begreifen. Was, wenn der Tote im Bach Hendrick war? Mein Gott, was, wenn die Polizei vor zwei Jahren jemanden verhaftet hatte, der nur behauptete, Troy Foley zu sein – aber tatsächlich nur derjenige war, der zufällig gerade den Namen benutzte? Foleys rechte Hand hatte sich geopfert, damit der wahre Anführer seine Organisation weiter leiten konnte. Und das hieß ...

Das Funkgerät piepte. »Hendrick?«, sagte Alex Coben ungeduldig. »Hendrick, hier Foley. Wir können aufbrechen. Bring sie zum Bootshaus.«

33

Ich kniete zwischen stark gefurchten Baumstämmen und starrte auf den Haufen Kleidung, ohne etwas zu sehen. Alex Coben war Troy Foley. Das hieß, sie war hergekommen, um Hendrick bei der Flucht zu helfen. Sie war also hier, um die Dienste eines Mannes wieder in Anspruch zu nehmen, der sich zwei Jahre lang als Troy Foley ausgegeben und für sie im Gefängnis gesessen hatte.

Aber sie hatte das alles auch getan, weil sie das gestohlene Geld zurückhaben wollte.

Ich sah schon, wie das enden würde. Es war unnötig, die Kleidung des Toten noch mal zu durchsuchen. Mein Pass war nicht darin versteckt; er befand sich unten beim Bootshaus. Alex Coben hatte ihn. Sie war es, die neben mir stehen würde, wenn ich das Schließfach öffnete und die Tasche hergab. Und sie würde mir den Pass nicht geben, sondern mich umbringen, und ich wäre ein Vermisstenfall, bis die Polizei nach einer Woche oder irgendwann mal meine Leiche auf dem Boot oder in einem verlassenen Auto auf einem Dock in Aberdeen fände. Bis dahin wäre Coben längst untergetaucht, von der Bildfläche verschwunden.

Was sollte ich tun? Den Weg zum Bootshaus gehen und mit erhobenen Händen vorsichtig aus dem Wald treten? Sie anflehen? Vielleicht einen Handel vorschlagen? Bei dem Gedanken befiel mich eine schreckliche Trostlosigkeit, eine Bitterkeit, bei der ich resignierte. Ich barg das Gesicht in den Händen und versuchte nachzudenken, während mein ganzer Körper schmerzte. Nichts war so gewesen, wie es schien, und das von Anfang an.

Ich wischte mir übers Gesicht und trocknete mir die eiskalten Finger an der Polizeijacke ab. In dem Moment sah ich die Lösung, die schon die ganze Zeit im Hinterkopf um Aufmerksamkeit gejammert hatte, glasklar vor mir. Die Polizeiklamotten. Das Gewehr.

In dem Wald am See mussten es minus fünf Grad gewesen sein. Minus fünf Grad in der Dunkelheit kurz vor Morgengrauen. Trotzdem zog ich mich bis auf die Unterwäsche aus.

Nachdem ich mich wieder angezogen hatte, band ich mir im Nacken die Haare zusammen, hängte mir das Gewehr um, sodass es schräg vor meiner Stichschutzweste hing, setzte den Rucksack auf und stieg durch kniehohen unberührten Schnee den Waldhang hinunter bis dahin, wo Eis und Uferboden aneinanderstießen. Wie erwartet war die Grenze schwer auszumachen. Als der Hang flacher und der Wald lichter wurde, war das ebene Ufer wegen der Schneedecke nicht vom See zu unterscheiden. Sicher gab es Stellen, wo die Schneedecke so ebenmäßig glatt war, dass sich darunter nur die Eisdecke des Sees befinden konnte, und ein Stück davor sagten einem die Höcker der herausragenden Steine, man sei dort noch sicher. Aber dazwischen? Wo sich der Uferrand befand, war unmöglich zu bestimmen. Hier draußen außerhalb des Waldes ging Wind. Er trieb zerrissene Wolkenstreifen über ein milchiges Sternenfeld und wehte Schneestaub über den gefrorenen Alder. Der Mond stand tief über dem Bray Crag und war fast voll, sodass ich weiter weg, wo das Eis endete, sein Licht auf dem Wasser schimmern sah. Vielleicht bildete ich es mir nur ein, doch ich meinte, am Himmelsrand das erste Grau wahrzunehmen. Auf meinem Handy war es fünf nach halb sechs. Ein letztes Mal drehte ich mich zum Mackinnon um. Das Licht in der Bar war durch die Bäume zu sehen.

Bereit, am See entlangzugehen, blickte ich auf und bemerkte noch etwas anderes. Es war weiter oben am Hang des Farigaig auf der Bergstraße, etwa anderthalb Kilometer entfernt. Die Lichter waren anders. Zwei flimmernde Punkte, die sich bewegten. Ich hatte tief Luft geholt und merkte jetzt, dass ich den Atem anhielt. Da fuhr ein Wagen langsam in Richtung des Hotels die Straße entlang. Der Schneerutsch, den wir da oben mit angesehen hatten, würde ihn bald aufhalten, doch der Gedanke beruhigte mich nicht. Es mochte ein Farmer sein, der Sturmschäden begutachtete. Doch es gab noch einen anderen Grund, der jemanden bei diesen Straßenverhältnissen hierher trieb: ein Notruf. Unser Notruf. Und diese Möglichkeit machte mich nervös. Der Wagen war nur ein ferner Fleck, trotzdem war ich mir sicher, dass da ein Transporter fuhr. Während ich hinüberblickte, hielt er an. Einen Moment lang passierte nichts, und ich fragte mich hoffnungsvoll, ob er wendete und zurückfuhr, doch dann erschienen weitere Lichter, schwirrende Leuchtpunkte. Taschenlampen.

»Nein, nein, nein«, flüsterte ich mit meiner schmerzenden Kehle und beobachtete, was da vorging. Die Nacht war still, und ich war mir sicher, dass ich von da drüben eine Schiebetür zur Seite gleiten und zuschlagen hörte. Da kam polizeiliche Verstärkung, man hatte weder Kosten noch Mühen gescheut, eine bunt gemischte Truppe aus Kollegen, die gerade Überstunden machten. Sie schwärmten aus dem Transporter und in den Wald, einige in die Richtung des Hotels, andere zum See hin. Ich versuchte zu zählen: ungefähr zehn Taschenlampen bewegten sich paarweise. An der Straße noch mehr Lichter – ein zweites Fahrzeug, diesmal ein Pkw. Ich sah ihn wenden und hinter dem Transporter parken. Ein Lichtpunkt verließ den Pkw, bewegte sich in den Wald und gesellte sich zu zwei anderen. Der Partner blieb vermutlich beim Wagen für den unwahrscheinlichen Fall, dass sie den Frühverkehr umleiten mussten.

Eine blecherne Stimme erschreckte mich. »Hendrick?« Ich fingerte das Funkgerät aus der Tasche. Hässliche Störgeräusche. Ich drehte die Lautstärke herunter. »Hendrick, siehst du das?«

Wenn ich Glück hatte, blieben mir noch dreißig Minuten, bis die Polizei am Bootshaus ankam. Dann durfte ich nicht mehr dort sein. *Heathrow, Madrid, Santiago.* Ich rannte los. Meine Oberschenkel brannten, mir war schwindlig, und meine tauben Füße und Hände schmerzten, aber das Schlimmste an dem endlosen Lauf auf hölzernen Füßen durch wadentiefen Schnee war, dass ich mit gequetschter Luftröhre atmete. Irgendwie hielt ich durch und schlitterte am Ufer entlang, während mir der Gewehrkolben gegen den Oberschenkel schlenkerte.

Das Bootshaus war ein niedriger Holzbau auf der Grenze zwischen Land und Wasser, der zwei Bootslängen weit auf den See hinausragte. In der hinteren Stirnwand, die zum Wald zeigte, gab es eine Tür, während die vordere ein Doppeltor hatte, durch das die kleine Motorjacht des Hotels rein- und rausfahren konnte. Das schräge Ziegeldach ruhte auf zwei Steinmauern, und ein Holzsteg auf Pfählen führte um das Bootshaus herum und vom Tor aus noch drei Meter weiter. Im Sommer kamen Hotelgäste mit ihren Kindern hierher, und wenn es warm genug war, rannten sie den Holzsteg hinunter und sprangen schreiend ins Wasser. Als ich mich jetzt näherte, sah ich, dass das Eis bis zum Ende des Stegs und ein Stück darüber hinaus reichte. Es war eigenartig, die Holzpfähle aus einer harten, verschneiten Fläche ragen zu sehen.

Zur Linken bewegten sich Taschenlampen langsam abwärts durch den Wald. Und als ich weiter auf das Bootshaus zuhielt, bewegte sich dort auch etwas. Im Mondschein war Foleys schlanke Gestalt sofort zu erkennen. Sie war aus der landseitigen Tür gekommen. Wie es aussah, war Jai bei ihr, noch in seiner gelben Jacke. Ich ging langsamer und geduckt weiter, bis zwischen ihr und mir nur noch eine freie Schneefläche lag, schob das Gewehr auf den Rücken und beobachtete sie. Sie stand mit dem Gesicht zum Waldhang und verfolgte das Fortkommen der Taschenlampen. Ich konnte erkennen, dass sie ein Gewehr hielt und Jai die Mündung ans Kreuz drückte. Sie gab ihm einen Schubs, damit er den Steg vor der Tür entlangging. Ich weiß nicht, was damals mit meinen Gefühlen los war, aber sie fanden keinen Weg an die Oberfläche. Ich hielt alles unter dem Deckel und konzentrierte mich auf die Lichter zwischen den Bäumen und auf Troy Foley und Jaival Parik, die nach ein paar Augenblicken außer Sicht gerieten. Sie wollten sich hinter dem Bootshaus verborgen halten, dort auf mich warten. Die Zeit wurde allmählich knapp. Ich hatte den Mörder meines Bruders noch nicht zur Strecke gebracht, ich brauchte noch immer meinen Pass, und wenn ich mich jetzt nicht beeilte, würden Jai und ich als Leichen enden.

Ich schaltete das Funkgerät ab, damit es meine Position nicht verraten konnte, raffte meine Energiereserven zusammen und ging auf das Bootshaus zu. An der vorderen Ecke blieb ich stehen. Hinter der nächsten standen Foley und Jai. Eine Option war das Eis. Ich schlich ans Ufer. Würde ich auf dieser Seite um das Bootshaus herumschleichen und sie von der Seeseite aus überraschen können? Ich war mir nicht sicher, wo die Eisfläche anfing, darum tappte ich zentimeterweise voran, die Arme zur Seite gestreckt, um mich notfalls besser abfangen zu können. Recht bald befand ich mich auf Eis, was sich bestätigte, als ich mit der Sohlenkante den Schnee beiseiteschob und die marmorierte schwarze Fläche vor mir sah. Nach dem nächsten Schritt spürte ich, dass sie sich unter mir bewegte. Von meinen Sohlen flitzten Risse weg. Die Eisschicht hielt, war aber nur begrenzt tragfähig. Verrückte Idee. Ich kehrte zum Ufer zurück. Inzwischen waren die Polizisten weiter den Hang heruntergekommen, ein Schwarm von Lichtpunkten, der sich mit verträumter Langsamkeit näherte.

Ich zog den Gewehrriemen über meinen Kopf und hielt es vor dem Körper, prüfte den Sicherungshebel und legte den Zeigefinger um den Abzug. Ich hatte kaum Gefühl darin. Durch die Weste und die dicke Jacke wirkte ich breiter und wie ein Mann. Ich brauchte Foley nur so lange zu täuschen, bis ich den Lauf auf sie gerichtet hatte. Das war mein einziger Plan, und deshalb legte ich los, bevor ich es mir anders überlegen konnte, und ging mit gestrafften Schultern und selbstbewusstem Gang an der Stirnseite des Bootshauses entlang. Dann bog ich um die Ecke.

34

Die Täuschung muss ziemlich gut geklappt haben, denn als ich aus dem Schatten des Gebäudes trat, sagte sie: »Hendrick. Das wurde aber auch Zeit.«

Ich richtete das Gewehr auf sie. Alarmiert wollte sie dasselbe tun, doch ich stieß den Lauf in ihre Richtung. »Denken Sie nicht mal dran, Foley.«

Sie hielt inne und grinste überrascht. Jai stammelte, ohne ein Wort hervorzubringen. Angst und Verwirrung waren ihm deutlich anzusehen. Über seine Schulter hinweg konnte ich Coben betrachten. Sie war kleiner als er, aber selbstbewusst und stark und hatte einen sicheren, aufrechten Stand. Ihr Gesicht wirkte hager, ihre Lippen wie ein Strich.

»Legen Sie das Gewehr hin«, sagte ich. Mein Herz hämmerte so laut, dass ich dachte, sie müsse es hören. Ich war beinahe überrascht, als sie gehorchte. Sie beugte ihre drahtigen Joggerbeine und legte die Waffe auf die Holzbohlen zwischen Jais Füße. Seine Absätze schienen zu klappern, wie mir auffiel, und als ich aufblickte, sah ich zum ersten Mal jemanden am ganzen Körper zittern, als stünde er kurz vor einem Anfall. Ich versuchte, ihm mit einem Nicken Zuversicht einzuflößen, aber ich nehme an, mein Gesichtsausdruck verriet mich, denn er biss die Zähne zusammen, um das Zittern zu bezwingen, das jedoch nicht aufhörte. Hinter mir hörte ich erste Geräusche aus dem Wald, das Knirschen von Schnee unter Sohlen.

»Sie können nicht auf mich schießen«, sagte Foley kühl.

254

»Dann wären die Cops doppelt so schnell hier. Und vor allem würde die nächste Lawine herunterkommen.«

Ich leckte mir über die Lippen, aber meine Zunge war zu trocken, als dass es etwas nützte. Mir wurde übel. »Ich will, dass Sie Jai meinen Pass geben. Dann lassen Sie ihn gehen. Und verlassen Sie sich drauf, Foley, ich werde schießen.«

»Das glaube ich nicht«, erwiderte sie. Sie lächelte breiter. Ihre Zähne und das Piercing an der Unterlippe leuchteten im Mondschein. Mich beschlich ein gruseliges Gefühl. Irgendetwas sagte mir, dass die Gestalt hinter Jai unmenschlich war. Ich stieß wieder den Gewehrlauf in ihre Richtung und versuchte, mich zusammenzureißen, fühlte aber Tränen aufsteigen. Sie machte keine Anstalten, zu tun, was ich verlangte. Sie hatte keine Angst. Ihr war egal, womit ich drohte. Jai hatte die Augen geschlossen, und seine Schultern bebten.

»Was nun, Remie Yorke?«, sagte Foley. Mein Name in ihrem Mund, es schien mir, als wäre er dadurch verdorben. Am liebsten hätte ich ausgespuckt. Sie blickte über mich hinweg in den Wald, dann richtete sie ihren kalten Blick wieder auf mich. »Ich habe die zwei Dinge, die Sie brauchen. Also, wollen wir tauschen?«

»Geben Sie Jai den Pass.«

»Wir haben keine Zeit für so was.«

Ich wusste nicht weiter. Sie hatte recht: Der Schuss würde die Polizisten nur schneller hierherbringen, und dass er eine Lawine auslösen könnte, schwächte meine Position noch mehr. Ich war nicht erfahren und geschickt genug, um bei einer Verhandlung die Taktik zu wechseln. Ich hätte nicht beharren sollen, doch ich steckte fest und hatte wirklich eine Scheißangst, und deshalb drängte ich weiter und hoffte, durch wiederholtes forsches Fordern zu bekommen, was ich brauchte. »Geben Sie Jai den Pass und lassen Sie ihn gehen!«

»Letzte Chance, Remie. Seien Sie vernünftig.«

In den Bäumen hinter mir flatterten Vögel, der Wald war ein geflecktes Tarnmuster aus Mondschein und Schatten. »Geben Sie Jai …«

Sie bewegte sich blitzschnell. Ein Schwenk der Hüfte, ein Stoß des Oberkörpers – von dem ich kaum etwas sah, weil Jai zwischen uns stand –, und seine Augen weiteten sich erschrocken. Ich hörte ein nasses Geräusch, dann noch eins. Jai beugte sich nach vorn, seine Gesichtszüge waren schlaff vor Entsetzen. Er schlug auf dem Boden auf und krümmte sich zusammen. Ich weiß nicht, wie nah ich einer Ohnmacht war, jedenfalls hatte ich das Gefühl, dass sich mein Körper verflüssigte. Foley hielt ein Küchenmesser in der Hand, ein langes, breites, und die Klinge war schwarz von Blut.

Sie hatte um ihn herumgelangt und zweimal zugestochen, durch seine Jacke in den Bauch. Jai hatte sich beim Fallen mit beiden Händen an die Wunde gegriffen, und jetzt lag er keuchend und blinzelnd da, während sich eine Blutlache vor ihm ausbreitete und zwischen die Bohlen sickerte. Foley stand mit dem Messer vor mir, die Arme wie zum Balancieren ausgebreitet, die Knie leicht gebeugt, und sah mich forschend an. Diese grauenhaften, kalten Augen. Etwas Heißes flammte in mir auf, und ich drückte ab. Mit einem Knall schlug das Gewehr gegen meine Schulter, der Lauf ruckte nach oben, meine Arme wurden in den Gelenken gestaucht und mein Zeigefinger am Abzug verdreht.

Troy Foley wurde nach hinten geschleudert wie eine Vogelscheuche bei Sturm. Das Messer landete klappernd auf dem Steg.

Ich taumelte, und mir klingelten die Ohren. Stinkender Schmauch stieg mir in die Nase, während der Knall verhallte. Aus dem Wald laute Rufe. Blutgeruch breitete sich aus. In meinem Kopf eine stockende Slideshow, die ich nicht wegblinzeln konnte.

Die Stimmen im Wald wurden lauter, dann donnerte irgendwo oben am Hang eine abgehende Lawine. Ich drehte mich um und erwartete, eine schäumende weiße Wand herabrasen zu sehen. Stattdessen sah ich Sternschnuppen – den Schein von Taschenlampen in den Händen der rennenden Polizisten. Eine flache, breiter werdende Schneewelle streckte ihre Finger zwischen die Bäume aus, und eine Wolke aus Schneestaub stieg zu den Baumkronen hoch. Ich wandte mich wieder dem Steg zu.

Foley war verschwunden.

Einen wirren Moment lang glaubte ich, sie hätte sich aufgelöst, wäre zu Staub zerfallen wie eine böse Hexe. Dann ging ich einen Schritt vor und sah sie. Sie lag neben dem Steg auf dem Eis. Die Schicht war dick genug, um sie zu halten – sie war auf dem Rücken aufgekommen und lag mit ausgebreiteten Armen da, den Kopf in den Nacken gebeugt wie ein Sterngucker. Am Bauch hatte sie eine große Wunde. Sie hatte neben sich den Schnee weggefegt und blutige Halbkreise und eine breite rote Spur gezogen, da sie sich mit den Armen von der sicheren Eisschicht am Steg weiter auf den See hinaus geschoben hatte. Während ich hinsah, brach das Eis unter ihr; gezackte Linien erschienen, hervorgerufen von ihren Bewegungen. Nie werde ich das übernatürliche Geräusch des Eises vergessen, das hallende Knacken, als Foley sich weiter voranschob, indem sie mit ihren schwächer werdenden Armen in gleichmäßigem Takt auf das Eis schlug. Sie wollte einbrechen und untergehen, um meinen Pass in einem letzten trotzigen Akt mit sich zu nehmen.

Hinter mir fallende Lichter im schneebewegten Wald. Vor mir lag Jai zusammengekrümmt und verlor viel Blut. Ich riss mir die Polizeijacke vom Leib, knüllte sie zusammen und presste sie über dem Bund seiner Jeans an seine Seite. »Alles wird gut, Jai«, flüsterte ich. »Sie kommen wieder auf die Beine. Halten Sie nur durch.«

Ich konnte nicht erkennen, ob er noch atmete, aber als ich nach seinem Puls tasten wollte, fasste er an die zusammengeknüllte Jacke und drückte sie selbst an die Wunde. Seine Handschuhe waren blutgetränkt. Von unten hörte ich Foley röcheln, die sich weiter zum Wasser hin schob, und aus dem Wald das Grollen einer rutschenden Schneedecke, dann die erschrockenen Zurufe desorientierter Polizisten, während die Lichter sich einander näherten und zusammenfanden. Bald würden sie am Bootshaus sein.

»Halten Sie durch, Jai«, sagte ich noch mal. »Ich komme gleich zurück.«

Und dann verließ ich ihn.

35

Die Taschenlampen sammelten sich an einer Stelle, die Teams verständigten sich, dann bewegten sie sich bergab auf den Waldrand und den See zu, wo der Schuss gefallen war. Ich nahm mein Gewehr, rannte zum Ende des Anlegers, legte mich auf den Bauch und ließ mich am Rand hinunter, wobei ich mich mit einem Arm daran festhielt und mit den Füßen das Eis prüfte. Sobald ich es belastete, knackte es heftig. Foley lag fünf Meter entfernt auf der glasigen Fläche am Ende ihrer blutigen Schleifspur, die im Mondschein schwarz aussah, und starrte in den Sternenhimmel. Obwohl sie mit einem Fuß immer wieder versuchte, sich abzustoßen, kam sie nicht weiter vom Fleck.

Ich wusste, was ein Kaltwasserschock war und was passieren würde, wenn das Eis unter ihr nachgab. Sogar im Sommer war das Wasser da, wo es tief war – und der See war an manchen Stellen sehr tief –, nur ein paar Grad warm, sodass man darin umkommen konnte. Wir mussten dafür sorgen, dass die Gäste im Flachen blieben, und markierten die sicheren Schwimmbereiche mit Bojen. Ich würde mein Gewicht auf eine möglichst große Fläche verteilen müssen, wie man es bei Treibsand oder im Sumpf tat. Mit dem Gewehrkolben prüfte ich noch einmal die Festigkeit. Das Eis gab nicht nach. Also stellte ich einen Fuß darauf und probierte es noch einmal. Unter meinem Fußballen liefen Risse nach allen Seiten weg.

Die Lichter aus dem Wald kamen immer näher. Jai lag noch unverändert da. Mein Körper schmerzte vor Kälte. Eine Bluse und eine Stichschutzweste – lächerlich. Mir blieb jedoch nichts anderes übrig, ich legte mich aufs Eis und ignorierte das wachsende Netz von Rissen, die den Weg des geringsten Widerstands gingen. Ich lag auf dem Bauch, Arme und Beine ausgestreckt. Was für grauenvolle Augenblicke. Das Eis hielt. Ich lag mit der Wange auf Pulverschnee und spürte, dass die ganze Eisplatte schaukelte. Dann fing ich an, mich mit den Armen voranzuziehen. Meine Hände in den nassen Handschuhen waren taub, das Gewehr schleifte ich um den rechten Arm gehängt neben mir her. Ich hob kein einziges Mal den Kopf. Ich sah lediglich, dass Foleys linker Stiefel stetig näher kam. Unter mir gab das Eis einen Knall nach dem anderen von sich. Vom Wald her laute Rufe. Bis ich bei Foley angelangt war, schwankte das Eis bedenklich. Ich schob mich auf ihre Beine, bis ich über ihren Knien lag. Risse knackten, während ich ihre Taschen absuchte.

In der rechten Innentasche fand ich meinen Pass. Als ich ihn herauszog, packte sie mein Handgelenk.

Es fühlte sich an, als wäre ein Fangeisen zugeschnappt. Ihren Kopf bewegte sie nicht. Ich zerrte, aber ihre Kletterfinger hielten meinen Arm fest. Durch unsere Bewegungen neigte sich die Eisplatte, auf der wir lagen, und ließ wie von unsichtbarer Hand gezogen eine feine Linie entstehen, quer unter meinem Bauch durch, die sich zum Ufer hin verzweigte. Ich hörte auf zu zerren, und wir lagen zusammen still, ich halb auf ihr wie ein unbeholfener Liebhaber. Ich hörte sie etwas ausspucken. Vermutlich brauchte sie nicht unterzugehen, um zu sterben; sie ertrank auf dem Eis an ihrem Blut.

»Cops. Kommen her«, röchelte sie leise.

»Lassen Sie mich los, Foley«, flüsterte ich.

»Auf keinen Fall«, brachte sie hervor. Sie hielt mein Handgelenk noch fester und drückte die Fingerspitzen zwischen die Sehnen. Ich zerrte wieder. Sie hielt fest.

»Loslassen!«, zischte ich und zog mit einem Ruck. Der ganze

See schien sich zu neigen. Ich hörte Eis brechen und ein leises Schwappen und fühlte, dass sich unter mir eine Pfütze bildete.

»Ich scheiß auf Sie«, erwiderte sie langsam und unterbrochen von röchelnden Atemzügen. Sie stemmte die Füße auf, um sich wegzuschieben. »Wir beide sterben heute Nacht.«

Ich streckte die andere Hand nach oben und versuchte, den Pass aus meinen Fingern zu ziehen, aber sie hatte noch immer Kraft und riss meinen linken Arm weg. Dabei presste sie die Fingerspitzen tiefer in mein Handgelenk, sodass ich den Pass losließ. Er fiel auf ihre Brust. Ich versuchte, ihre Finger von meinem Handgelenk zu lösen, doch sie umklammerten es wie ein Schraubstock. Foley schob sich ein Stückchen unter mir weg. Die Tätowierung an ihrem Hals war zu sehen. Ein kleiner Schmetterling mit dunklen Flügeln. Sie versuchte noch etwas zu sagen, aber es kam kein Ton heraus. Mein Pass rutschte von ihrer Brust zu ihrem Hals.

Oben im Wald geriet Schnee in Bewegung. Ein Schneerutsch kam zischend näher. Ich sah den weißen Staub aufsteigen, und Warnrufe begleiteten den Schein der Taschenlampen. Erneut langte ich mit der freien Hand nach oben und wollte um ihren Hosenbund greifen, um mich weiter auf sie zu ziehen. Mit einem Chor von Knacklauten verdichtete sich ringsherum das Netz der Risse. Schluckendes Wasser platschte und floss über das Eis; ein Teil der Eisplatte riss ab, sodass sie sich neigte und schaukelte. Foley schob sich weiter unter mir weg.

Dann eine stotternde Salve von Knacklauten, und ihr linker Ellbogen tauchte unter. Schwarzes Wasser schwappte hoch. Erschrocken sah ich mit an, wie das Eis unter ihr – und unter mir – sich teilte und Foley mit dem Oberkörper voran rücklings wie eine glänzende Robbe ins Wasser glitt. Der Kopf tauchte unter, die Stiefel wurden angehoben. Ich schob mich rückwärts weg, als die glasige Fläche unter meinen Händen zerfiel. Mein linker Arm tauchte bis zum Ellbogen unter, und das Wasser griff nach mir wie der Tod. Hektisch schob ich mich mit dem rechten Arm von dem Schlund weg. Und als ich das nächste Mal aufblickte, war Troy Foley verschwunden. Wo sie zuletzt gelegen hatte, war jetzt ein schwarzes, flüssiges Loch. Der See hatte sie verschluckt. Die Eisplatte, auf der sie und ich gelegen hatten, war in nasse Bruchstücke zerfallen, die gegeneinanderschaukelten. Es mochte lange dauern, bis Foley wieder zum Vorschein käme. Oder mein Pass.

Ich war so enttäuscht, dass ich erst einmal nicht denken konnte. Mein Pass, für den ich so viel auf mich genommen hatte, sank an den Grund des Sees und ließ mich gestrandet zurück. Ich fühlte mich ausgehöhlt, und mir liefen die Tränen, bis mich der Ruf eines Polizisten in meiner Nähe aufrüttelte. Weinend manövrierte ich das Gewehr zwischen zwei Eisschollen ins Wasser, sah den Lauf senkrecht hochschwenken und dann versinken. Taub vor Kälte und zutiefst niedergeschlagen schob ich mich auf dem schwankenden Eis zurück zum Steg. Endlich stieß ich mit einem Fuß gegen einen Pfahl und sah, als ich an mir entlangblickte, dass ich es geschafft hatte. Ich riskierte alles, stemmte mich auf Arme und Knie, drehte mich ungelenk um und richtete mich auf der schaukelnden Scholle balancierend auf, um mich auf den Steg hochzuziehen. Kaum lag ich auf den Bohlen, löste sie sich auf.

Der Gedanke an Jai trieb mich dazu, mich weiter zu bewegen. Mit brennenden Lungen und Blutgeschmack auf der Zunge taumelte ich zu ihm und beugte mich über ihn, um zu sehen, wie es ihm ging, doch ehe ich mir ein Bild machen konnte, kam jemand aus dem Wald gelaufen und leuchtete hastig das Gelände vor sich ab. Polizei.

Die Rettungsmannschaft hatte es von der Bergstraße hierhergeschafft. Allmählich konnte ich erkennen, dass es ein Mann war. Er lief langsamer, als er mich sah, ein grauhaariger mit schweißglänzendem Gesicht und den tiefen Falten eines ehemaligen Rauchers. Er beschien mich mit seiner Taschenlampe und wurde zur Silhouette. Ich blinzelte in den Lichtkegel, während er heftig schnaufend zur Ruhe kam, und hatte keine Kraft mehr. Mein permanent pochendes Racheverlangen hatte mir Elan gegeben, doch nachdem der Täuscher tot war und der wahre Troy Foley unter dem Eis lag, verflüchtigte er sich schnell.

Ich hatte getötet, um so weit zu kommen, doch zu mehr konnte ich mich nicht antreiben. Es war vorbei.

36

Ich öffnete den Mund, um mich zu ergeben.

Doch der Officer kam mir zuvor, indem er sich hastig vorstellte. »Ich bin Inspector Mackey«, sagte er. »Was haben wir hier?«

Ich weiß nicht, was mein Gesicht ausdrückte. Verzweiflung, Erschöpfung, Verwirrung? Wieder sicher auf festem Boden, wurde ich vom Horror des Sees eingeholt. Hinter mir hörte ich das Exoskelett des Wassers plappern. »Was?«

»Constable, sagen Sie mir, was wir hier haben.« Er bückte sich, legte seine Taschenlampe zwischen uns und tastete nach Jais Puls, dann nahm er die zusammengeknüllte Jacke weg und schätzte seinen Zustand ein, während ich vor mich hinstarrte. »Constable!«, zischte Mackey.

Ich war so müde, dass es noch zwei Sekunden dauerte, bis ich den Teil meines Verstandes, der noch zu logischem Denken fähig war, mobilisiert hatte. Wieso Constable? Die Uniform … ich trug noch die Polizeisachen … Mein Gesicht war nass von Tränen. »Bin hierhergelaufen, nachdem ich den Schuss gehört habe«, krächzte ich und wischte mir die Augen. »Keine Spur vom Täter. Wir haben einen Verletzten mit Stichwunden im Bauch. Hab versucht, die Blutung zu stillen.«

»Wo ist Ihr Partner?«

Eine starke Übelkeit und Schwindel überfielen mich. »Haben uns im Wald verloren, Sir«, brachte ich hervor.

»Beruhigen Sie sich, Constable. Reißen Sie sich zusammen. Haben Sie die Stichwaffe?«

»Liegt wahrscheinlich da hinten auf dem Steg, Sir.«

»Und die abgefeuerte Waffe?«

»Die wird wohl auch da liegen. Ich bin nicht weiter gekommen als bis zu dem Verletzten. Hab mich erst mal um ihn gekümmert.«

Mackey drehte sich um und winkte, als mehr Lichtkegel aus dem Wald kamen. »Hierher!«, rief er. »Wir haben hier ein Opfer mit Stichwunden.« Zwei Polizisten kamen herbei, zwei junge Männer. »Ist das Warren?«, schnauzte er. »Bleiben Sie bei dem Mann.« Dann sprach er den anderen an. »Constable? Sie sind?«

»Mendis, Sir.« Der Kollege trat zu ihm.

»Mendis, Sie kommen mit mir.« Mackey suchte bei Jai nach weiteren Verletzungen und tastete ihn an Armen und Beinen ab. »Wir suchen nach einem Messer und einem Gewehr.«

Ich hielt den Atem an und krümmte mich mit schwindelndem Kopf. Vom Waldrand näherten sich Polizisten mit Taschenlampen. »Da kommen Kollegen«, sagte ich heiser. »Ich gehe und setze sie ins Bild, Sir.«

Ich wandte mich zum Gehen. Mein Herz hämmerte. Auf weichen Knien und staunend, weil ich nicht zurückgepfiffen wurde, entfernte ich mich und wischte mir die Tränen weg. Die neue Wendung hatte mich umgehauen. Ein Team zusammengestellt aus zwei Abteilungen? Geleitet von einem Police Inspector, der nicht jeden von ihnen kannte? Kollegen, die durch die Schneeverhältnisse verstreut waren, alarmiert durch den Gewehrschuss, vielleicht sogar panisch, untereinander wenig vertraut ...

»Hierher!«, brüllte Mackey hinter mir den nächsten anrückenden Polizisten zu.

Ich stapfte schleunigst in den Wald und ließ die Polizisten in die andere Richtung an mir vorbeiströmen. Zehn Minuten später kletterte ich durch dichten Wald. Schwitzend und zitternd hielt ich an, weil ich würgen musste. Doch es kam nichts hoch. Ich wusch mir den Mund mit Schnee aus und sah Jais Blut an meinen Händen. Jai. Ich hätte bei ihm bleiben müssen. Er verblutete da unten unter fremden Menschen. Andererseits kannte ich mich mit Stichverletzungen aus und wusste auch, dass Jai untrainiert war. Da war es gut möglich, dass die Klinge nur die subkutane Fettschicht getroffen hatte, und mit dem richtigen Druck auf der Wunde wäre nur der Blutverlust problematisch. Trotzdem sollte ich es sein, die jetzt bei ihm war und die Jacke auf die Wunde presste, die auf ihn einredete und ihn beruhigte. Stattdessen hatte ich ihn allein gelassen. Mein Pass sank gerade auf den Grund des Sees, ein kleiner Pilotfisch auf der langsam anschwellenden Leiche Foleys. Nur der Gedanke an die Tasche im Schließfach trieb mich jetzt weiter an. Wenn Foley sie so dringend hatte haben wollen, musste etwas darin sein, was die ganze Mühe wert war, den Gefängnisausbruch, die Planung des Unfalls, die Auskundschaftung des Hotels und meiner Person. Wenn ich jetzt noch eines erreichen konnte, dann die Bergung der Tasche.

Voller Selbstablehnung kletterte ich den Hang hinauf und mühte mich mit dem unlängst abgerutschten Pulverschnee ab. Bis ich den oberen Waldrand erreichte, war der Horizont eine violette Linie über der schwarzen Klinge des Bray Crag.

Ich brauchte eine Weile, um zu verschnaufen, war verschwitzt und zitterte. Dann näherte ich mich von Baum zu Baum der Straße und schaute dabei zu den Fahrzeugen. Eine letzte Hürde war noch zu überwinden, ein Wall von Schnee, vor einer Woche an den Straßenrand geräumt, der von Splitt gesprenkelt und mit Kiefernnadeln übersät war. So weit ich sehen konnte, war der Polizeitransporter leer. Der Streifenwagen befand sich, als ich zu dem Schneewall hochstieg, noch außerhalb meines Blickfelds hinter einem Haufen verschneiter Felsbrocken. Es dürfte mindestens ein Officer bei den Fahrzeugen geblieben sein. Mir war ein Lichtfleck aufgefallen, der dort zurückgeblieben war, während sich die anderen den Hang hinabbewegten. Ich wappnete mich und spähte über den Wall.

Ein einzelner Polizist stand mit dem Rücken zu mir. Ich stieg über den Schneewall und stolperte auf die Straße. Er hatte eine junge, aufrechte Gestalt und leuchtete mit der Taschenlampe über die Fahrbahn. Ich lehnte mich hinter ihm gegen den Streifenwagen. Meine Knie schlugen aneinander, meine Muskeln waren wie Gummi. »Hey«, krächzte ich.

Er drehte sich erschrocken um, fing sich aber schnell und eilte zu mir. »Alles okay mit Ihnen?«

»Brauche nur eine Minute.«

Er wartete zwei Schritte entfernt, wobei er mich aufmerksam beobachtete. Er war in Camerons Alter, hatte rote Haare und viele Sommersprossen, und sein Gesichtsausdruck wechselte zwischen Sorge und höflicher Entschlossenheit. Blaue Augen musterten mich unter einem kurzen Pony. »PC Muir«, sagte er. »Ich habe den Schuss gehört. Was ist da unten los?«

Ich atmete tief und langsam ein und aus, um das Schwindelgefühl loszuwerden. »Männliches Opfer. Stichwunde. Stichwaffe und Schusswaffe sichergestellt.«

»Haben wir auch einen Verdächtigen gestellt? Jemanden festgenommen?«

Ich schüttelte den Kopf. »Nein. Aber die Eisschicht auf dem See ist gebrochen. Es gibt Spuren eines Kampfes, Anzeichen, dass sie eingebrochen sind. Wahrscheinlich ertrunken.«

Muir stieß einen leisen Pfiff aus. »Klar, das Wasser kann einen umbringen. Ich musste mal meinen kleinen Cousin rausholen. Er hatte einen Kälteschock, wissen Sie? War damals erst acht, wusste nicht, was mit ihm los war.« Muir lächelte.

»Er wollte neben den Gänsen entlangschwimmen.« Er beugte sich schüchtern zu mir. »Kann ich Ihnen was zu trinken holen, Ma'am? Ich habe Tee dabei.«

Ich blickte auf. »Auch etwas Stärkeres?«

Er zuckte lächelnd mit den Achseln. »Schön wär's. Nein, es gibt entweder Tee oder gar nichts. Tee und Tunnocks.« Er beugte sich in den Streifenwagen, kramte in einer Tasche und kam mit einer Thermosflasche und einer schwarzen Jacke zurück. »Sie sehen halb erfroren aus«, sagte er und hielt mir die Jacke hin. »Die können Sie sich gern ausborgen.« Er schraubte den Becher von der Flasche, und nachdem ich die Kraft gefunden hatte, mir die Jacke überzuziehen und den Reißverschluss zuzumachen, reichte er mir den Becher und die Flasche.

Ich nahm sie entgegen und lehnte mich schwer gegen den hinteren Kotflügel. »Danke«, sagte ich heiser und goss mir ein. Die Wärme der Jacke und der tröstliche Dampf des heißen Tees trieben mir Tränen in die Augen. Der Tee und die wohlwollende, arglose Art des jungen Mannes in Camerons Alter. Es brach mir das Herz. Ich versuchte, einen Schluck zu trinken, aber es ging nicht, meine Kehle war zu stark geschwollen. Ich gab ihm die Flasche zurück.

»Möchten Sie etwas essen?«, fragte er.

Ich lehnte dankend ab. Er musterte mich noch immer, arglos, aber aufmerksam. »Mackey hat mich zurückgeschickt«, gestand ich. »Ich hab da unten ein bisschen die Nerven verloren. War deswegen keine Hilfe.«

Muir dachte darüber nach. »Das muss hart sein, sogar für jemanden mit Ihrer Erfahrung.«

Das brachte mich zum Schmunzeln. »Sind Sie schon länger dabei, Muir?«

»Tja, ob Sie es glauben oder nicht, das ist erst mein dritter Tag.« Er blies die Wangen auf und stieß den Atem aus. »Hab bisher bloß rumgesessen. Die wollten mich nicht mal fahren lassen.« Er strich sich den Pony aus der Stirn. »Jetzt soll ich beim Auto bleiben.«

Ich nickte. »War bei mir zu Anfang auch so. Aber wie es aussieht, haben Sie Glück. Mackey hat da unten nach mehr Leuten verlangt. Er will, dass das Seeufer abgesucht wird und dass ein Team zum Hotel rübergeht. Ich hab's heute vergeigt, Muir. Die Nerven verloren. Aber Sie könnten mich vertreten.«

Muir zögerte. »Ich weiß nicht …«

»Das ist die Chance, Mackey zu beeindrucken«, sagte ich. »Initiative zu zeigen.«

»Ist das normal? So was zu machen?«

Der arme Junge würde es nicht weit bringen, wenn er immer auf Erlaubnis wartete. »Die Polizei braucht junge Constables wie Sie, die wendig sind«, sagte ich. »Problemlöser. Gehen Sie, Muir. Und wenn Mackey fragt, können Sie sagen, ich hätte Sie geschickt.«

Er trat von einem Bein aufs andere, überlegte und leuchtete mit der Taschenlampe in den Wald. Dann gab er mir die Thermosflasche. »Gut. Ich mache es. Wie heißen Sie?«

Darauf war ich gefasst gewesen, aber es fiel mir schwer, den Namen auszusprechen, sogar vor einem blutigen Anfänger, der mir alles glauben würde. »PC 4256 Gaines«, sagte ich.

Der junge Mann zog sich den Reißverschluss bis zum Kinn zu und ging zum Straßenrand, drehte sich aber noch mal um. »Trinken Sie den Tee ruhig aus«, sagte er lächelnd. Ich hob die Flasche, wie um ihm zuzuprosten, und sah zu, wie er mit achtsamen Schritten in den Wald ging.

Es war besser, eine Weile abzuwarten, bis er weit genug den Hang hinuntergestiegen war und es nicht mehr hören konnte, wenn ich den Motor anließ. Ich versuchte, nicht an den Anschiss zu denken, der ihm bevorstand. Ich versuchte auch, nicht an Jaival Parik zu denken, oder an Don Gaines und seine Familie oder an Shelley Talbot. Und auch nicht an meinen Pass. Ich bemühte mich, an nichts anderes zu denken, als die Tasche an mich zu bringen. So steckte ich den Schlüssel ins Zündschloss und schnallte mich an.

Auf dem Armaturenbrett war es sechs Minuten nach halb sieben. Der Zug von Inverness nach Aberdeen ging stündlich. Mit etwas Glück würde ich den um sieben Uhr elf noch erwischen.

37

Sechs Kilometer außerhalb von Aberdeen liegt ein Gewerbegebiet, große nichtssagende Industriehallen mit angebauten Empfangsbüros vor einem riesigen leeren Parkplatz. Zwischen einer Karosseriewerkstatt und einer Maschinenbaufirma befand sich Safe Storage. Der Schnee auf dem Parkplatz hatte sich in schiefergrauen Matsch verwandelt. Mein Taxi hielt an. Ich bat den Fahrer zu warten und stapfte in meinen Jeans und Segeltuchschuhen hinüber zur Rezeption. Außerhalb des Aberdeener Bahnhofs gab es ein Einkaufszentrum mit einer Wechselstube und einem Food-Court. Dort hatte ich mir bei H&M Klamotten gekauft, mich in der Damentoilette umgezogen und die Polizeisachen in einen Mülleimer gestopft.

Es war eine enorme Erleichterung gewesen, diese Rolle loszuwerden. Mich vor zwei Stunden in einem Streifenwagen in Polizeiklamotten nach Inverness reinzuschlängeln war ein permanenter Psychoterror gewesen, weil ich unübersehbar war. Zu der frühen Uhrzeit fiel der Wagen jedem Passanten auf, jedem Pendler und Gassigänger, jedem Zeitungsausträger und Radfahrer. Dabei hatte ich ständig das Geknister und die Kommunikation über Funk mit angehört, während ich durch den dicken Schnee in Daviot rollte und hoffte, dass die zweispurige Schnellstraße geräumt war. Mir war ein Rettungswagen mit heulender Sirene entgegengekommen, und durch den Funk hatte ich erfahren, dass Jai noch lebte. Im ersten Moment war ich zutiefst erleichtert gewesen, hatte aber kurz darauf Angst bekommen, als ich der Millburn Road in die Innenstadt folgte.

Ich hatte den Wagen vor dem Eastgate Shopping Centre geparkt, den Schlüssel in einen Gully geworfen und war zum Bahnhof gerannt. Die zweistündige Zugfahrt in Polizeiuniform war eine weitere qualvolle Prüfung gewesen. Der Zug bestand aus zwei einfachen Waggons und fuhr gemächlich. Da ich erwartete, jeden Moment aufzufliegen, verbrachte ich möglichst viel Zeit auf der Toilette und dachte über einen Ausweg aus meiner gefährlichen Lage nach. War es irgendwie möglich, ohne Pass zu fliegen? Das glaubte ich nicht. Für einen Inlandsflug bräuchte ich nur einen Führerschein vorzuzeigen, und eine rasche Suche ergab, dass die entferntesten Ziele Heathrow, Newquay, Bristol, Southampton waren. Aber wo sollte ich von dort aus hin? Ich überlegte fieberhaft und verlor immer mehr die Hoffnung. Erschöpft und abgelenkt hatte ich mich jedes Mal in meinen Sitz geduckt, wenn der Zug in einen Bahnhof einfuhr. Insgesamt waren es elf – ich hatte mir erlaubt, ein wenig aufzuatmen, sobald der Zug wieder anfuhr –, und bei den ersten, Dalcross und Nairn, waren die Bahnsteige dummerweise voll gewesen. In Huntly hatte ein Polizist draußen vor meinem Waggon gestanden. Als ich endlich am Ende der Fahrt durch die Bahnhofshalle ging, war ich überzeugt, dass die Polizei schon vor dem Ausgang auf mich wartete. Doch um zwanzig vor zehn trat ich unbehelligt auf die sonnige Guild Street hinaus und dachte an meinen Flug von Heathrow, der in einer Stunde mit einem freien Sitzplatz starten würde, genau wie meine Anschlussflüge.

Ein vorbeifahrender Bus bespritzte mich mit halb geschmolzenem Schneematsch und führte mir vor Augen, dass ich noch am Leben und noch frei war. Fürs Erste.

Mein Taxifahrer hatte schnell begriffen, dass ich keine Lust hatte, mich zu unterhalten. Während der Fahrt durch die Stadt nach Norden fühlte ich mich leer und feilte geistesabwesend an der Story, die ich erzählen würde, wenn ich eines Tages ins Mackinnon zurückkehrte. Bleib so weit wie möglich bei der Wahrheit, sagte ich mir, während die Gebäude an mir vorbeiglitten. Erzähl ihnen, du seist aus Angst um dein Leben geflohen. Und lass das mit der Tasche aus.

Auf der Uhr in der Rezeption von Safe Storage war es drei nach zehn, als ich mich dort vorstellte. Wie Cameron gesagt hatte, gab es ein Schließfach unter meinem Namen. Ich zeigte meinen Führerschein vor – wenn es am Flughafen nur genauso einfach wäre – und wurde unter Neonröhren einen Korridor entlanggeführt. Gelbe Türen zu den Lagerräumen links und rechts und eine Reihe von Schließfachschränken an der hinteren Wand, davor Tische, auf die man seine Sachen legen konnte. Es roch nach Desinfektionsmittel und künstlichem Zitronenaroma. Sowie ich allein war, tippte ich die sechsstellige Nummer ein.

Ich hielt den Atem an und schwitzte meine neuen Klamotten ein, als ich am ganzen Körper angespannt die Tasche zurück durch den Korridor zur Rezeption trug. Dort zahlte ich den Rest der Miete und löste den Vertrag auf. Dabei stellte ich mir die ganze Zeit vor, dass gleich eine SWAT-Einheit hereinstürmte. Draußen sah ich den Fahrer im Taxi telefonieren.

»Zurück zum Bahnhof?«, fragte er, als ich hinten einstieg, und sah mir im Rückspiegel in die Augen.

Ich nickte. »Einen Moment noch.«

Ich saß hinter dem Beifahrersitz und hatte die Tasche auf den Knien. Vorsichtig zog ich den Reißverschluss auf, gerade so weit, dass ich den Überschlag anheben und hineinspähen konnte. Ein modriger, staubiger Geruch stieg auf. Haufenweise zusammengerollte Bündel von Zwanzigern mit Gummiringen darum. Ich schob eine Hand hinein. Es waren viele solcher Bündel, einst ordentlich nebeneinander gepackt, jetzt durcheinander, weil die Tasche im Schließfach umgekippt war. Ich fuhr mit dem Daumen an den Kanten der Scheine entlang und schätzte. Hundert Scheine? Also zweitausend pro Bündel? Ich wühlte darin, um die Gesamtsumme abzuschätzen, gab jedoch auf und tippte auf zweihunderttausend. Eine schöne Stange Geld. Doch zugleich dachte ich mit brennender Wut an Foley: was für eine geringe Summe, um jemanden dafür zu töten. Sie hatte es nur aus Prinzip getan, dachte ich bitter. Der Taxifahrer räusperte sich und nahm über Funk seinen nächsten Auftrag an. Ich zog den Reißverschluss weiter auf und schob das Geld zur Seite. Da lag noch etwas am Grund der Tasche, ein steifer A4-Umschlag mit Papprücken, zugeklebt. Den zog ich heraus.

Der Fahrer beendete sein Funkgespräch. »Also, zum Bahnhof?«

Ich überlegte. Wie sollte ich das Geld der Polizei erklären? Wenn ich es zur Bank brächte, würde das auffallen? War es Gegenstand einer laufenden Ermittlung? Waren die Scheine markiert? Ich dachte daran, es zurückzubringen, es in dem Schließfach zu lassen, bis ich Zeit und Ruhe gehabt hatte, mir einen Plan zurechtzulegen. Da gab es zu viel zu bedenken. Nein, dachte ich dann. Besser, ich brächte es woanders hin. »Ja«, antwortete ich endlich. »Zum Bahnhof. Danke.«

Als wir vom Parkplatz wegfuhren, löste ich die Klebelasche des Umschlags und klappte sie auf. Darin befanden sich irgendwelche Unterlagen. Ich zog sie heraus und warf einen flüchtigen Blick darauf: Namenslisten. Da standen Einzelheiten über Foleys Komplizen, die noch nicht ans Licht gekommen waren, ihre Namen und die verwendeten Decknamen. Ich blätterte weiter. Britische Bankkonten, Listen mit Transaktionen. Amerikanische Kontoverbindungen mit Namen von Lieferanten. Mein Gott. Cameron hatte Unterlagen herausgeschmuggelt, mit der sich die ganze Bande hochnehmen ließe. Auf einmal wurde es mir klar. Das war es also, wofür Troy Foley getötet hatte. Wenn ich die Kontaktdaten des Hauptermittlers wüsste, könnte ich den Umschlag auf die Post geben, per Einschreiben, als anonyme Quelle, die der Polizei alles Nötige lieferte, damit sie den Verbrecherring verhaften konnte.

Das könnte ich am Bahnhof tun. Meine Fingerabdrücke abwischen und …

Weiter unten in dem Umschlag lag etwas Kleines, Dunkles. Ich zog es heraus. Cameron hatte mir seinen Pass hinterlassen, ein letztes Andenken.

Ich klappte ihn auf und erwartete, sein Foto zu sehen. Doch es war das Foto einer jungen Frau, dunkelhaarig, jugendlich frisch, keine konventionelle Schönheit, aber ihr jugendliches Selbstvertrauen machte sie attraktiv. Ich schaute genauer hin. Sie war ungefähr Mitte zwanzig, trug einen Hoodie und stand vor einer weißen Hauswand, schaute ein wenig erschrocken, als hätte der Fotograf sie überrascht.

Die Frau auf dem Foto war ich.

Die Nacht mit der Kamera. Draußen vor dem Pub, den ich heute nicht mehr finden würde. Das war eine Ewigkeit her. Cameron machte Schnappschüsse von dem Türsteher und von mir, als ich auf ihn wartete. Ich sah nach, auf welchen Namen der Pass lautete, und dabei fiel mir etwas ein, das Jai Parik mir erst vor ein paar Stunden erzählt hatte, als wir seine aufgelisteten Bandenmitglieder durchgingen: *Diese Kerle können sich innerhalb einer Woche eine neue Identität und neue Ausweisdokumente verschaffen. Viele von denen dürften zwei oder drei verschiedene Pässe besitzen …* Der Name war nicht meiner. Da stand Cassie Mailer.

Ich blickte auf. Die Uhr des Armaturenbretts zeigte zehn Uhr zweiundzwanzig an.

»Eigentlich«, sagte ich zu dem Fahrer, ohne weiter nachzudenken, »habe ich es mir anders überlegt.« Ich steckte den Pass ein und zog einen Zwanziger aus einem Bündel. »Das ist für Sie. Könnten Sie mich bitte zum Flughafen bringen?«

38

San Pedro de Atacama war ein winziges, weit abgelegenes Städtchen voller Sandstaub und Kieselsteinen.

Am Ortsrand säumten verwitterte Holzzäune und eingeschossige Hütten die Straßen, und die Häuser hatten nur einen Raum und winzige Fenster. Halb eingegrabene Lkw-Reifen und Kaninchendraht markierten die Grundstücksgrenzen, und Wassertanks auf rostigen Gestellen ragten über den Straßen auf. Abseits der gepflasterten Straßen in der Ortsmitte war die Route 23 nur eine Schotterpiste, deren Rand durch weggespritzte Steine markiert war, und die Fahrzeuge – meist Pritschenwagen mit Überrollbügel und staubbedeckter Karosserie – wirbelten Wolken von grauem Staub auf, der einem auf der Haut klebte. Auf der letzten Straße, gegenüber einem Hinweisschild für Paso Sico in grüner, blasiger Farbe, befand sich eine aus Betonziegeln erbaute Bar, vor der ich meinen Mietwagen geparkt hatte.

Drinnen hingen Fußballfahnen unter der Decke, und die Wände waren mit Biertabletts verschiedener Brauereien und vergilbten Prominentenfotos dekoriert. Ich wählte einen Tisch draußen unter dem Sonnendach, wo ich den Fernseher nicht hörte, und bestellte mir Pizza und Cola. Sobald ich mein Getränk hatte, rief ich Jai an.

Beim dritten Klingeln nahm er ab. »Remie? Wirklich?« Er senkte die Stimme und flüsterte: »Geht es Ihnen gut? Man hat Ihren Pass aus dem See gefischt. Sie glauben, Sie sind tot. Wo sind Sie?«

»In der Atacama-Wüste«, sagte ich. »In Chile.«

»Sie haben Ihren Flug gekriegt?«

»Ja. Mit der Hilfe meines Bruders.«

»Ich kann es nicht fassen!« Er lachte hell erfreut auf und holte sofort zischend Luft.

»Schön ruhig bleiben. Geht es Ihnen gut?«

»Ja. Eigentlich nein, aber es wird langsam besser«, flüsterte er. Ich hörte das Zischen einer Automatiktür und dann das Gleiten von Vorhangringen auf einer Stange. »Sie haben mich zusammengeflickt, aber ich sitze noch eine Weile auf dieser Station fest. Aber wie auch immer. Wie ist es für Sie gelaufen?«

Ich wusste nicht, wo ich anfangen sollte. Ich trank einen Schluck Cola und entschied mich für die einfachste Version. »Tja, ich war rechtzeitig in Aberdeen.«

Jai stieß einen leisen Pfiff aus. »Ich hörte die Cops über einen vermissten Streifenwagen reden. Ich schätze, das waren Sie.«

Ich grinste. »Stimmt. Die halten mich für tot?«

»Ja. Aber zuletzt hörte ich, dass Ihr Kollege aufgefordert wurde, Sie zu identifizieren. Also wird es nicht lange dauern, bis denen klar ist, dass sie jemand anderen auf dem Seziertisch liegen haben.« Er flüsterte noch leiser. »Also erzählen Sie mal.«

»Welchen Teil?«

»Sie sind durch die Hölle gegangen, um den Flug zu kriegen. Kommen Sie, ich bin Journalist, ich lebe für solche Storys.«

Ich räusperte mich – wie gewöhnlich hatte ich Sandstaub auf der Zunge und den Zähnen – und rückte mein billiges Handy zurecht. Das würde ich nur einmal benutzen, und trotzdem hatte ich Angst, die Polizei könnte die Nummer ermitteln. »Hören Sie, Jai. Ich muss extrem vorsichtig sein …«

»Ich werde nichts sagen. Sie haben mein Wort. Niemand

wird je erfahren, dass ich mit Ihnen telefoniert habe.« Genau
das, was ich hören wollte. »Ich verspreche es Ihnen. Das bleibt
unter uns«, fügte er hinzu.

»Danke.« Ich wechselte ans andere Ohr und strich mir die
Haare aus der Stirn. »Ich bin nach Santiago geflogen. Gestern
bin ich hierhergefahren. Es ist Sommer, aber der Ort liegt
so hoch, dass es tagsüber nicht so heiß ist. Ich bin wegen der
Sterne hier.« Meine alten Kollegen in Edinburgh hätten mein
Verhalten genüsslich analysiert, da war ich mir sicher. Intrin-
sisch motivierte Erfüllung eines Versprechens wäre zur Spra-
che gekommen. Einige hätten mir Zielbindung vorgeworfen.
Ich würde mich mit etwas ganz Prosaischem begnügen: dem
Schlussstrich.

»Wegen der Sterne?«

»Ein Ding meines Bruders«, sagte ich. »Er war Amateur-
astronom. Die Atacama ist für Sterngucker ein Muss. Klarer
Himmel, weder Dunst noch Wolken. Und für mich kommt
noch hinzu, dass es ziemlich ab ist vom Schuss. Ich habe es ihm
damals versprochen.«

»Also wollte er, dass Sie nach Chile reisen?«

»Ja. Er wollte, dass ich etwas Bestimmtes sehe.« Ich trank
von meiner Cola. »Er bezeichnete es als Konjunktion. Venus,
Jupiter und Mars sind gleichzeitig sichtbar. Er hat mir immer
viel darüber erzählt, wenn ich ihn besucht habe, kam immer
wieder darauf zurück. Ich habe jedes Mal abgewinkt, wissen
Sie, und nachdem er tot war, fühlte ich mich irgendwie verloren, bis ... na jedenfalls finden solche Konjunktionen nur selten statt, und alles deutet darauf hin, dass die bevorstehende
Konjunktion die tollste ist, die sich zu unseren Lebzeiten er-
eignen wird. In ein paar Tagen kurz vor Morgengrauen, hieß
es hier, stehen sie alle dicht über dem Horizont in einer Linie
mit der Erde. Cameron konnte sich dafür begeistern. Er wäre

verrückt vor Freude, wenn er jetzt hier wäre. Nachts sieht man die Milchstraße, das ist einfach unglaublich.«

»Sterne«, hauchte Jai. »Wer hätte das gedacht?«

»Hören Sie«, sagte ich und kam zum Grund meines Anrufs. »Es gibt etwas, das Sie abholen müssen.«

Er hörte meinen ernsten Ton. »Warten Sie einen Moment«, sagte er. »Die Schwester ist gerade bei meinem Bettnachbarn.«

Über elftausend Kilometer hinweg hörte ich die Krankenhausgeräusche, das Gleiten der Vorhänge, die Töne der medizinischen Überwachungsgeräte, das Quietschen von Betträdern auf gebohnerten Böden, und betrachtete dabei die Dächer der Gebäude auf der anderen Straßenseite, verrostete Eisenträger in der Abendsonne. Ein Mann fuhr auf einem Fahrrad vorbei, an der Lenkstange volle Einkaufsbeutel. Hier in Chile war es kurz vor sieben. Ein Sportkommentator im Fernsehen redete Spanisch, und in der Bar wurde ein Tablett mit vollen Biergläsern an einen fröhlich lärmenden Tisch gebracht.

Am Telefon befand ich mich gleichzeitig in zwei Welten und war doch in keiner vorhanden, wie ein Geist.

»Können wir weiterreden?«, fragte ich Jai, dann berichtete ich ihm von dem Material in dem Umschlag. »Darin ist alles, was Sie brauchen. Namen und Decknamen, Daten, Transaktionen, sogar Bankverbindungen. Ich hatte keine Zeit, es mir genauer anzusehen, hatte in Madrid nur zwei Stunden Aufenthalt. Aber mir schien, dass Sie Foleys Bande damit auffliegen lassen können. Deshalb habe ich es Ihnen per Luftpost geschickt, c/o Mackinnon. Sie wollen einen Podcast, der Furore macht, Jai? Was Sie dafür brauchen, ist in dem Umschlag.«

»Ihr Bruder hat alles riskiert, um diese Unterlagen zusammenzutragen …«, flüsterte er mit belegter Stimme. Er hatte recht. Meine Augen füllten sich mit Tränen. Ich wischte sie weg, als mein Essen kam. Jai fuhr fort. »Er hat sie Ihnen ir-

280

gendwie zukommen lassen. Und das war es, was die Bande unbedingt zurückhaben wollte. *Wir müssen tauschen.* Aber wie konnten die wissen, dass sie in Ihrem Besitz waren?«

»Ein Gefängnisaufseher hat das Gespräch mit meinem Bruder belauscht. Die haben kapiert, wovon die Rede war, und sie hatten Shelley Talbot auf mich angesetzt, damit sie mich aushorcht und es mitkriegt, falls ich verschwinden will. Sie hat sich jeden Freitagabend mit mir in der Hotelbar unterhalten. Irgendwann habe ich ihr alles erzählt.«

»Also wussten die, dass Sie den Flug gebucht hatten? Das erklärt das Timing des Ausbruchs.«

»Genau«, sagte ich. »Ich muss gleich Schluss machen, Jai. Diese Nummer ist nach unserem Gespräch nicht mehr erreichbar, okay?« Gleich danach würde ich die SIM-Karte und den Akku entfernen. Ich würde noch Zeit für einen Spaziergang in die Stadt haben. Da würde ich auf dem Platz an der Kirche alles in einen Mülleimer werfen, dann etwas Kaltes trinken, einer Band zuhören und den Himmel beobachten. Kurz vor neun würde es dunkel sein, aber in der Stunde davor würden am Himmel nach und nach die Sterne aufgehen, unermesslich viele, jeder eine Parallelwelt voller Möglichkeiten. »Vergessen Sie nicht, Ihre Anrufliste zu löschen«, sagte ich. Und dann: »Ich werde mich irgendwann wieder melden.«

Jai schwieg einen Moment lang, und ich sah die Sonne untergehen und hörte ihn atmen. »Viel Glück«, flüsterte er, dann räusperte er sich. »Es wäre schön, Sie eines Tages wiederzusehen.«

»Finde ich auch«, sagte ich, und das war die Wahrheit.

39

Im Roundhouse in Camden gibt es hinter der Bühne einen Greenroom. Dass es solche gibt, hatte ich erst vor Kurzem aus einer Dokumentation erfahren. Das ist ein nüchterner Raum mit weißen Wänden, hoher Decke und glänzendem Betonboden. Heute Abend stehen dort lange Tische, auf denen penibel Gläser und Flaschen mit Weißburgunder in Eiskübeln zurechtgestellt sind, und es gibt eine Bar, wo Cocktails auf schwarzen Servietten serviert werden. Man wird mit leiser Musik berieselt, und die Beleuchtung ist gedämpft.

Dort findet an einem warmen Samstagabend im Juli, achtzehn Monate nach den Ereignissen im Mackinnon, die After-Show-Party der British Podcast Awards statt. Die dritte Staffel von *A Question of Guilt* fand die Anerkennung der Kritik und eine riesige Zuhörerschaft. In den Pressemitteilungen der Preisverleiher, einer sechzehnseitigen Hochglanzbroschüre mit den Nominierten in über zwanzig Kategorien, wird beschrieben, wie der Podcast die Hauptsendezeit im Fernsehen eroberte und in der internationalen Presse über ihn berichtet wurde. Darin werden erschöpfende Recherche, intelligente Analyse und kraftvolle Erzählkunst gelobt. Ringsherum fädeln sich Kellner mit Tabletts durch die Leute und bieten Kanapees auf ovalen Tellern an. Ein muskulöser junger Mann mit runden Brillengläsern und Flaumbart hält ein Klemmbrett mit gedruckten Notizen in der Hand und führt ein Team mit Mikrofonen herum, damit sie die öffentliche Meinung aufnehmen. Am Rand des Raumes gibt es viel wohlwollende Anteilnahme für die, die auf der Shortlist gelandet sind und nicht gewonnen haben, aber die meiste Aufmerksamkeit gilt dem Bereich an der hinteren Wand, wo eine vorübergehend angestrahlte Kulisse mit Sponsorenlogos errichtet wurde. Dort finden sich die erfreuten Gewinner ein, um Interviews zu geben und sich mit dem Stand-up-Comedian, der den Conferencier macht, fotografieren zu lassen. Da stehen der Gewinner des Zuhörerpreises, die Moderatoren der Sendung, die den Best Culture und den Arts Award gewonnen hat, und das Produktionsteam hinter dem Podcast *Moment of the Year*. Und mitten unter ihnen sehe ich Jaival Parik. Jai macht den Eindruck, als hätte er nicht mehr aufgehört zu reden, seit er den Preis gewonnen hat – keinen geringeren als den Podcast of the Year. Viele Männer sind im Smoking gekommen, aber Jai hat sich für ein kariertes Hemd und einen dunkelblauen Blazer entschieden und schiebt sich immer wieder seine langen Haare hinter die Ohren. Vor einer Viertelstunde hat er ein Glas Rotwein abgestellt, und seine Körpersprache verrät mir, dass er die Gläser nicht mehr gezählt hat. Vor drei Monaten, als er es auf die Shortlist geschafft hatte, habe ich zuletzt mit ihm gesprochen und ihm dabei empfohlen, dass wenn er mal an einer Preisverleihung teilnimmt, er seine AirPods in der Tasche und nicht im Ohr lassen sollte. Es freut mich zu sehen, dass er meinen Rat befolgt.

Rings um mich sehe ich glückliche Gesichter, Champagnerflöten, Abendtäschchen und Mobiltelefone. Stimmenlärm, Musik und Gelächter liegen über dem Raum. Niemand beachtet mich. Meine weiße Bluse, die schwarze Jeans, die dunkelgraue Schürze und das Getränketablett machen mich praktisch unsichtbar. Ich habe mir die Haare kurz schneiden und färben lassen, meinen Namen geändert und bin mehrmals in eine andere Großstadt umgezogen. Ich habe achtzehn Monate lang

Übung darin gewonnen, mich unsichtbar zu machen, und es gelingt mir immer besser.

An der Bar kaufe ich ein großes Glas Rotwein. Ich bezahle mit Karte, da ich mit meinem neuen Pass ein Bankkonto eröffnen konnte. Natürlich muss ich das Bargeld waschen, bevor ich es anlege. Momentan kaufe ich Fremdwährung, gebe beim Reisen aus, was nötig ist, und in den letzten paar Tagen in dem jeweiligen Land tausche ich einen Großteil wieder in Pfund um, um dann nach Hause zu fliegen und das Geld aufs Konto einzuzahlen. Das ist immer noch besser als die vielen winzigen Transaktionen an Supermarkt-SB-Kassen, mit denen ich vorsichtig angefangen habe, oder – auch ein Trick aus meiner Anfangszeit – bei der Post Zwanziger in Zehner umzutauschen (»Ich will meinen Neffen zehn Pfund schicken und hätte gern schöne neue Scheine, wenn das okay ist …«). Die Anfangszeit. Ich schaudere unwillkürlich, wenn ich daran denke. In jenen ersten Monaten hatte ich ständig Angst, geschnappt zu werden, habe zwanghaft Webseiten durchkämmt, hektisch mit meiner Mutter telefoniert und ihr versichert, dass es mir gut ging und mein Plan funktionierte. Ich atme tief durch und konzentriere mich wieder, stelle den Wein auf mein Tablett und begebe mich unter die Leute, um mich zu Jai durchzufädeln. Er sieht gut aus in dem Blazer und dem gebügelten Hemd, gesund und ein bisschen schlanker. Er ist genesen, an den Augen sieht man ihm die Strapazen aber noch an. Er beendet gerade eine Unterhaltung mit einer Dame im Cocktailkleid, und ich trete zu ihm, bevor er sich wegdrehen kann.

»Einen Malbec, Sir?« Ich halte ihm das Tablett hin.

Jai strahlt. »Der ist meine Rettung!«, sagt er, nimmt das Glas, schwenkt den Wein und schnuppert mit geschlossenen Augen. Mich nimmt er gar nicht wahr. Wie gesagt, ich werde immer besser darin, mich unsichtbar zu machen. »Es geht nichts über einen guten Malbec«, sagt er mit der Nase über dem Glas.

Ich gehe das Risiko ein und sage: »Ich gratuliere zu Ihrem Sieg.«

Er trinkt, schürzt die Lippen, schluckt und atmet aus, wobei er in eine unbestimmte Ferne schaut. »Danke«, sagt er.

Und das ist alles. Er wird von jemandem angesprochen, und ich ziehe mich zurück. Ich lächle schon bei dem Gedanken, dass ich ihm später texten werde, natürlich unter einer unbekannten Nummer, wenn ich meine Rolle abgelegt, das Tablett auf das Ende der Theke gestellt habe und in der Menge verschwunden bin. Ich verlasse sein Blickfeld und erreiche die Tür, durch die ich in den Rezeptionsbereich gelange, und drehe mich noch einmal um, bevor ich hinausgehe. Ich sehe sofort, dass Jai inzwischen weiß, wer ihm den Wein gebracht hat. Mit scharfem Blick sucht er das Publikum nach mir ab, erstaunt und amüsiert.

Draußen biege ich nach links auf die Haverstock Hill ein und mache einen Spaziergang. Es wird allmählich dunkel, aber am Himmel über Camden gibt es nichts zu sehen außer gelblichem Dunst. Die Lichter der Stadt machen die Sterne unsichtbar. Die Luft ist warm und voller Lärm. Vor dem Burger Bites steht eine ausgelassene Warteschlange, es riecht nach Fleisch und Gewürzen, Kinder scharen sich vor dem Quick Stop um zwei E-Roller, und Fahrradkuriere kurven durch die Menschenscharen.

Ich führe fast ein normales Leben. Niemand beachtet mich, als ich unter dem Kachelbogen durchgehe, das Drehkreuz passiere und in die U-Bahn-Station hinuntersteige.

Die Community für alle, die Bücher lieben

Das Gefühl, wenn man ein Buch in einer einzigen Nacht verschlingt – teile es mit der Community

In der Lesejury kannst du

★ Bücher lesen und rezensieren, die noch nicht erschienen sind

★ Gemeinsam mit anderen buchbegeisterten Menschen in Leserunden diskutieren

★ Autoren persönlich kennenlernen

★ An exklusiven Gewinnspielen und Aktionen teilnehmen

★ Bonuspunkte sammeln und diese gegen tolle Prämien eintauschen

Jetzt kostenlos registrieren: www.lesejury.de

Folge uns auf Instagram & Facebook:
www.instagram.com/lesejury
www.facebook.com/lesejury